기록극이란 무엇인가

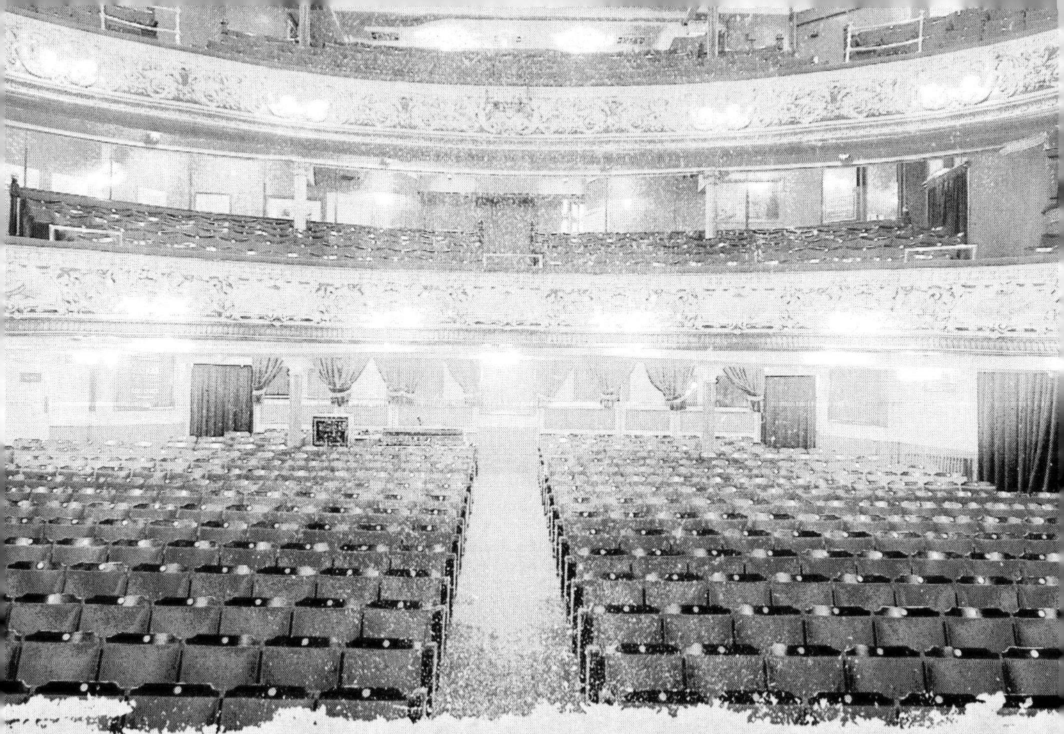

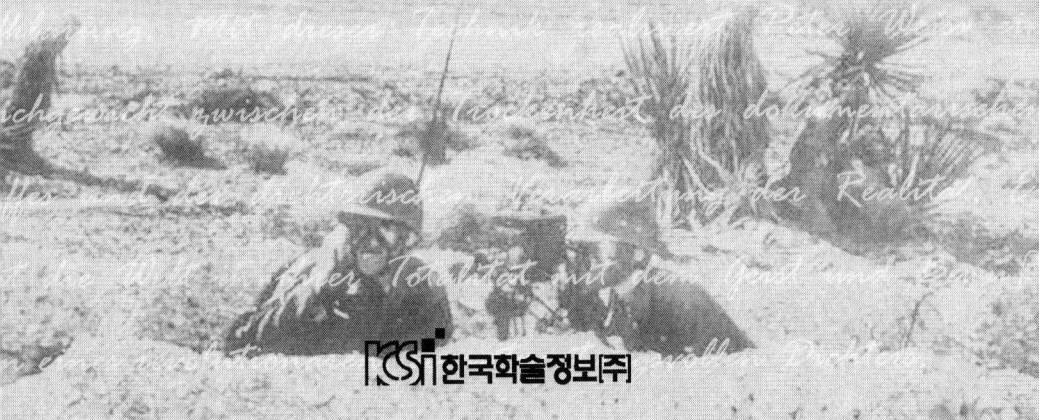

황성근

기록극이란 무엇인가

과연 기록극이란 무엇이며 그것이 문학적인 장르로서 존재할 수 있는지, 문학적인 장르로서 존재를 한다면 미학적인 가치를 지니고 있는지...

한국학술정보(주)

흔히 문학이라고 하면 허구적인 내용의 픽션문학을 지칭하는 일이 많다. 그러나 문학은 시대의 변화와 함께 다양화되었고 기존의 문학 영역만이 아닌, 다른 분야와의 연관해 새로운 문학 장르가 생겨나기도 하였다.

기록문학도 순수 문학 영역이기보다는 다른 분야와의 깊은 연관을 갖고 있다. 특히 기록문학은 사실을 기록한다는 측면에서 본다면 저널리즘과 적지 않은 관련성이 있다. 그래서인지 사실의 정보전달을 중시하는 미디어의 발달로 인해 기록문학에 대한 관심이 증가하고 있다. 특히 기록문학은 최근 논픽션문학으로 통칭되면서 미국을 중심으로 활발한 생산과 연구가 이뤄지고 있다.

기록문학은 실제의 사실을 있는 그대로 기록한 문학을 일컫는다. 그러나 기록문학은 어떻게 정의하느냐에 따라 그 범주가 달라진다. 기록문학은 흔히 구비문학과 대비적인 개념으로 사용한다. 이때 기록문학은 말로만 전승되어 온 구비문학과는 달리 문자로 기록된 문학을 의미한다. 그런 만큼 기록문학은 문자로 기록된 모든 문학을 말한다고 할 수 있다. 그러나 기록문학은 좀 더 협의적으로 정의하면 허구적인 내용이 아닌, 사실적인 내용을 담아내고 사실 자체도 있는 그대로를 수용하는 문학을 의미한다고 할 수 있다.

기록문학이 등장한 것은 오래되었다. 특히 소설분야에서 기록문학은 역사적 사실이나 영웅적인 이야기를 사실적으로 담아낸 작품에서 그 출발점을 찾을 수 있다. 그러나 극 분야에서 기록문학이 등장한 것은 얼마 되지 않았다. 기록극은 1920년대와 1930년대 러시아와 독일, 미국을 중심으로 시작되었으며 1960년대에 이르러서야 독일에서 새로운 문학 장르로 자리매김을 하였다. 특히 1960년대 독일의 기록극은 당시 새로운 문학 장르로 주목을 받았을 뿐만 아니라 독일은 물론 세계적인 반향과 관심을 불러일으켰다.

이 책은 1960년대 독일의 기록극 작가였던 페터 바이스 Peter Weiss의 작품을 중심으로 기록문학에 대한 전반적인 이해를 제공하고자 했다. 특히 페터 바이스의 대표적인 기록극인 「수사 Die Ermittlung」와 「허수아비 Popanz」, 「베트남 토론 Vietnam Diskurs」을 집중적으로 분석해 기록극의 실체적인 접근을 시도하였다. 이들 작품은 전형적인 기록문학으로 간주될 뿐만 아니라 당시 세계적으로 이슈화된 문제를 수용해 적지 않은 논란도 야기하였다.

「수사」는 독일 히틀러가 유대인 6백만 명을 살해한 아우슈비츠 강제수용소의 사건을 다루고 있으며 「허수아비」는 포르투갈의 아프리카 식민지배에 대한 주민착취의 문제를 다루고 있다. 「베트남 토론」은 미국의 베트남 침공을 다루면서 미국이 베트남을 침공한 궁극적인 이유가 무엇이며 어떤 목적이 숨겨져 있는지를 고발한다.

이 책에서는 우선 기록극에 대한 기본적인 이해를 위해 기록극이 언제 발생했는지에서부터 기록극의 개념이 무엇이며 기록극의 작업이 어떻게 이뤄지는가를 제시하였다. 그리고 바이스의 작품 세계와 함께 그의 기록극이 어떤 자료를 토대로 쓰였으며 작품은 어떻게 구성되었는지, 인물과 언어는 어떤 식으로 표현되었는지를 분석적으로 해부하였다. 게다가 작품의 표현기법에는 어떤 것이 있으며 작품의 구조와 함께 무대공연에서의 특징은 무엇인지 그리고 나아가서는 당시 이들 작품이 어떻게 수용되고 평가되었는지를 분석하였다. 특히 이 책은 페터 바이스의 「수사」와 「허수아비」, 「베트남 토론」을 개별 단위로 제시한 것이 아니라 하나의 작품으로 바라보고 깊이 있게 연구하였다.

페터 바이스의 작품을 연구하게 된 것은 그가 1960년대 독일 기록극을 직접 집필하였을 뿐만 아니라 기록극에 대한 이론을 세부적으로 제시한 것이 직접적인 계기였다. 그는 특히 <기록극에 관한 소고>란 논문에서 기록극의 개념과 특징, 작업방법, 작품의 구성과 무대 상연에서의 주의점 등에 대해 상세하게 서술하고 있다. 그로 인해 당시 기록극이 새로운 문학 장르로 인식되는 데 일조하였으며 당시 기록극이 전 세계적으로 관심을 불러일으키는 데 적지 않은 기여를 하였다.

이 책은 박사학위논문 『페터 바이스의 기록극 연구』를 편집해 구성한 것인 만큼 기록극에 대한 기본 이론서가 아니라 기록극이 과연 어떤 문학인지를 구체적으로 알려주는 연구서라고 할 수 있다. 그러나 현재 기록극에 대한 관심이 더욱 증가하고 있는 현실에서 기록문학에 대한 깊이 있는 이해를 제공해 줄 것으로 판단한다.

최근 방송의 사극이나 다큐멘터리가 새로운 관심과 주목을 받고 있는 만큼 기록극 또한 문학영역에서 새롭게 인지되고 활용될 필요가 있다. 이 책을 통해 작게는 기록극, 나아가서는 기록문학에 대한 깊이 있는 이해와 연구에 도움이 되었으면 하는 바람이다.

2008년 7월
황성근

I

기록극의 현주소

기록극은 60년대에 독일 문단을 지배한 대표적인 문학 장르이다. 브레히트(Berthold Brecht)의 서사극이 50년대 말까지 세계의 극문학에 지대한 영향을 끼쳤으나 그 후 독일에서는 뚜렷한 극문학이 탄생되지 않았다. 독일어권인 스위스 출신 작가인 뒤렌마트(Friedrich Dürrenmatt)와 프리쉬(Max Frisch)가 브레히트의 뒤를 이어 극작품을 발표하긴 했지만 세계적인 관심을 끌지는 못했다.

그러나 60년대에 들어서면서 호흐후트(Rolf Hochhuth)가 『신의 대리인(Der Stellvertreter)』을 발표하고, 이어서 키프하르트(Heinar Kipphardt)가 『오펜하이머(Oppenheimer)』[1]를 그리고 바이스가 『수사(Die Ermittlung)』 등을 발표하면서 기록극은 하나의 문학적인 경향을 형성함과 동시에 세계적인 주목을 받았다. 그러나 기록극은 비평가와 작가들 사이에서 많은 논란의 대상이 되고 있다. 기록극이 문학작품으로서 존재가치를 지닐 수 있는지 또는 미학적인 가치를 지니고 있는지에 대한 의견이 분분하다.

일부 비평가들은 기록극이 문학작품으로서 가치를 상실했다고 주

---

1) 원래 제목은 『로버트 오펜하이머 사건에서(In der Sache J. Robert Oppenheimer)』이다. 이후로는 『Oppenheimer』로 축약함.

장하는가 하면 또 다른 비평가들은 기록극은 하나의 현실의 모방극에 불과하다고 주장하고 있다. 실제로 극비평가인 타로트(Rolf Tarot)는 기록극이 "극의 오해(ein Mißverständnis des Theaters)"[2]에서 비롯되었다고 전제하고 "극에서 표현된 모든 현실은 허구이다(Alle dargestellte Wirklichkeit des Theaters ist Fiktion)"[3]라고 주장하면서 기록극의 개념 자체가 모순투성임을 강조하고 있다. 비평가 루카치(Georg Lukács)는 기록극은 작가의 학문적인 방법에 의한 구성으로 말미암아 사이비 예술이 될 수 있다며 기록극의 예술형태에 대해 부정적으로 생각했다.[4]

극작가인 발저(Martin Walser)도 역시 "기록극은 환상극이며 예술의 재료로 현실을 실제인 듯이 속이고 있다(Dokumentartheater ist Illusionstheater, täuscht Wirklichkeit vor mit dem Material der Kunst)"[5]고 주장하면서 기록극의 미학적인 가치문제를 제기하고 있다. 이러한 비판적인 문제제기에도 불구하고 기록극은 60년대 독일문학에 새로운 지평선을 제시했으며,[6] 독일의 극문학의 발전에 지대한 영향을

---

2) Rolf Tarot: Dokumentarisches Theater−ein Mißverständnis des Theaters, in: Hams Dietrich Irmscher und Werner Keller(Hrsg.): Drama und Theater im 20. Jahrhundert. Festschrift für Walter Hinck, Götingen 1983, S. 308. (타로트는 현실과 표현된 현실 사이의 관계(Das Verhältnis von Wirklichkeit und dargestellter Wirklichkeit), 표현된 현실의 진실성(Die Wahrheit der dargestellten Wirklichkeit), 극의 영향 가능성(Die Wirkungsmöglichkeiten des Theaters)으로 구분해 기록극에 대해 비판을 하고 있다.)
3) Ebd., S. 309f.
4) Vgl. Georg Lukács: Reporte oder Gestaltung? Kritische Bemerkungen anläßlich des Romans von Ottowalt, in: Linkskurve 4(1932), H. 7, S. 23ff.
5) Martin Walser: Tagtraum vom Theater, in: Theater heute 11(1967), S. 22.
6) 물론 60년대 독일 작가들이 모두 기록극을 쓴 것은 아니다. 독일전후작가들인 추크마이어(Karl Zuckmayer)나 보르헤르트(Wolfgang Borchert), 호프만(Gert Hofmann) 등은 주로 개인적인 문제나 도덕적인 문제에 국한된 작품을 썼으며, 발저와 렌츠, 학스(Peter Hacks)는 강한 정치적인 의

끼쳤다는 것은 부인할 수 없는 사실이다. 더구나 기록극은 세계적인 문학 장르이기보다는 독일에서 발생하고 독일에서 꽃피운 유일한 극문학이라고 할 수 있다.[7]

　독일 기록극은 호흐후트와 키프하르트 등이 발표하기는 했지만 바이스에 의해 완성되었다고 해도 지나치지 않는다. 그는 기록극들을 실제로 집필함과 동시에 기록극 이론을 체계화시켰다. 그의 기록극은 독일에서는 물론 유럽과 미국, 중동 등 제3세계에서까지 공연되었으며, 세계의 각 국어로 번역되어 소개되기도 했다. 그러므로 바이스는 브레히트가 '서사극의 대명사'로 불리는 것처럼 '대명사'로 불린다.

　바이스는 심지어 기록극 분야에서뿐만 아니라 극문학 일반에 있어서 브레히트 이후 독일을 대변하는 극작가로 평가받았다. 그는 특히 기록극을 집필하기 전에 발표한 『마라 / 사드(Marat / Sade)』[8]를 통해 독일 비평가들로부터 엄청난 호평을 받았다. 이 작품이 1964년 4월 29일 베를린의 쉴러극장(Schiller Theater)에서 초연되었을 때, <쥐드도이췌 차이퉁(Süddeutsche Zeitung)>의 베를린 통신원이었던 니호프(Krena Niehoff)는 "실제로 브레히트 이후 독일 사람이 쓴 작품으로는 최초로 의미 있는 희곡이다. 아마 좁은 독일 연방에서부터 세계

식을 드러내는 작품을 주로 썼다. 그러므로 이 시기의 작가들은 2차대전 후 독일을 몰락시킨 원인들을 파악하기 위해 새로운 표현형태의 다양한 드라마를 추구하였다. 그러나 60년대 초 호흐후트와 키프하르트, 바이스가 연달아 기록극을 발표하면서 집중적인 관심을 불러일으켰으며, 이들이 결국 60년대 독일 극문학을 주도하였다.(Vgl. Jack D. Zipes: Documentary Drama in Germany: Mending the Circuit, in: the Germanic Review 42 (1967), S. 58f.)

7) Vgl. Brian Barton: Das Dokumentartheater, Stuttgart 1978, S. 1.
8) 원래의 제목은 『Die Verfolgung und Ermordung Jean Paul Marats dargestellt durch die Schauspielgruppe des Hospizes zu Charenton unter Anleitung des Herrn de Sade』이다. 이후로는 『Marat / Sade』로 축약함.

로 뻗을 수 있을 최초의 작품이다(Es ist tatsächlich seit Brechts das erste bedeutendere Bühnenwerk eines Deutschen; das erste, das vielleicht aus der bundesdeutschen Enge in die Welt ausbrechen konnte.)"[9]라고 극친히기도 했다. 비이스는 물론 이 작품을 통해 세계적으로 주목받는 작가가 되었지만, 뒤이어서 발표한 일련의 기록극들을 통해 그의 문학적인 입지를 확고히 하였다. 그러나 그의 국내외적인 평가에도 불구하고 그의 기록극에 대한 연구는 미미한 실정이다. 기록극들이 그의 문학세계에서도 핵심을 이루고 있음에도 불구하고 이에 대한 연구가 대단히 미온적이었다.

독일은 물론 한국에서도 마찬가지이다. 독일에서는 60년대 문단을 풍미한 기록극에 대해 개괄적으로 고찰한 단행본들은 서너 편[10]이 있으나, 바이스의 기록극에 대한 단행본(논문)은 몇 편[11]에 불과하다. 이들 단행본도 그의 기록극에 대해 전반적으로 고찰한 것이 아니라

---

9) Karena Niehoff: Peter Weiss, Süddeutsche Zeitung(30. 4. 1964), zit. nach Gerd Müller: Metapher für die Wirklichkeit zu drei Werken von Peter Weiss, in: Moderna Sprak 61(1967), S. 43.
10) 60년대의 독일 기록극을 고찰한 단행본들은 다음과 같다.
Brian Barton: Das Dokumentartheater, Stuttgart 1978.
Arnold Blumer: Das dokumentarische Theater der sechziger Jahre in der Bundesrepublik Deutschland, Hain 1977.
Klaus Harro Hilzinger: Die Dramaturgie des dokumentarischen Theaters, Tübingen 1976.(바르튼(B. Barton)의 단행본은 기록극에 대한 입문서적인 성격을 띠고 블루머(A. Blumer)와 힐칭어(K. H. Hilzinger)의 단행본은 바이스와 호흐후트, 키프하르트, 엔첸스베르거 등의 기록극 작품들을 다루고 있다.)
11) Erika Salloch: Peter Weiss' die Ermittlung. Zur Struktur des Dokumentartheaters, Frankfurt am Main 1972. Ingeborg Schmitz: Dokumentartheater bei Peter Weiss, von der "Ermittlung" zu "Hölderlin", Frankfurt am Main 1981. Hyong Shik Kim: Peter Weiss "Vietnam Diskurs." Möglichkeiten und Formen eines Engagement für die dritte Welt, Frankfurt am Main, Berlin, Bonn 1992.

개별 작품을 분석한 것들이다. 물론 바이스의 기록극에 대한 작품별 그리고 주제별 소논문은 어느 정도 많다고 할 수 있다. 그러나 그가 죽기 전 10년간의 노력 끝에 집필한『저항의 미학(Die Ästhetik des Widerstands)』연구에 대한 단행본이 독일에서만도 무려 수십 편이 나12) 되는 데 비하면, 기록극에 대한 연구는 소홀히 했다고 해도 무리는 아니다.

바이스의 연구 단행본 가운데 쉬미츠(Ingeborg Schmitz)가 쓴『페터 바이스의 기록극, '수사'에서부터 '휠더린'(Dokumentartheater bei Peter Weiss, von der "Ermittlung" zu "Hölderlin")』까지가 그의 기록극을 전반적으로 조명한 유일한 논문이다. 이 논문은 작품의 창작과정에서 나타난 "기록적인 방법(die dokumentarischen Methode)"에13) 중점을 두면서 작품들을 분석하였다. 하지만 이 논문은 "바이스의 미학적 개념에서 발전노선을 제시하려고 의도한(Es ist beabsichtigt, eine Entwicklungslinie in der äthetischen Konzeption Weiss' aufzuzeigen.)"14) 나머지 기록극으로 간주되지 않는『망명지의 트로츠끼(Trozki im Exil)』와『휠더린(Hölderlin)』을 포함해서 다루고 있어서 아쉬움을

---

12) Ingeborg Gerlach: Die ferne Utopie. Studien zu Peter Weiss' Ästhetik des Widerstands", Aachen 1991. Stephan Meyer: Kunst als Widerstand. Zum Verhältnis von Erzählen und ästhetischer Reflexion in Peter Weiss' "Die Ästhetik des Widerstands", Tübingen 1989. Alfons Sölner: Peter Weiss und die Deutschen. Die Entstehung einer politischer Ästhetik wider die Verdrängung, Opladen 1988. Karl-Josef Müler: Haltlose Reflexion. Uber die Grenzen der Kunst in Peter Weiss' Roman "Die Ästhetik des Widerstands", Würzburg 1992. Genia Schulz: Die Ästhetik des Widerstands. Versionen des Indirektion in Peter Weiss' Roman, Stuttgart 1986. Kurt Oesterle: Das mythische Muster Untersuchungen zur Peter Weiss' Grundlegung einer Ästhetik des Widerstands, Tübingen 1989. usw.
13) Ingeborg Schmitz: a. a. O., S. 9.
14) Ebd.

남기고 있다.[15]

국내에서도 바이스의 기록극을 전반적으로 고찰한 저서와 논문은 거의 찾아볼 수 없다. 기록극이 60년대 독일 극문학에 있어서 중추석인 역할을 하고 있음에도 불구하고 비이스의 기록극에 대한 연구가 미흡하다는 인식에서 바이스의 기록극을 연구하였다.

그의 기록극을 선택하게 된 것은 무엇보다 기록극이 그에 의해 완성되었고, 그의 작품들이 기록극의 전형을 보여주고 있기 때문이다. 게다가 극문학의 새로운 장르의 경향을 제시고 있는 기록극이 단순한 극형식이 아니라 저널리즘적인 영향을 많이 받고 있다는 점 또한 이를 연구하게 된 직접적인 이유이다.

당시 시대적인 상황이나 문학적인 상황으로 볼 때 저널리즘이 기록극의 탄생에 직접적인 영향을 주었다고 할 수 있으며, 작품의 내용이나 구성 등에서도 이러한 요소들이 많이 감지된다. 물론 이는 우리나라의 저널리즘들도 우리의 문학발전에 영향을 끼치지 않았는가 하는 기대감에서이기도 하다.

따라서 과연 기록극이란 무엇이며 그것이 문학적인 장르로서 존재할 수 있는지, 문학적인 장르로서 존재를 한다면 미학적인 가치를 지니고 있는지에 대한 의문을 제기하면서 바이스의 대표적인 기록극인 『수사』와 『허수아비(Popanz)』,[16] 『베트남 토론(Viet Nam Diskurs)』[17]

---

15) 쉬미츠 자신도 두 작품을 기록극으로 간주하기엔 무리한 면이 없지 않다고 피력하고 있다.(Vgl. Ingeborg Schmitz: a. a. O., S. 64f.)

16) 원래 제목은 『Gesang vom Lusitanischen Popanz』이다.(이후로는 『Popanz』로 축약함.)

17) 원래 제목은 『Diskurs über die Vorgeschichte und den Verlauf des lang andauernden Befreiungskrieges in Viet Nam als Beispiel für die Notwendigkeit des bewaffneten Kampfes der Unterdrückter gegen ihre Unterdrücker sowie über die Versuche der Vereinigten Staaten von Amerika die Grundlagen der Revolution zu vernichten』이다.(이후로는 『Viet Nam Diskurs』로 축약함.)

을 중심으로 고찰하고자 한다. 연구방법으로는 미학적인 분석방법과 저널리즘적인 분석방법을 취했으며, 당시 바이스의 기록극이 상연되었을 때의 신문과 잡지 등에 실린 비평을 토대로 이들 작품에 대한 문학적인 구성과 가치문제를 중점적으로 다루었다.

II

기록극 장르의 성립

1. 기록극의 발생

　일반적인 문학 장르와 마찬가지로 기록극도 그 발생시기에 대해
비평가들의 의견이 일치하지는 않는다. 일부 비평가는 쉴러의 역사극
을 기록극의 시작으로 보는가 하면, 다른 비평가들은 뷔히너(Georg
Büchner)의 『당통의 죽음(Dantons Tod)』(1835)을 기록극의 시작으로
보고 있다.

　하게(Volker Hage)[1]와 수엘렘(Moushira Suelem)[2]은 특히 뷔히너
의 『당통의 죽음』이 로베스삐에르(Robespierre)와 당통(Danton)의 구
두연설을 담고 있다는 점에서 이 작품을 기록극의 시작으로 보고 있
다. 그러나 쉴러의 역사극이나 뷔히너의 『당통의 죽음』은 기록극으
로 간주하기엔 다소 무리이다.

　쉴러의 역사극은 실재의 역사적인 인물을 극중 인물로 등장시켜

---

1) Vgl. Volker Hage: Collagen in der deutschen Literatur, zur Praxis und
　Theorie eines Schreibverfahrens, Frankfurt am Main 1984, S. 24f.
2) Vgl. Moushira Suelem: Studien zum Dokumentartheater. Aspekte und einige
　Beispiele, in: Kairoer Germanistische Studien 4(1989), S. 120.

작품을 구성하기는 했지만 기록극의 중요한 요소인 '실제적인 사실'의 사용보다는 작가에 의해 가공된 허구가 더 많은 비중을 차지한다. 『당통의 죽음』도 보고와 조서 등 기록적인 자료를 사용하긴 했지만 작가의 의도에 따라 작품의 대부분이 개작되었다.[3] 물론 이 점은 기록극의 개념을 어떻게 정의하느냐에 따라 달라질 수도 있다. 그러나 대부분의 비평가들은 이 작품들을 기록극의 시작으로 보지 않고, 오히려 독일의 기록극이 1920년대와 1960년대에 대두되었다고 주장한다.

실제로 비평가들 사이에서 가장 많이 제기되고 있는 기록극의 대두 시기는 1920년대와 1960년대이다. 전자의 경우 표현주의와 신즉물주의가 접목하던 시기였던 독일 바이마르공화국 때에 기록극이 대두된 것으로 간주하며, 후자의 경우 1960년대 호흐후트, 키프하르트와 바이스에 의해 집필된 작품을 기록극의 시작으로 간주하고 있다. 바르튼(Brian Barton)[4], 짜이퍼스(Jack D. Zipes)[5]와 륄레(Günther Rühle),[6] 쉬미츠[7]와 같은 비평가들은 전자에 속하고, 힐칭어(Klaus Harro Hilzinger)와 잘로흐(Erika Salloch)는 후자에 속한다.[8]

기록극이 1920년대 대두되었다고 주장하는 이들은 당시 화제작이었

---

3) Vgl. Hennig Rischbieter: Adolf Eichmann als Theater−Charge. In: die Welt. Nr. 276(27. 11. 1965), zit. nach Fred Müller: Peter Weiss. Drei Dramen. Interpretation, München 1973, S. 69.
4) 바르튼은 독일 기록극이 1924~1929년과 1963~1970년에 대두되었다며 두 시기를 명확하게 구분 짓고 있다.(Vgl. Brian Barton: a. a. O., S. 1f.)
5) Vgl. Jack D. Zipes: documentary drama in Germany: Mending the Circuit, in: Germanic Review 42(1967), PP.49.
6) Vgl. Günther Rühle: Das dokumentarische Drama und die deutsche Gesellschaft, in: Jahrbuch 1966. Heidelberg 1967, S. 39ff.
7) Vgl. Ingeborg Schmitz: a. a. O., S. 16ff.
8) Vgl. Klaus Harro Hilzinger: a. a. O., S. 2.
 Vgl. Erika Salloch: a. a. O., S. 1.

던 피스카토르(Erwin Piscator)의 『그럼에도 불구하고!(Trotz alledem!)』
(1924)를 비롯해 『조항 218(Paragraph 218)』(1929), 『황제의 노예들
(Des Kaisers Kulis)』(1930) 등을 기록극으로 간주한다. 특히 이들은
많은 작품들 가운데 피스카토르의 『그럼에도 불구하고!』를 최고의 기
록극으로 간주하며, 그를 기록극 장르를 개척한 사람으로 본다.[9] 그
것은 무엇보다 당시 독일에서 왕성한 활동을 했던 그가 포게(Alfons
Paquet)의 『깃발(Fahnen)』과 『해일(Sturmflut)』, 벨크(Ehm Welk)의 『
신국의 뇌우(Gewitter über Gottland』, 『그럼에도 불구하고!』 등을 연
출하면서 기존의 연극에서 보여주던 아리스토텔레스적인 극적수단을
부분적으로 포기하고, 무대의 효과를 노리기 위해 필름이나 사진 등
을 사용해 무대를 입체적으로 만들었기 때문이다.

　그러나 잘로흐와 힐칭어는 이 작품들을 기록극으로 보지 않고 시대
극(Zeitstück)으로 간주한다.[10] 피스카토르의 『그럼에도 불구하고!』도

---

9) 1893년에 태어난 피스카토르는 뮌헨대학에서 미술사와 철학, 독문학을 공
부했다. 대학졸업 후 궁중극장의 배우로 활동한 그는 1919년에 쾨닉스
베르그에서 극단 트리부날(Das Tribunal)을 창설했으며 1920년경에는
베를린에서 프롤레타리아극단을 창설해 일하기도 했다. 그는 1924년부
터 1927년까지 베를린의 민중무대(Volksbühne)에서 일하게 되지만 1928년
쟁의가 발생하자 베를린의 놀렌도르프(Nollendorf)에 있는 피스카토르-무
대(Piscator-Bühne)에서 활동하게 된다. 그러나 이듬해 경제적으로 극
단의 운영이 어렵게 되자 독일에서의 활동을 포기하고 1931년 소련으
로 건너갔으며, 거기서 제거스(Anna Seghers)의 『생 바르바르의 어부들
의 폭동(Der Aufstand der Fischer von St. Barbara)』 등을 영화화기도
했다. 하지만 스탈린의 제재로 자유로운 창작활동을 하지 못하고 1935
년 다시 미국으로 건너가게 되었다. 그는 거기서 브레히트의 『스푼짜리
오페라(Dreigroßenoper)』 등의 연출과 함께 드라마실습소(Dramatic Workshop)
를 운영하였다. 그러다가 2차대전이 끝난 뒤인 1950년경 독일로 되돌아
왔으며, 1962년부터 다시 베를린의 ‘민중무대’에서 4년간 일하게 되면
서 호흐후트와 키프하르트, 바이스의 기록극들을 연출하게 되었다.

10) Vgl. Erika Salloch: a. a. O., S. 2.
　　Vgl. Klaus Harro Hilzinger: a. a. O., S. 2.

마찬가지이다. 특히 트롬믈러(Frank Trommler)는 이 작품을 피스카토르가 프롤레타리아적인 아마추어극(Proletarisches Laientheater)의 경험을 바탕으로 상연한 '정치적-혁명극(Politisch-revolutionäres Theater)'이라고 주장한다.[11] 가이거(Heinz Geiger)도 이 작품에 대한 피스카토르의 작업을 정치적인 정보전달 내지는 선동적인 것으로 이해하였으며,[12] 후더(Walter Huder)는 이 작품을 기록극 등장 이전의 최종적인 예비단계의 작품으로 간주한다.[13] 그러나 이들의 주장과는 달리 이 작품을 기록극의 시작으로 보는 것이 타당하다.

피스카토르는 이 작품을 기록의 토대에서 구성하고 있으며 작품의 상연에서도 당시의 혁명 사진과 필름 등의 기록적인 요소들을 많이 사용하였다. 작품의 내용 또한 1914년 제1차 세계대전 발발 시의 베를린 상황에서부터 1919년 리브크네히트(Karl Liebknecht)와 룩셈부르크(Rosa Luxemburg)가 살해되기까지의 실제적인 독일 노동운동의 역사를 담고 있다. 물론 이 작품의 생성배경과 공연시기를 고려한다면 다분히 정치적이고 선동적이다.

당시 30대 중반의 나이로 왕성하게 활동한 무대연출가 피스카토르는 사실상 공연작품을 선정하는 데 상당히 많은 고민을 했다. 급

---

11) Vgl. Frank Trommler: Das politisch-revolutionäre Theater, in: Wolfgang Rothe(Hrsg.): Die deutsche Literatur in der Weimarrepublik, Stuttgart 1974, S. 91.
12) Vgl. Heinz Geier / Hermann Haarmann: Aspekte des Dramas. eine Einführung in die Theatergeschichte und Dramenanalyse, Opladen 1996, S. 72.
13) Vgl. Walter Huder: Das dokumentarisches Theater als Teil der literarischen Dokumentation, in: Ders.: Von Rilke bis Cocteau: 33 Texte zu Literatur und Theater im zwanziger Jahrhundert, Berlin 1992, S. 388.
   Vgl. Laureen Nussbaum: The German Documentary Theater of the sixties: A Stereopsis of Contemporary History, in: German Studies Review 4, H. 2(1981), S. 238.

진적인 성향을 지닌 그가 자신의 정치적 의도와 일치하는 작품을 찾기란 쉽지 않았고, 설사 이러한 작품을 발견했다고 할지라도 자신의 연출기법을 그대로 반영할 수 있는 작품은 드물었다.[14] 그래서 그는 당시의 역사적 사건에서 소재를 구해 작가로 활동하던 가스바라(Felix Gasbarra)에게 원고 작성을 의뢰하였으며,[15] 가스바라가 집필하는 동안 자신의 연출의도를 반영하도록 요구하였다. 이러한 과정에서 작품의 완성이 늦어지자 그는 원래 '노동자-문화-카르텔(Arbeiter-Kultur-Kartel)을 위해 하지축제(Sonnenwendefeier) 때에 공연하려던 계획을 포기하고 독일 공산당(Kommunistische Partei Deutschlands: KPD)[16]의 전당대회 개최시기에 맞춰 이 작품을 공연하였던 것이다.[17]

그러나 피스카토르는 이 작품의 상연작업을 하면서 최초로 '기록극(Das dokumentarische Theater)'이라는 표제를 사용하였을 뿐만 아니라[18] "최초로 정치적인 기록 증거물이 원문상으로나 무대상으로 유일한 토대를 형성하고 있는 상연(Die Aufführung, in der zum erstenmal das politische Dokument textlich und szenisch die alleinige Grundlage

---

14) 그는 포게의 『깃발』과 『해일』, 벨크의 『신의 뇌우』 등을 연출하면서도 부분적으로 개작해 필름 등 자신의 연출기법을 삽입시키기도 하였다. 그러나 자신의 연출의도와는 완전히 일치하는 작품을 발견하기란 쉽지 않았다. 그래서 그는 『그럼에도 불구하고!』에서 자신의 연출의도와 표현기법들을 수용하려고 하였다.

15) Vgl. Erwin Piscator: Das politische Theater, Hamburg 1979, S. 70.

16) 독일 공산당은 1918년 11월 혁명이 좌절되자 급좌익적인 그룹들과 연계하여 창당된 정당이다.(Vgl. Grundriß der deutschen Geschichte, Zentralinstitut für die Akademie der Wissenschaften der DDR, Berlin 1979, S. 378.)

17) Vgl. Frank Trommler: a. a. O., S. 95.

18) 피스카토르는 자신이 쓴 연극사 『정치극(Das Politische Theater)』에서도 이 작품을 설명하는 장에서 '기록극(Das dokumentarische Drama)'이란 표제를 사용하고 있다.(Vgl. Erwin Piscator: Das politische Theater, a. a. O., S. 70.)

bildet)"19)이었다고 강조하였다.

전체 상연이 신빙성이 있는 연설문들과 논문들, 신문 발췌문들, 구
호들, 팸플릿물들, 사진들 그리고 전쟁과 혁명의 필름들, 역사적인 인
물들과 장면들로 구성된 순전한 몽타주이다.

Die ganze Aufführung war eine einzige Montage von authentischen
Reden, Aufsätzen, Zeitungsausschnitten, Aufrufen, Flugblättern, Fotografien,
und Filmen des Krieges und der Revolution, von historischen Personen
und Szenen.20)

결국 독일 기록극은 1920년대 이 작품을 시작으로 대두되었다고
할 수 있다.21) 당시 독일은 제1차 세계대전과 독일 11월 혁명(1918)
으로 엄청난 혼란에 빠졌으며 문학에서는 전반적인 개혁이 일어났
다. 전쟁과 파멸의 시대에 인간의 내적 위기를 극복하고자 했던 표
현주의는 인간존재에 대한 주관적인 입장만 강조한 나머지 시대의
변혁이나 인간존재에 대한 새로운 궁극적인 해결책을 제시하지 못하
였다. 그래서 문학예술 창조에 있어서 영감적인 요소를 탈피하고 시
대를 냉철히 분석하고 선별하는 등 현실인식을 강조하게 되었다.22)
특히 극문학에서는 "사회적 주제에 대하여 공격적이고 개혁적인 입
장(Eine aggressive, reformistische Einstellung seinen sozialen Themen
gegenüber)"23)이 더욱 강하게 제기되었다. 그로 인해 사실에의 접근

---

19) Ebd.
20) Ebd., S. 73.
21) Vgl. Ingeborg Schmitz: a. a. O., S. 19.
22) Vgl. Brian Barton: a. a. O., S. 30.
23) Ebd.

을 통해 사회를 비판하는 기록극이 피스카토르를 중심으로 탄생되었
던 것이다.

물론 독일 기록극이 1920년대에 대두되었다고 하더라도 이에 대
한 개념 정립은 사실상 1960년대에 이루어졌다. 기록극에 대한 고찰
도 이때의 기록극 작가들이 작품을 발표하면서부터 본격적으로 행해
졌다.[24] 특히 바이스가 1963년 호흐후트의 『신의 대리인』이 발표되
었을 때 기록극이란 용어를 사용하면서 이에 대한 논쟁이 점화되기
시작했다.[25] 그리고 1960년대에는 1920년대와 비교가 되지 않을 정
도로 바이스를 중심으로 호흐후트와 키프하르트, 엔첸스베르거(Hans
Magnus Enzensberger), 도르스트(Tankred Dorst) 등의 우수한 작품들
이 많이 쓰였다.

사실 1920년대의 기록극과 1960년대의 기록극도 차이점이 없지
않다. 1920년대의 기록극은 정치적인 선동에 작품의 주안점을 둔 반
면, 1960년대의 기록극은 예술이 있는 정치를 추구했다. 이러한 점은
당시 시대적인 상황과 연관되어 나타나긴 하지만 기록극의 양상을
구분 짓고 있는 커다란 요소이다.

잘로흐는 독일 기록극의 존재를 1960년대로 제한하면서 1920년대

---

24) 일부 비평가들은 60년대 독일 기록극이 피스카토르에 의해 무대상으로 완
    성되었다고 주장하기도 한다. 특히 짜이퍼스와 너스봄은 60년대 기록극
    의 완성에 피스카토르의 역할이 컸다고 주장하고 있다. 이들은 무엇보
    다 당시 대표적인 기록극인 호흐후트의 『신의 대리인』과 키프하르트의
    『오펜하이머』, 바이스의 『수사』가 모두 그에 의해 연출되었다는 점을
    들고 있다. 이들은 심지어 기록극과 유사한 형태로 간주되는 미국의
    '산신문(Living Newspapers)' 또한 그에 의해 탄생되었다고 주장하고 있다.
    (Vgl. Jack D. Zipes: a. a. O., P.58. Vgl. Laureen Nussbaum: The German
    documentary theater of the Sixties: A Stereopsis of contemporary History,
    in: German Studies Review 4, H. 2, P.238.)
25) Vgl. Moushira Suelem: Studien zum Dokumentartheater. Aspekte und
    einige Beispiel, in: Kairoer Germanistische Studien 4(1989), S. 118.

의 시대극과 1960년대의 기록극을 극작업에서부터 작품의 예술적인 효과에 이르기까지 상세히 비교해 분석하였다.26) 그는 두 장르의 작가들이 사회 참여적이고 작품들도 정치적인 주제를 다룬다는 공통점을 지니고 있으나, 시대극이 예술성보다 정치를 우선시하는 반면 기록극은 예술성이 없는 정치적인 내용의 수용은 불가능하다는 것을 예로 든다.

그는 특히 기록극의 토대가 되는 기록물의 사용에 있어서도 시대극은 기록이 대개 기이화 효과로서 나타나는 반면, 기록극에서는 기록이 작품 전체의 토대가 되고 있음을 지적한다. 극의 효과 면에서도 그는 시대극은 관객으로 하여금 의식화(Bewußtmachen)를 해주지만, 기록극은 의식확대(Bewußtseinserweiterung)를 가져다준다고 피력한다.

피스카토르 또한 1965년 '오늘날의 정치극(Politisches Theater heute)'이란 논문에서 1920년대와 1960년대의 기록극의 차이점을 언급하면서 1960년대 기록극은 사실에 대한 주의를 더욱 환기시킨 것에 있다고 주장한다.27) 이들의 주장처럼 1960년대의 기록극은 1920년대의 기록극에 비해 기록적인 요소가 더 많이 사용되었고, 문학적 예술성도 더 강하게 요구했다고 볼 수 있다.

1960년대의 시대적인 상황 또한 1920년대보다 기록극의 탄생에 더 적합한 시기였다. 잘로흐는 1920년대와 1960년대의 시대적인 상황이 서로 비슷한 "냉정함과 탈신화화의 시기(Zeit der Ernüchtung und Entmythologierung)"28)라고 주장하지만, 1960년대가 오히려 기록

---

26) Vgl. Erika Salloch: a. a. O., S. 1-41.
27) Vgl. M. Durzak: Dürrenmatt, Frisch, Weiss. Deutsches Drama der Gegenwart zwischem Kritik und Utopie, Stuttgart 1972, S. 294.
28) 잘로흐는 20년대의 시대극과 60년대의 기록극을 비교하면서 두 장르의 발생이 '냉정함과 탈신화화의 시기'에 비롯되었다고 지적하고 있다. 그는

극이 더욱 요구되었던 시기였다.

독일은 1950년대 말까지 '안보'와 '복지', '안정과 질서'라는 정치적인 슬로건을 내걸고 등장한 아데나워정권(1949~1963)하에서 오직 경제재건에만 매달렸던 "무언의 복고의 시기(eine Periode der stummen Restauration)"[29]였다. 그러나 1960년대에 들어서면서 독일은 국내외적인 문제로 상당한 정치적인 시련을 겪었으며, 특히 나치시대의 과거청산문제를 비롯해 베를린의 장벽구축과 학생운동 등으로 심각한 정치적 혼란기를 맞게 되었다.

당시 독일은 1961년 베를린장벽이 구축되면서 이데올로기적인 우위를 점하기 위하여 하나의 폐쇄적인 사회로 변함과 동시에 유대 민족의 말살 주범이었던 아이히만(Eichmann)재판으로 말미암아 독일사회는 엄청난 파문에 휩싸이게 되었다. 이 재판이 이스라엘에서 열렸지만 세계적인 매스컴들은 독일 나치에 대한 비난의 목소리를 꾸준히 제기했으며, 이에 따라 경제재건에만 몰두한 독일인들은 과거의 문제에 시각을 돌리기 시작하였다.[30] 더구나 1963년 프랑크푸르트에서 아우슈비츠(Auschwitz) 강제수용소의 나치범들에 대한 재판이 열리자 독일인들은 독일의 내적인 문제를 본격적으로 제기하였다. 그로 인해 아데나워정권은 1963년 장기집권의 막을 내리게 되었고 차기 정권은 기민당 CDU(Christliche Demokratische Uniondeutschlands)과

20년대는 1차 세계대전과 독일혁명의 좌절, 러시아혁명이 일어난 시대이며 60년대는 2차 세계대전과 나치의 강제수용소, 원폭문제 등의 시대로 서로 비슷한 시기라고 단정하고 있다.(Vgl. Erika Salloch: a. a. O., S. 1.)

29) Jost Hermand: Wirklichkeit als Kunst, Pop, Dokumentation und Reportage, in: Basis 2(1971), S. 39.

30) 륄레는 1945년 후의 독일사회는 히틀러를 지지했던 사람들과 죄를 범했던 사람들, 나치의 추종자들, 그리고 과거에 안주해 사는 사람들 등 다양한 계층의 사람들로 구성되었다고 주장하고 있다.(Vgl. Günther Rühle: a. a. O., S. 47.)

사민당 SPD(Sozialdemokratische Partei Deutschlands)과의 연합정부로 이양되었다. 그러나 이 연합정부도 15년 이상 유지돼 온 독일의 과거청산문제를 쉽게 해결하지 못했다.

젊은 지식인들과 학생들을 중심으로 나치의 과거청산에 대한 목소리는 날로 거세지고 있었으며, 마침내에는 1967년 베를린에서 대규모 학생데모가 일어나고 말았다. 이 데모에서 오네조르크(Benno Ohnesorg)가 경찰의 총에 맞아 사망하자 독일 사회는 엄청난 충격에 휩싸였다.[31] 그 여파로 학생들의 데모는 날로 격렬해졌으며, 이듬해 본(Bonn)에서의 노동자들과 학생들의 연합데모는 독일 사회에 전혀 예상치 않은 혼란을 야기했다. 급기야는 기민당과 사민당이 공동으로 비상사태법안(die Notstandsgesetze)을 의결하게 되었다. 이처럼 60년대의 독일은 "서독의 가장 심각한 국내정치적인 위기(die stärkste innenpolitische Krise des westdeutschen Staates)"[32]의 시대였었다.

독일 작가들은 이러한 일련의 시대적 소용돌이 속에서 사회 비판적인 의식을 가지게 되었고, 이를 문학적으로 표현하는 방법을 찾게 되었다. 작가들은 특히 역사적인 현실인식의 필요성이 제기되자 진보적이고 사회비판적인 경향을 띠면서 독일의 과거 문제를 집중적으로 거론하며 정치적인 문제의 해결점을 찾는 데 몰두하게 되었다. 그로 인해 기존의 환상적이거나 가공적인 것이 아닌, "르포나 기록극, 녹음테이프 복사와 같은 비문학적인 것(Nicht－poetisches wie Reportagen,

---

31) 슈트라우스는 당시 학생의 데모를 독일 전후시대의 종말(Das Ende der deutschen Nachkriegszeit)로 적고 있다.(Vgl. Botho Strauß: Versuch, ästhetische und politische Ereignisse zusammenzudenken. Neues Theater 1967~1970, in: Theater heute 1(1970), S. 61.)

32) Werner Mittenzwei: Revolution und Reform im westdeutschen Drama, in: Sinn und Form 23(1971). S. 119.

Dokumentationsdrama, Tonbandnachschriften)"[33])이 주요 장르를 이루게 되었다. 이는 결국 독일 극문학의 커다란 지각변동을 가져오게 한 원인이 되었다.[34] 이러한 경향은 당시 진보적이며 사회비판적인 문학 그룹의 형성으로 더욱 급진적으로 발전하게 되었던 것이다.

<47그룹>은 이러한 시대적인 상황에 적응하지 못하고 1966년 미국의 프린스턴에서 열린 회합을 끝으로 해체되고 말았으며, 시대의 변화에 적극적으로 대처했던 <61그룹>의 활동이 점차 강화되었다. 진보적인 성향을 띤 이들은 독일의 국내문제뿐만 아니라 당시 세계적으로 첨예화되었던 계급투쟁과 제국주의 침략 등 국제적인 문제를 작품의 주제로 다뤄 시대적인 요구에 대응하고 있었다.[35]

더구나 60년대 중반 문학정기간행물인 『쿠르스부흐(Kursbuch)』와 『퀴르비스케른(Kürbiskern)』이 창간됨으로 인해 이러한 사회비판적인 움직임은 더욱 학문적으로 과시화되었다. 두 잡지는 당시 첨예화된 정치적인 문제였던 아우슈비츠사건이나 노동문제, 그리고 제3세계의 문제들을 주요 테마로 다뤄 당시 독일의 정치적 현실을 그대로 수용하고 있었다. 이처럼 60년대의 독일 문학은 정치참여적인 문학이 주를 이루게 되었다.

극문학에서도 이러한 시대적인 상황에 부응하기 위해 호흐후트, 키프하르트와 바이스의 작가들은 역사적인 현실인식과 비판적인 태도를 갖고 사실의 가치에 비중을 두는 기록의 논거에 의한 연극형식으로

---

33) Jost Hermand: Wirklichkeit als Kunst, Pop, Dokumentation und Repo- rtage, in: Basis 2(1971), S. 39.
34) 미텐츠바이는 바이스의 『마라 / 사드』와 호흐후트의 『신의 대리인』, 키프하르트의 『오펜하이머』 등이 상연되었을 때인 1963 / 64년이 서독의 극문학의 발전에 중요한 전환점이 되고 있다고 지적하고 있다.(Vgl. Werner Mittenzwei: a. a. O., S. 111.)
35) Vgl. ebd., S. 109.

창작하였다.[36) 그러므로 "최근 과거의 청산(Bewältigung der jüngsten Vergangenheit)"[37])을 목표로 하는 기록극은 "전후역사의 이러한 단계에서 이뤄진 의식변화의 결과(Das Ergebnis der Bewu- ßtseinsveränderung, die in dieser Phase der Nachkriegsgeschichte stattfanden.)"[38)]이다.

그러나 1960년대 독일 기록극의 발생에는 저널리즘의 영향을 결코 도외시할 수 없다. 당시 독일에서는 신문과 텔레비전이 정보전달의 지배적인 역할을 하였다. 아이히만 재판뿐만 아니라 프랑크푸르트재판 등 시대의 중요한 사건들에 대한 언론의 보도는 대중들의 의식을 지배할 정도였다. 그러나 언론의 보도가 객관적이고 사실적으로 전해지기보다는 강자와 권력자들의 편에서 왜곡되거나 날조되는 경향이 없지 않았다. 그래서 이러한 시대의 중요한 사건에 대한 객관적인 사실을 전달하고자 극작가들이 기록극이란 극형식을 채택하였다. 특히 1960년대 기록극이 나치의 만행에 대한 독일의 국내문제뿐만 아니라 원폭문제, 미국 제국주의의 제3세계 침략 등을 작품의 소재로 취한 것은 기록극의 이러한 경향을 더욱 강하게 제시한다.[39)]

비평가들 또한 이러한 관점에서 기록극을 많이 바라본다. 메이슨

---

36) 송윤엽: 독일기록극에 관한 고찰, 실린 곳: 한국외국어대학교 논문집 제 25집 1992, 221면과 222면 참조.
37) Helmut Motekat: Das zeitgenössiche deutsche Drama, Stuttgart, Berlin, Köln, Mainz 1977, S. 51.
38) Brian Barton: a. a. O., S. 48.
39) 실제로 호흐후트의 『신의 대리인』은 아이히만재판을 소재로 하고 있지만 궁극적으로는 유대인학살을 묵인해주는 교황 피이우스 12세의 책임문제를 거론하고 있으며 키프하르트의 『오펜하이머』 역시 미국에서 심문된 핵물리학자 오펜하이머의 재판을 작품화하고 있다. 바이스의 『허수아비』와 『베트남 토론』뿐만 아니라 엔첸스베르거의 『하바나의 심문(Das Verhör von Habana)』 등도 제 3세계의 문제를 주제로 하고 있다.

(G. Mason)은 아이히만 재판이 독일 드라마작가들의 의식을 일깨우는 데 직접적인 역할을 하였다고 주장한다.[40] 하이둑(Manfred Haiduk)도 1960년대 독일 기록극의 발달은 공식적인 커뮤니케이션 수단들의 의식적인 왜곡보도에서 비롯되었다고 지적하며,[41] 짜이퍼스도 기록극 작가들이 현대 매스미디어의 기법들을 차용했다고 주장한다.[42] 특히 하이둑은 당시 정치적, 경제적 위기상황과 복구의 완결, 위협적인 나치화와 민주주의의 붕괴, 우익으로의 급진화로 인해 정확한 정보에 대한 대중들의 욕구가 강화됨으로써 개화기를 맞게 되었다고 강조하기도 했다.

저널리즘은 사실 독재정권이나 비민주주의 국가에서 긍정적인 면보다는 부정적인 면이 더 강하게 나타난다. 이들 국가에서 저널리즘은 지배자와 권력자의 비호하에 이들의 권익을 옹호하거나 변호하는 경우가 많다. 특히 시대의 중요한 정치적인 사건일수록 이러한 경향이 더 강하게 나타난다. 그래서 이럴 때일수록 일반 시민들은 올바른 정보에 대한 욕구가 강해진다.

1960년대의 독일은 바로 이러한 시대적인 상황에 놓여 있었다. 이러한 매스미디어의 폐단에 대항하려는 의지가 기록극 작가들에게 전반적으로 나타나고 있으며, 바이스에게서 더욱 분명하게 나타난다. 그는 자신의 『기록극에 관한 소고(Notizen zum dokumentarischen Theater)』에서도 이 점을 분명히 밝히고 있다. 그러므로 60년대의 독일 기록극은 급변하는 정치적인 상황 속에서 저널리즘의 폐단을 극복하

---

40) Vgl. Gregory Mason: Dokumentary Drama from the Revue to the Tribunal, in: Modern Review 20('77), S. 268.
41) Vgl. M. Haiduk: Der Dramatiker Peter Weiss, Berlin 1969, S. 122.
42) Vgl. J. Zipes: a. a. O., S. 50. Vgl. Heinz Geiger / Hermann Haarman: Aspekte des Dramas, a. a. O., S. 145.

고자 생겨난 극문학이라고 할 수 있다.

2. 기록극의 개념

1960년대의 기록극은 호흐후트의 『신의 대리인』에서 시작되었으며, 키프하르트의 『오펜하이머』와 바이스의 『수사』 등이 발표되면서 기록극이란 하나의 문학적인 경향을 이루었다. 그러나 기록극의 개념은 한마디로 정의하기가 쉽지 않다. 기록극은 문학 장르로서 독립적으로 존재하기보다는 역사극이나 정치극, 서사극과 서로 연관되어 나타나기 때문이다. 그래서 일부 비평가들은 기록극을 역사극의 범주에 넣는가 하면,[43] 다른 비평가들은 정치극의 범주에 포함시키기도 한다. 그러나 많은 비평가들은 기록극을 역사극의 범주에 넣기보다는 정치극의 범주에 포함시킨다. 이들은 대부분 기록극이 시대의 민감한 사건들을 소재로 취해 정치적인 주제를 다룬다는 점에서 이와 같은 견해를 보인다. 특히 비평가들 가운데 멜힝어(Siegfrid Melchinger)와 쉬미츠, 블루머(Arnold Blumer)는 기록극을 정치극과 동일시하거나 기록극의 개념을 정의하는 데 있어서 아예 정치극에서 출발하고 있다.

멜힝어는 기록극과 정치극이 동일하다고 전제하면서 기록극은 작가의 역할이 사실의 극적인 나열에 제한된다고 주장한다.[44] 블루머

---

43) Vgl. Brian Barton: a. a. O., S. 3.
44) Vgl. Siegfried Melchinger: Von Sophokles bis Brecht. Das politische

도 기록극과 정치극은 근본적으로 동일하다면서 기록극의 개념이 정치극에서 출발한다고 주장한다. 그는 특히 자신의 논문인 『서독의 1960년대의 기록극(Das dokumentarische Theater der sechziger Jahre in der Bundesrepublik Deutschland)』에서 1960년대의 독일 기록극을 연구하기 위해 개념을 새롭게 정리할 필요성이 있다며 기록극에 대해 구체적으로 정의를 내렸다.

이 개념으로 정치적인 의지형성을 추구한다는 의미에서 정치적이라고 할 수 있는 하나의 연극이, 기록물들에 바탕하고 동시에 환상적인 것에서 벗어나려는 경향을 갖고 있는 하나의 연극이 특징 지워진다. 은폐와 현실변조, 거짓에 대한 비판을 통해 이 연극은 현실에 영향을 주려하고, (⋯⋯) 특히 이 연극은 예술적인 수단으로 작업되어야만 한다는 것을, 즉 예술로서 이 연극은 현실을 먼저 만들어내어야 하고, 그럼으로써 연극으로 남을 뿐만 아니라 정치극이 되어야 한다는 것을 의식해야만 한다.

Mit diesem Begriff wird ein Theater bezeichnet, das politisch ist in dem Sinne, daß es politische Willensbildung anstrebt, ein Theater, das auf Dokumenten basiert und dabei die Tendenz hat, sich vom Illusionnären abzukehren. Durch Kritik an Verschleierung, Wirklichkeitsfälschung und Lügen will es die Wirklichkeit beeinflüßen, (⋯⋯) Vor allem aber sollte es sich immer dessen bewußt sein, daß es mit künstlerischen Mitteln zu arbeiten hat, d.h. daß es als Kunst erst Wirklichkeit herausstellt und somit nicht nur Theater bleibt, sondern zum politischen Theater wird."[45]

Theater−Voraussetzungen seiner Gegenwart, in: Theater 1965, S. 45.
45) Arnold Blumer: a. a. O., S. 38.

기록극이란 무엇인가

쉬미츠도 기록극이 신빙성 있는 재료를 이용해서 대중의 의식변화에 기여하려고 한다는 이유로 정치극으로 고려된다고 주장한다.[46] 이들은 무엇보다 기록극이 정치적인 주제를 다룬다는 점에서 정치극과의 연관성을 강조한다. 그러나 엄격히 살펴보면 기록극은 정치극과 다소의 차이도 있다. 정치극이 작품의 구성적인 측면보다는 주제적인 측면을 강조한 데 비해 기록극은 작품의 구성적인 면을 더 강조한다고 볼 수 있다. 정치극은 정치적인 내용을 취급하지만 기록극은 정치적인 내용을 취급하되 그 내용이 사실적이다.

물론 기록극도 정치적인 주제를 다루고 있다는 점에서 정치극이다. 그러나 기록극은 정치극이 될 수 있어도 정치극은 기록극이 될 수 없다. 수학적으로 표현하자면 기록극은 정치극의 부분집합이면서 공집합이다. 수엘렘이 지적했듯이 정치극은 기록극의 상위개념(Oberbegriff) 인 것이다.[47]

실제로 브라우넥크(Manfred Brauneck)는 기록극을 정치극의 한 유형으로 간주한다. 그는 극작품의 효과와 미학적인 측면을 고려해 정치극을 정치적인 평론(Die politische Revue)과 브레히트의 서사극, 기록극 그리고 전통적인 사실주의 극(Das konventionelle realistische Theater)으로 나눈다.[48] 그는 정치적인 평론은 거리극(Straßentheater) 과 같은 선동적인 경향이 강하고, 서사극은 정치극 가운데 가장 강하게 언어적으로 구성된 극이라고 주장한다. 아울러 기록극은 신빙성 있는 기록의 사용에 기인하는 극으로 간주하며 '전통적인 사실주의

46) Vgl. Ingeborg Schmitz: a. a. O., S. 30.
47) Vgl. Moushira Suelem: a. a. O., S. 121.
48) Vgl. Manfred Brauneck: Politisches Theater－Episches Theater－Dokumentartheater, in: Ders: Theater im 20 Jahrhundert. Programmschriften, Stilperioden, Reformmodelle, Hamburg 1986, S. 311f.

극'은 사회주의 국가의 정치적인 내용을 당파적으로 취급하고 있는 극이라고 주장한다.

정치극은 한마디로 굉장히 포괄적인 극형식이다. 브라우넥크의 주장처럼 기록극은 정치극의 한 유형에 불과하며, 정치극이 곧 기록극이라는 등식은 다소 무리가 있음을 알게 된다.

실제로 기록극과 정치극을 엄격히 구분하는 데 있어서도 가장 중요한 요소는 기록의 사용이다. 브라우넥크가 지적했듯이 기록극은 어디까지나 기록의 사용에 기인하는 극이다. 블루머가 기록극의 개념을 정의하면서 '기록을 토대로 하는 극'이라고 한 것은 기록극이 기록을 토대로 쓰이는 극임을 강조하기 위함이다. 기록극의 정의를 제한적으로 축소시킨다면, 기록극은 케스팅(Mariane Kesting)이 지적한 것처럼 기록적으로 증명할 수 있는 사실에 토대를 두는 극이라고 할 수 있다.[49] 사전적으로 보더라도 기록극(Das dokumentarische Theater)의 'dokumentarisch'는 "기록을 토대로, 기록의 도움으로, 기록을 통해 증명할 수 있는, 기록에 의한(auf Grund von, mit Hilfe von Dokumenten, durch Dokumente belegbar, urkündlich)"[50]으로 나타난다.

그러나 문제는 기록극에서 작품의 어느 부분까지 기록이 토대가 되어야 하는지에 관한 것이다. 드라마에서의 상황이나 인물, 그리고 진술 등에서 기록적인 사실이 전부를 차지한다면, 별문제가 없지만 그렇지 않은 경우가 대부분이다. 타에니(Rainer Taéni)가 지적했듯이 기록극의 핵심이 되고 있는 기록적인 요소가 작품마다 다르게 나타날 뿐만 아니라 상당히 자유롭게 문학적으로 형성되고 있는 것이다.[51]

---

49) Vgl. Marianne Kesting: Volkermord und Ästhetik, in: Neue Deutsche Hefte 113(1967). S. 94.
50) G. Wahrig, Deutsches Wörterbuch. Gutersloh: Bertelsmann Lexikonverlag 1968, Spalte 919.

1960년대 독일의 대표적인 기록극이라고 할 수 있는 호흐후트의
『신의 대리인』이나 키프하르트의 『오펜하이머』를 보더라도 이를 쉽
게 알 수 있다. 이 두 작품도 전적으로 기록에 의존한 것은 아니다.
『신의 대리인』은 실제와 허구적인 인간을 혼합해 사용하고 있을 뿐
만 아니라 각각의 장면들 또한 자유롭게 창안되었다.[52]

　『오펜하이머』도 『신의 대리인』처럼 허구적인 인물은 등장하지 않
지만 작품의 마지막 장면은 허구적으로 구성되었다. 특히 키프하르
트 이 작품의 마지막 장면을 당시 생존했던 미국의 핵물리학자인 오
펜하이머가 실제로 언급한 것으로 묘사하였다.[53]

　그렇다면 기록극이 기록을 토대로 구성된다고 하지만 사실과 허구
의 비율이 어떻게 이루어져야 할까. 이 부분은 사실 기록극의 개념
을 정의하는 데 있어서 가장 중요하다. 기록극에 대한 비평가들의
개념규정이 사실과 허구의 비율을 어느 정도로 보느냐에 따라 근본
적으로 달라지고 있는 것이다.[54] 멜힝어와 블루머, 쉬미츠가 기록극
을 정치극과 동일시한 것도 이 부분을 어떻게 받아들이느냐에 따른
것이다.

　블루머는 기록극의 개념정의에서 작품에 허구적인 요소를 지니고

---

51) Vgl. Rainer Taeni: Drama nach Brecht, Basel 1968, S. 123.
52) 호흐후트는 당면한 역사적인 원자료(das vorliegende historische Rohma-
　　terial)를 하나의 희곡으로 만들기 위해 필요한 경우에 환상의 자유로운
　　전개(die freie Entfaltung der Phantasie)를 허용했다고 직접 밝히고 있다.
　　(Vgl. Rolf Hochhuth: Historische Streiflichter, in: Der Stellvertreter,
　　Hamburg 1967, S. 229.)
53) 이 작품의 마지막 장면은 오펜하이머의 해답을 제시하는 부분이다. 그
　　러나 이에 대한 오펜하이머의 실제적인 언급은 없다. 그럼에도 불구하
　　고 키프하르트는 이 장면을 자신의 분석에 따라 실제의 오펜하이머의
　　말을 인용한 것처럼 구성하였다. 때문에 오펜하이머는 이 장면에 대해
　　키프하르트에게 항의를 하기도 했다.(Vgl. Rolf-Peter Carl: a. a. O., S. 118.)
54) Vgl. Klaus Harro Hilzinger: a. a. O., S. 7.

있다고 하더라도 작가가 이를 허구라는 사실을 밝히고 현실에 충실한 모사(Abbild)라면 기록극이 될 수 있다고 주장한다. 더구나 그는 "환상의 의도적인 전향(die beabsichtigte Abkehr vom Illusionären)"[55]을 추구한다면 기록극이 될 수 있다고 강조한다. 그러나 그의 정의는 주관적이고 포괄적이다.[56] 오히려 환상의 배제는 서사극의 경향을 띠고 있음을 보여주기도 한다.

너스봄 또한 기록극에서 사실과 허구의 비율이 일정하게 나타나지 않고 있다는 사실을 인식한 나머지 기록극을 기록극(Dokumentary Theater)과 반(半)기록극(Semidokumentary Theater)으로 나눈다. 그는 기록극의 경우 작품의 전체 구성에 있어서 기록적인 요소가 대부분을 차지하고, 반기록극은 작품의 구성이 실재적인 기록과 허구적인 요소가 혼합되어 나타나지만 허구적인 요소가 더 많이 가미된 극이라고 주장한다. 그러면서 그는 바이스의 『수사』와 『허수아비』, 『베트남 토론』을 전자에, 바이스의 『마라 / 사드』와 그라스(Günther Grass), 도르스트의 작품들을 후자에 포함시킨다.[57]

---

55) Arnold Blumer: a. a. O., S. 10.
56) 실제로 블루머는 기록극을 정치극과 동일시한 나머지 '독일의 60년대 기록극'이란 논문에서 기록극으로 간주하기엔 무리인 작품까지 다루고 있다. 특히 이 논문에서 다루고 있는 바이스의 『마라 / 사드』는 기록극으로 보기 어렵다. 이 작품은 줄거리 자체부터가 완전한 허구이다. 바이스가 이 작품을 착안하게 된 것은 마라의 죽음(1793년)을 애도하는 사드의 추도사에서였다. 작품에 나타나고 있는 마라와 사드의 실제적인 대화는 존재하지 않았으며 두 사람의 만남도 전혀 이루어지지 않았다. 그러므로 이 작품은 드라마의 상황과 인물구성에 있어서 모두 허구적으로 구성되어 있다고 할 수 있다.(Vgl. Roff-Peter Carl: Dokumentarisches Theater, in: Manfred Durzak (Hrsg.): Die deutsche Literatur der Gegenwart, Stuttgart 1971, S. 102ff.)
57) Vgl. Laueen Nussbaum: The German Dokumentary Theater of The Sixties: A Stereopsis of contemporary History, in: German Studies Review 4 / 2(1981), P.241.

그러나 그의 이러한 구분도 실제적인 기록극의 개념정의에 있어서는 기록극과 정치극을 동일시하는 경우와 비슷한 양상을 만들어낸다. 이러한 사실들을 감안할 때 기록극의 개념은 힐칭어와 헤히트(Werner Hecht)의 정의가 보다 타당한 것으로 받아들여진다.

힐칭어는 "본질적이고 부수적이지 않는 구성요소로서 기록적인 재료를 포함(die Einbeziehung dokumentarischen Materials als wesentlichen und nicht nebensachlichen Aufbauelements)"[58]하는 극을 기록극이라고 말하며, 헤히트도 사실에 대한 재료인 '기록'이 극의 전반을 구성함은 물론 극 전체의 사건진행(Handlung)을 이루어야 한다고 주장한다.[59]

결국 기록극은 기록적인 내용이 작품의 전반적인 토대를 형성하되 소재와 주제들이 역사적으로 승인되어야 할 뿐만 아니라 등장인물과 이들이 사용하는 언어 또한 역사적으로 증명되어야 하는 극형식이라고 할 수 있다.[60]

기록극에 있어서 가장 중요한 요소는 사실 기록(Dokument)이다. 기록은 현실의 "신빙성이 있고 가공되지 않은 재료(authentisches, also unpräpariertes Material.)"[61]이다. 이는 "어떠한 사실의 조각(Schnitt gewisser Tatsachen)"[62]으로서 정치적인 협상문이나 연설문, 조서, 뉴스, 인터뷰 등을 말한다. 이러한 기록들을 토대로 비판적인 모델을 제시하는 극형식이 기록극이다.

---

58) K. H. Hilzinger: a. a. O., S. 4.
59) Vgl. Werner Hecht(Hrsg.): Brecht – Dialog 1968. Politik auf dem Theater, München 1969, S. 108. 송윤엽: 독일기록극에 관한 고찰. 222면에서 재인용.
60) Vgl. M. Haiduk: a. a. O., S. 123.
61) Bernhard Reich: Bemerkungen zum Dokumentartheater, in: Theater der Zeit 24(1968), S. 14.
62) R. Hochhuth: Soldaten, Hamburg 1967, S. 94.

기록극에서는 물론 몽타주기법이 가장 중요한 표현요소가 된다. 몽타주기법은 기록극의 토대가 되고 있는 방대한 기록 자료들을 선별해 구성하게 할 뿐만 아니라 이를 통해 비판적인 모델을 제시할 수 있기 때문이다. 그러므로 몽타주기법은 기록극의 전체 줄거리뿐만 아니라 인물과 언어의 구성에서도 나타난다.

물론 기록극은 현실의 비판적인 기능을 하는 것이 주목적이다. 매스미디어의 왜곡된 보도의 폐단을 극복하고자 사실의 객관적인 전달과 관객으로 하여금 올바른 판단을 유도하는 것이 기록극의 과제이다. 그 때문에 기록극은 개방형식을 취한다. 작품의 끝에서 어떤 해결책을 제시하는 것이 아니라 관객들로 하여금 판단을 이끌어 내기 위해 열려진 형태를 취한다. 이는 무엇보다 기록극이 모순을 제시하는 것이 아니라 진실에 대한 추구권을 보전하는 데 역점을 두고 있기 때문이다.[63]

그러나 기록극은 정치적인 비판을 제기하더라도 어디까지나 극형식을 유지해야 하는 것이 대원칙이다. 아무리 현실을 비판하고 문제를 제기한다고 하지만 현실비판적인 기능이 문학적인 영역에서 머물러 있어야 한다. 정치적인 도구화를 추구하는 거리극이나 선동극과는 달리 기록극은 극의 정치화 내지는 선동화를 극복하는 것을 우선의 과제로 여긴다. 이미 앞서 언급했지만 1920년대의 기록극과 1960년대의 기록극의 차이점도 이러한 부분에서 드러난다.

피스카토르의 『그럼에도 불구하고!』가 정치극 또는 시대극의 범주에 포함된다는 것은 이 작품이 사실상 정치적인 선동의 경향이 없지 않았기 때문이다. 물론 피스카토르도 당시 극과 정치를 동일시한 인물이었다.

---

63) Vgl. Erika Salloch: a. a. O., S. 32.

하지만 1960년대의 기록극 작가들인 호흐후트, 키프하르트와 바이스는 이를 원치 않았다. 이들은 정치와 문학을 구분하려고 했고, 기록극이 문학예술로서 존재해야 함을 강조하였다. 이들은 예술로서 정치를 원하고 정치 자체만을 원하지 않았으며, 기록극의 무대를 정치의 장으로 만드는 것이 아니라 정치적인 견해를 표현하는 연단(Podium)으로서 간주하였다.[64] 그러므로 기록극은 다양한 극수단을 통해 작품의 정치화가 아닌, 문학작품으로서의 가치를 추구하는 것을 원칙으로 삼는다. 그래서 블루머는 기록극이 예술적이면 예술적일수록 더욱 효과적으로 현실에 영향을 주고 현실을 교정할 수 있다고 주장하기도 했다.[65]

기록극의 주무기는 물론 무엇보다도 객관성에 있다.[66] 작품의 줄거리뿐만 아니라 주제가 객관적이어야 한다. 이는 무엇보다도 저널리즘과의 경쟁관계에서 비롯되었다고도 할 수 있다.

기록극에서는 일반 드라마보다는 작가의 입장을 중요시한다. 사실 정치적인 협상문이나 연설문, 뉴스, 인터뷰가 모두 객관적이고 공정할 수는 없다. 이들 자료의 정보가 허위일 수 있고 거짓일 수도 있다. 이들 자료의 진실여부를 선별하기 위해 작가의 철저한 연구가 요구되는 것이다.

타에니는 작가의 이러한 역할을 강조한 나머지 기록극이 극작법적인 초안을 특징짓는 것이 아니라 기록적으로 증명할 수 있는 역사적 사실을 무대에서 다루려는 작가의 노력을 특징짓는다고 주장하였다.[67] 바르튼은 기록극은 객관적이어야 함은 물론 정치적인 소재를

---

64) Vgl. Jack D. zipes: a. a. O., S. 49.
65) Vgl. A. Blumer: a. a. O., S. 14.
66) Vgl. Otto Best: Peter Weiss, Bern 1971, S. 127.
67) Vgl. R. Taeni: a. a. O., S. 123.

다룰 때에는 중립적이어야 한다고 강조하기도 했다.[68] 라이히(Bernd Reich) 또한 기록극의 작가는 "현재의 불법행위와 범죄에 대한 증인들(Zeugen der Untaten und Verbrechen der Gegenwart)"[69]이 되어야 한다고 피력하기도 했다.

이들의 주장은 무엇보다 기록극이 저널리즘과의 경쟁관계에서 객관적인 사실을 작품에 수용하는 것을 목표로 하고 있음을 의미한다. 기록극은 작가가 작품을 구성하기에 앞서 현실비판에 대한 철저한 검증과 연구를 하고, 이를 통해 객관적이고 비판적인 모델을 제시해야 하는 것이다.[70] 이는 물론 기록극에서 저자의 궁극적인 의도가 진실을 손상하지 않고 무대상으로 표현되는 행위의 축약된 그림(ein abgekürztes Bild des Verfahrens)을 제공하는 것에 있기 때문이다.[71] 결국 기록극은 "어떤 시적인 드라마로부터 탄생된 것이 아니라 기능에 대한 통찰로부터 탄생된(Aus keinen dichterischen Drama geboren, sondern aus der Einsicht in eine Funktion.)"[72]극이라고 할 수 있다.

---

68) Vgl. Brian Barton: a. a. O., S. 9.
69) Bernhard Reich: a. a. O., S. 14.
70) 물론 기록극의 객관성에 대해 의문을 제기하는 비평가들도 있다. 특히 짜이퍼스는 모든 작품은 자료의 선택에서부터 최종 생산단계까지 주관이 지배한다고 주장한다. 그러나 수엘렘은 작가의 이해가 재부여되는 한 주관적이지만 소재가 분명하다면 객관적이라고 주장한다.(Vgl. Jack D Zipes: a. a. O., S. 50. Vgl. Moushira Suelem: a. a. O., S. 125.)
71) Vgl. Heinar Kipphardt: Kern und Sinn aus Dokumenten. Zum Verhältnis des Stückes: In der Sache J. Robert Openheimer" zu dem Dokumenten, in: Theater heute 1964, H. 11, S. 63.
72) Günther Rühle: a. a. O., S. 54.

III

바이스의 문학과
기록극 이론

1. 문학관

바이스의 문학은 사회적, 정치적인 현실과 밀접한 관계를 맺고 있다.[1] 그는 문학을 현실의 단순한 표현수단으로 보지 않고 현실을 비판하고 시대를 반영할 수 있는 공간으로 간주하였다. 바이스의 이러한 문학적인 경향은 60년대에 접어들면서 더욱 두드러지게 나타나고 있으며, 특히 그의 문학 전성기라고 할 수 있는 기록극 시대에는 사회적인 비판과 정치적인 비판을 제기하는 것을 문학의 목적이라고 생각했다.

물론 이러한 경향은 그의 이데올로기적인 관점의 변화에 기인하지만 그의 문학적인 출발에서부터 시작된다. 실제로 그의 문학은 한마디로 시대의 모순 속에서 "반시민적이고 반파시스트적인 근본자세(Die antibürgerliche, antifaschistische Grundhaltung)"[2]를 취한다.[3]

---

1) Vgl. Fritz J. Raddatz: Peter Weiss, in: Ders.: die Nachgeboren(1983), S. 229.
2) Hans Christoph Buch: Im Schatten kleiner Talente, a. a. O., S. 27.
3) Vgl. Otto F. Best: Peter Weiss, Vom existentialischen Dramen zum marxistischen Welttheater. Eine kritische Bilanz, München 1971, S. 38f.

그는 1916년 베를린의 근교에 있는 노바베스(Novawes)에서 태어났지만 어릴 적부터 독일을 떠나 망명생활을 해야 했다. 1차 세계대전이 끝나고 독일에서 히틀러의 나치정권이 들어서자 많은 정치인들과 문인들이 사상적, 이데올로기적인 이유로 독일을 떠난 것과는 달리 아버지가 유대인의 혈통을 이어받았다는 것이 그 이유였다.[4] 그래서 그는 독일에서 청소년기를 보낸 뒤 18세 때 부모님과 함께 영국으로 망명을 하였다. 그곳에서 2년간 생활을 하다가 다시 체코로 망명지를 옮겼으며, 체코가 1940년 독일의 나치세력에 의해 점령되자 다시 스웨덴으로 망명했다. 결국 그는 한 나라에서 계속 살지 못하고 유럽 각국을 전전해야 했기에 독일인이면서도 일평생 어떤 민족이나 나라에 소속되지 않은 "무소속성(Unzugehörigkeit)"[5]으로 살아야 했다.

2차 세계대전이 끝난 후 작고할 때까지 스웨덴의 시민으로 살았지만 자신의 "뿌리(Wurzeln)"[6]라고는 찾아보기 힘든 이방인의 생활이었다. 그가 작고하기 3년 전에 한 인터뷰에서 "나는 결코 독일인이 아니었다(Ich war nie ein Deutscher)"[7]고 고백한 것도 이러한 점을 시사한다. 그의 문학은 바로 이러한 무소속적인 삶에서 발원되었다고 할 수 있는 것이다. 실제로 그는 『소진점(Fluchtpunkt)』에서 이러한 사실을 직접 고백한다.

---

4) 페터 바이스의 아버지는 유태인 혈통을 지닌 헝가리 인이었다. 그는 페터 바이스가 태어나기 전 오스트리아와 헝가리연합군의 장교로 복무하였다. 어머니는 스위스의 바젤(Basel) 출신으로 2차 세계대전 전까지 연극배우로 일했다.
5) Wend Kässens und Michael Töteberg: Gespräch mit Peter Weiss. über die "Ästhetik des Widerstands", in: Sammlung 2(1979), S. 227.
6) Peter Weiss: Wurzeln, in: Die Horen 27(1982) H. 2, S. 185.
7) Peter Weiss 1979 im Gespräch, zit. nach Heinrich Vormweg: Peter Weiss, München 1981, S. 14.

나는 나라와 인종에 소속되는 것을 거부하는 것과 같이 가족에 소속되는 것을 (……) 거부한다. 나는 단지 우정과 사랑관계 또는 예술작품과의 만남에서 동류적인 것을 발견하고자 했다.

Ich leugnete (……) meine Zugehörigkeit zu einer Familie, so wie ich meine Zugehörigkeit zu einer Nation und Rasse leugnete. Nur in meiner Freundschaft, in einer Liebesbeziehung wollte ich Verwandtschaftliches finden, oder in der Begegnung mit Kunstwerken.[8]

그의 망명생활은 예술 활동을 하기 위한 전제가 되었으며, 그것은 결국 독일 문단에서 지목받는 작가가 되는 밑거름이 되었다. 물론 바이스는 처음부터 문학을 시작한 것은 아니다.

그는 망명생활을 시작한 영국에서부터 그림을 그렸다. 두 번째 망명지인 체코에서도 화가로서 출세하기 위해 예술학교에 다니며 그림을 배웠다. 더구나 스웨덴으로 망명할 당시에는 "나는 피난민이나 도피처를 찾는 자로서 오지 않았다. 나는 여기서 화가로서 생활하기 위해 스톡홀름으로 왔다(Ich kam nicht als Flüchtling und Asylsuchender. Ich kam nach Stockholm, um hier als Maler zu leben.)"[9]고 할 정도로 그림에 대한 정열이 대단하였다. 그래서 그는 스웨덴에 도착하자마자 수도 스톡홀름에서 전시회를 열었으며 화가로서의 입지를 다지기 위해 지방 중소도시에서도 전시회를 개최하였다. 그러나 그는 화가로서 성공을 거두지 못한다. 그의 그림은 시대적인 요구에 부응하지 못하고 대중들로부터 외면을 당하고 만다.

그러나 그는 예술창작에 대한 열정을 수그러뜨리지 못하고 다음의

---

8) Peter Weiss: Fluchtpunkt, Frankfurt am Main 1965, S. 32.
9) Ebd., S. 6.

예술창작의 단계로서 영화를 제작하는 일에 몰두한다. 그는 1950년대 내내 사회적인 문제를 제기하는 작품들을 많이 만들었지만 이 또한 성공적인 예술 활동이 되지 못하였다. 결국엔 그는 작가의 길을 걷게 되었다.

그가 문필가를 지망하게 된 깃은 회가와 영화제작자로서 성공을 거두지 못한 것이라기보다는 망명생활에서 느낀 무소속감을 극복하기 위해 오래전부터 추구했던 길이기도 했다.

그는 이미 체코망명시절인 1937년에 독일 문단의 거물이었던 헤세(Hermann Hesse)와 교류하면서 작가의 길을 모색했으며, 직접 작품을 써 그로부터 문학적인 자질을 평가받기도 했다. 그래서 그는 스웨덴으로 영구 망명한 후에도 그림을 그리면서도 꾸준히 작품을 발표하기도 했다. 그러나 그는 망명생활로 인한 언어와 관습의 차이로 문학적인 토대가 제대로 마련되지 않아 작품은 실험적인 수준에 머물러야 했다. 그로 인해 그는 50년대 말까지 독일 문단에서는 거의 알려지지 않았다. 그는 1964년 『마라 / 사드』를 통해 독일문단에서 주목받는 작가가 되었으며, 그 후 기록극을 발표하면서 문필가로서 확고한 입지를 확보하였다.

바이스의 문학은 사실 크게 3단계로 나뉜다. 첫 번째 단계는 1930년부터 1960년대 초까지의 초기문학시기이며 두 번째 단계는 60년대 중반의 극문학 시기이다. 그리고 세 번째 단계는 70년대 이후의 후기 작품시기로 구분된다.[10] 특히 이 시기의 대표적인 작품은 그가 죽기 직전까지 10년여에 걸쳐 완성한 『저항의 미학』이다. 그러나 바이스의 문학은 시기적으로 이렇게 구분됨에도 불구하고 전체적으로

---

10) Vgl. Rainer Gerlach: Isolation und Befreiung zum literarischen Frühwerk von Peter Weiss, in: Ders.: Peter Weiss. Frankfurt am Main 1984, S. 175.

는 서로 내적인 연관을 지닌다. 그것은 무엇보다 그의 문학창작이 망명생활과 밀접한 연관하에서 이루어지고 있기 때문이다.

바이스의 전체 문학은 사실 자서전적인 경향을 짙게 내포한다. 이는 특히 초기 단계의 작품들에서 강하게 나타난다. 그의 최초의 작품인『섬에서부터 섬으로(Von Insel zu Insel)』(1944)를 비롯해서『패배자들(Die Besiegten)』(1947), 산문인『추방자(Der Vogelfreie)』(1948),『탑(Der Turm)』(1949) 등은 모두 자신의 체험적인 과거인 망명생활에서의 고통과 외로움을 주로 반영한다. 이들 작품 가운데 특히『탑』에서는 그의 망명생활에서의 삶을 '탑'에 비유해 그릴 정도로 자신의 망명생활의 굴레를 벗어나지 못하는 제한적인 삶을 표현한다.

50년대와 60년대 초에 발표된 작품들에서도 이러한 경향은 그대로 이어진다. 그러나 이 시기의 작품들은 40년대의 작품들과는 달리 사회비판적인 요소를 다소 강하게 드러낸다. 50년대 초에 발표된 허구와 사실의 혼합형식을 추구하고 있는 소설인『마부의 육신의 그림자(Der Schatten des Körpers des Kutschers』(1952, 60년 출간)와『보험(Die Versicherung)』(1952)에서는 자신의 망명생활에 대한 내적 체험을 작품의 소재로 다루고 있으면서도 망명생활에서 느낀 사회비판적인 경향을 비교적 많이 나타낸다. 특히 "시민사회의 내적 붕괴(den inneren Zerfall der bürgerlichen Gesellschaft)"[11]를 폭로하는『보험』에서는 반시민적인 경향을 노골적으로 드러낸다.

그는 60년대 초에 발표된 자서전적 소설인『부모와의 이별(Abschied von der Eltern)』(1961)과 1930년대 말부터 1947년 초까지 자신의 사회적 체험을 적고 있는『소진점(Fluchtpunkt)』(1962)에서도 자신의 망

---

11) Rainer Gerlach: Isolation und Befreiung, zum literarischen Frühwerk von Peter Weiss, in: Ders.(Hrsg.): Peter Weiss. a. a. O., S. 172.

명생활의 체험을 적고 있지만 반시민적인 경향을 강하게 나타낸다. 이 작품들에 나타나고 있는 자신이 겪은 직접적인 체험들인 불안과 절망, 내적 공허감, 고독, 고향 없음 등을 통해 반파시스트적인 경향을 드러냄으로써 사회비판적인 의식이 점차 강화되었음을 알게 한다. 더구나 이 작품들에 이어서 발표된 『손님들과의 밤(Nacht mit Gästen)』(1963)에서는 물질만능의 병폐를 고발하는 등 이러한 사회고발적인 더욱 심도 있게 그려낸다.

그러나 바이스는 이러한 작품들을 쓰면서도 어떠한 비판적인 이데올로기를 갖지는 못했다. 그는 투름(Brigitte Thurm)이 말한 대로 서민층에 속해 있었으면서도 개인적으로는 모든 서민적인 것에 대해 반항하였을 뿐이지, 어떤 참된 투쟁의 목표를 가지고 비판을 제기하지는 못하였다.[12]

실제로 바이스는 자신의 초창기 작품들이 자기중심적인 사고에서 벗어나지 못하고 있음을 고백한다.

> 내가 작품을 쓰기 시작한 이래로 참여에 관한 나의 입장은 꾸준히 변화되었다. 작품을 쓰려던 나의 초기의 시도에서는 나의 생존만을 생각했다. 그것은 망명과 전쟁의 시간이었다. 나는 어딘가에도 속하지 않았고 이러한 무소속성으로부터 미덕을 창출했다. 나의 견해로는 나의 참여는 광적이었던 투쟁에 내가 관여하지 않는 데 있었다. 전 세계가 목숨과 죽음을 건 투쟁을 위해 두 진영으로 분리되었을 때에도 나는 참견하지 않으려고 했다. (……) 나는 내 목숨의 희생할 가치가 있다고 판단되는 이데올로기를 인식할 수 없었기 때문이다.
>
> Seit dem Beginn meiner Arbeit hat sich meine Haltung dem Engagement gegenüber dauernd verändert. Bei meinen frühesten Versuchen

---

12) Vgl. Brigitte Thurm: a. a. O., S. 1091.

zu schreiben, dachte ich nur an meine eigene Existenz. Das war die Zeit der Emigration und des Krieges. Ich gehörte nirgendwo hin und machte aus diesem Nichtgehören eine Tugend. Mein Engagement bestand darin, mich nicht in einer Auseinandersetzung zu engagieren, die meiner Ansicht nach wahnsinnig war. Selbst wenn die ganze Welt sich zu einem Kampf auf Leben und Tod in zwei Lager trennte, wurde ich versuchen, mich nicht einzumischen. (······) denn ich konnte keine Ideologie erkennen, die mir das Opfer meines Lebens wert war.[13]

바이스가 작가로서의 존재를 알린 『마라 / 사드』(1964)에서도 이러한 자기중심적인 사고를 벗어나지 못하였다. 오히려 이 작품에서는 자신의 이러한 입장을 하나의 결정체로 표현한다. 이 작품에서 나타나고 있는 개인주의를 표방하는 주인공 사드와 집단주의적이고 사회 비판적인 경향을 지닌 마라와의 대결은 바로 그 자신이 오랫동안 추구해 온 입장을 대변한다. 이는 바로 바이스가 초기 작품에서부터 꾸준히 내재시키고 있는 중도적인 입장이며, 어떤 집단이나 이데올로기에 소속되지 않는 제3의 입장이었다.[14]

그러나 바이스는 이러한 제3의 입장을 구(舊)동독 지역이었던 로슈토크(Rostock)에서 『마라 / 사드』를 공연하면서 포기하였다. 그는 이때 초창기의 개인주의를 표방하는 사드의 입장에서 사회비판적인 마라

---

13) Peter Weiss: Rede in englischer Sprache gehalten an der Princeton University USA am 25. April 1966, unter dem Titel: I come out of my Hiding Place, in: Volker Canaris(Hrsg.): Über Peter Weiss, Frankfurt am Main 1976, S. 9.
14) 바이스는 또한 프린스턴대학에서의 연설에서 자신이 성장하는 동안 두 가지 가능성이 존재했다고 고백한다. 하나는 승리자의 길이고 다른 하나는 살인자의 길이었다고 고백하고 있다. 그러나 그는 중립적인 제3의 길을 선택해 왔으며 이는 누구에게서 제공받은 것이 아니라 스스로 발견했다고 밝히고 있다.(Vgl. ebd., S. 12.)

의 입장으로 전환한다. 그는 이 작품의 공연 중에 "작품의 끝부분에서 마라가 도덕적 승리자로 나타나지 않은 나의 작품의 공연은 잘못 되었다.(Eine Inszenierung meines Stückes, in der am Ende nicht Marat als der moralische Sieger erscheint, wäre verfchlt.)"[15]고 주장할 성노로 사고의 급진적인 전환을 하였다.

그의 이러한 입장변화는 일시적이거나 어느 날 갑자기 대두된 것은 아니다. 그것은 이미 오래전부터 예감된 사실이다. 이러한 사고의 전환은 바이스가 나치정권을 피해 국외자의 생활을 한 것과 깊은 연관이 있으며, 당시 아우슈비츠 강제수용소사건을 다룬 프랑크푸르트 재판과 마르크스주의의 영향이 더 크게 작용하였다.

바이스는 이미 로슈토크에서 『마라 / 사드』를 공연하기 전에 스웨덴 신문 <다겐스니헤떼르(Dagens Nyheter)>의 통신원의 자격으로 1년간 프랑크푸르트재판을 참관해 재판의 상황을 보고한 적이 있다. 이 과정에서 자신의 내면에 깊게 자리 잡고 있는 시대적인 상처인 아우슈비츠 강제수용소의 원인을 인식하게 되었다. 그는 이와 더불어 이 시기에 마르크스의 저서들을 탐독하면서 사회비판적인 이론의 토대를 마련하는 계기가 되었던 것이다.[16] 그래서 그는 이 시기를 기점으로 사회비판적인 경향을 보다 강하게 드러냈으며, 마침내는 사회주의를 옹호하는 입장을 취하였다.

그는 특히 1965년 3월 19일 동독작가들이 바이마르에서 히틀러의 파시즘(Faschismus)으로부터 해방 1920주년을 기념하기 위해 초대된 발기위원회의 서두연설에서 서독의 작가들과 자본주의를 노골적으로

---

15) Zit, nach Rolf-Peter Carl: a. a. O., S. 113.
16) Vgl. Brigitte Thurm: a. a. O., S. 1092.
   Vgl. Manfred Haiduk: Der Dramatiker Peter Weiss, Berlin 1969, S. 118.

비판하기도 했다. 그는 심지어 이 연설에서 서독의 작가들이 자본주의와 결탁되어 있기 때문에 올바른 예술 활동을 할 수 없다고 단정 짓기도 했다. 그로 인해 서독 작가들 사이에서 격렬한 공격이 제기되었다. 그러나 바이스는 이들 작가의 비난에도 불구하고 사회주의적 예술의 표현이 참된 문학을 탄생시킨다고 주장하였다.

> 나는 학문적 사회주의와 예술의 표현의 자유를 결속시킨다. 왜냐하면 나는 사회주의에서 실제적으로 자유로운 예술, 다시 말하면 투기, 상업화, 지배계급에의 봉사에서 벗어난 예술을 위한 전제를 볼 수 있기 때문이다.

> Ich verbinde mit wissenschaftlichen Sozialismus die Ausdrucksfreiheit der Kunst, weil ich im Sozialismus überhaupt erst die Voraussetzung sehe für eine wirklich freie Kunst, d. h. eine Kunst, die sich von der Spekulation, der Kommerzialisierung und dem Dienst an einer herrschenden Klasse losgelöst hat.[17]

더욱이 그는 『분단된 세계에서 작가의 10가지 작업점(10 Arbeitspunkte eines Autors in der geteilten Welt)』(1965)에서도 작가의 창작활동도 사회주의의 바탕 위에서 이루어져야 한다고 주장해 서독작가들에게 더 큰 충격을 주었다. 특히 엔첸스베르거는 바이스를 '공허한 공론가'라고 격렬히 비난하면서 그와 논쟁을 벌이기도 했다.[18] 하지만 그는 이 에세이에서 사회주의만이 올바른 사회체제를 유지시켜 줄 수 있

---

17) Peter Weiss: Antwort auf einen Offenen Brief von Wilhelm Girnus an den Autor in der Zeitung "Neues Deutschland", in: Ders.: Rapporte 2, a. a. O., S. 28.
18) Vgl. Peter Weiss und H. M. Enzensberger. Eine Kontroverse, in: Kursbuch 6(1996), S. 165ff.

다며 자신의 입장을 확고히 밝히기도 했다.

사회주의 노선은 나를 위해 타당한 진실을 지니고 있다. (……) 자
아비판, 변증법적인 논쟁, 변회와 계속적인 발전을 위한 지속적인 개
방성이 사회주의의 구성요소들이다. 오늘날 나에게 남은 두 선택가능
성 사이에서 나는 사회주의적인 사회질서에서만이 세계 내에 있는 존
속하는 오해들을 제거할 가능성이 있다고 생각한다.

Die Richtlinien des Sozialismus enthalten für mich die gültige
Wahrheit. (……) Die Selbstkritik, die dialektische Auseinandersetzung,
die ständige Offenheit zur Veränderung und Weiterentwicklung sind
Bestandteile des Sozialismus. Zwischen den beiden Wahlmöglichkeiten,
die mir heute bleiben, sehe ich nur in der sozialistischen Gesellscha-
ftsordnung die Möglichkeit zur Beseitigung der bestehenden Mißve-
rständnisse in der Welt.[19]

바이스는 이 시기에 사회주의체제에서만이 올바른 예술 활동을 할
수 있다고 생각했다. 그는 사회주의가 자유로운 창작 활동을 보장해
주고 진실을 올바르게 전달할 수 있다고 여겼다. 결국 그는 사회주
의를 옹호하는 입장에서 작품을 집필하였으며, 기록극들도 바로 이
때 탄생되었다.
그의 기록극인 『수사』와 『허수아비』, 『베트남 토론』 모두는 사실
자본주의를 비판 작품들이다. 『수사』는 아우슈비츠사건을 다루고 있
지만 나치의 만행보다는 이 사건의 궁극적인 원인이 자본주의에서
비롯되고 있음을 고발하고 있으며, 『허수아비』와 『베트남 토론』에서

---

19) Peter Weiss: 10 Arbeitspunkte eines Autors in der geteilten Welt, in:
Ders.: Rapporte 2. a. a. O., S. 22.

도 아프리카와 베트남에서 착취당하는 주민들의 비참한 생활을 통해 자본주의의 모순에서 비롯되고 있는 포르투갈의 식민주의와 미국의 제국주의를 비난하고 있는 것이다.[20] 하지만 바이스가 자본주의를 비판하는 작품을 썼다고 할지라도 사회주의로 완전히 전향한 작가로는 보기 어렵다. 그가 냉전의 상황하에서 사회주의를 맹목적으로 옹호했던 것이 아니라 사회주의가 자본주의보다 낫다고 판단했기 때문이다.

그것은 무엇보다 사회주의 체제에서는 자본주의에서 찾아보기 어려운 자기비판과 표현의 자유(Selbstkritik und volle Redefreiheit)가 보장되어 있다고 생각한 것에 연유된다.[21] 그가 『분단된 세계에서 작가의 10가지 작업점』에서도 사회주의를 극단적으로 옹호하긴 했지만, 그것의 전제는 자기비판과 자유로운 창작활동의 보장에 있다고 주장한다. 더구나 그는 1965년 6월 4일에 가진 스웨덴신문 <스톡홀름스 티딩엔(Stockholms Tidingen)>과의 인터뷰에서도 자신의 생각을 밝히고 있다.

　사회주의 국가들과 나의 연대는 이들 체제들의 가능성들과 관련된다. 나는 베를린에서 사회주의는 자기비판과 완전한 표현의 자유를 전제로 한다고 밝혔다. 그러나 나는 사회주의가 오늘날 발전될 수 있는 유일한 체제라는 것을 믿고 있다. 사회주의가 비판과 변화를 전제

---

20) 바이스는 이 세 작품의 주제를 동일한 선상에서 바라보았다. 그는 나치주의가 유럽에서 사라졌다고 할지라도 현시대의 식신민주의와 제국주의로 부활했다고 생각했다.(Vgl. Wend Kässens und Michael Töteberg: "Gespräch mit Peter Weiss. Über "Ästhetik des Widerstands", in: Sammlung 2. a. a. O., S. 224.)

21) Vgl. Marcel Reich－Ranicki: Peter Weiss. Poet und Ermittler 1916~1982, in: Rainer Gerlach(Hrsg): a. a. O., S. 9.

로 하기 때문에 나는 전적으로 근본이념으로서 마르크스주의 – 레닌주의를 지지한다.

Mein Solidarität mit den sozialistischen Ländern gilt den Möglichkeiten dieser Systeme. Ich erklärte auch in Berlin, daß der Sozialismus Selbstkritik und volle Redefreiheit voraussetzt. Ich glaube aber, daß der Sozialismus heute das einzige System ist, das sich entwickeln wird. Ich stelle mich ganz hinter der Marxismus – Leninismus als Grundidee, weil er Kritik, Veränderung voraussetzt.[22]

물론 그가 사회주의를 비판하지 않은 것도 아니다. 그는 사회주의를 옹호하면서 기록극들을 썼지만 사회주의 또한 자본주의에 못지않은 비판받을 요소를 지니고 있다고 생각했다. 그는 특히 1968년 소련이 체코를 침공하자 소련의 침략이 제3세계에 대한 제국주의의 침략과 전혀 다를 바가 없다는 사실을 깨닫게 되었다. 그로 인해 그는 기록극을 발표하고 난 뒤에는 오히려 사회주의를 비판하는 작품들을 썼다.

실제로 기록극에 이어서 발표된 『망명지의 트로츠키(Trotzki im Exil)』에서는 반소비에트적인 입장을 보여준다. 그는 이 작품에서 스탈린에 의해 가족들까지 몰살당한 트로츠키를 사회주의의 정통적인 이론가이자 혁명의 순교자로 묘사하였다. 그래서 그는 반소비에트적이고 트로츠키주의를 옹호했다는 이유로 사회주의 국가들로부터 엄청난 비난을 받았다.[23] 이 작품이 뒤셀도르프(Düsseldorf)에서 초연되었을 때, 예술아카데미 출신 학생들이 무대에 뛰어올라 "우리에게

---

22) Zit. nach Thomas von Vegesack: Dokumentation zur Ermittlung, in: Kürbiskern(1966), H. 2, S. 78f.
23) Vgl. Manfred Jäger: Der Symphathisant im Getriebe. Literaten der DDR und Peter Weiss – eine wechselseitige Herausforderung, in: Ders.: Sozialliteraten, 1973, S. 193.

레닌을 다오, 그러나 트로츠키는 아니다. 너 개자식아!(Gib uns Lenin, aber nicht Trotzki, du Hundessohn!)"[24]라고 그를 맹렬히 비난하였다. 모든 좌익세력들도 그를 이데올로기적 절충주의자이자 정치적 노선이 불투명한 무정부주의자라고까지 비난했다.

특히 비평가인 긴스부르크 (Lew Ginsburg)는 "페터 바이스의 자기선전과 자기폭로(Selbstdarstellung und Selbstentlarvung des Peter Weiss)"라는 제목으로 된 바이스의『망명지의 트로츠키』에 대한 비평에서 그가 무가치한 반소비에트적인 작품을 썼다고 주장하며, 이 작품을 소련인과 모든 참된 공산주의자들의 모욕이자 일종의 거친 이데올로기적인 태업이라고 간주하였다.[25] 이 때문인지 멕켈(Christoph Meckel)은 바이스가 "양 독일의 감정을 해친 비판적인 공산주의자였다(ein kritischer Kommunist, der in beiden deutschen Ländern Anstoß erregt.)"[26]고 주장하기도 했다.

바이스는 사태가 심각해지자 이를 모면하기 위해 다시 사회주의 세력들을 무마시키려고 했으며, 결국 이 작품에 이어서 발표된『횔더린(Hölderlin)』에서는 초창기 작품에서 내재되었던 제3의 입장으로 되돌아가게 된다. 이 작품은 실제로 구조와 내용 면에 있어서도『마라 / 사드』와 유사한 형식을 추구한다. 그러므로 바이스는 사회주의로 완전히 전향한 작가로 간주하기 어렵다. 오히려 그는 자본주의와 사회주의의 모순점을 동시에 고발하려고 한 만큼 사회개혁적인 마르크스주의에 충실한 작가였다고 할 수 있다.[27]

---

24) Lew Ginsburg: Selbstdarstellung und Selbstentlarvung des Peter Weiss, in: Volker Canaris(Hrsg.): Über Peter Weiss, a. a. O., S. 136.
25) Vgl. ebd., S. 139.
26) Christoph Meckel: "eine Provokation, die sich nicht erschöpft." Laudation für Peter Weiss, in: Horen 27 (1982), S. 108.

그가 『마라 / 사드』의 동독공연을 계기로 정치적이고 이데올로기적
인 전환을 추구했지만 그것은 어디까지나 마르크스주의적인 토대 위
에서였고, 사회주의를 옹호했다고 하지만 자본주의의 모순점보다 사
회주의에서의 모순점을 더 적게 발견했기 때문이었다. 루카치가 지
적한 것처럼 바이스는 "나쁜 사회주의가 가장 좋은 자본주의보다 낫
다(Der schlechte Sozialismus ist besser als der beste Kapitalismus.)"[28]
고 생각했다.

그는 사실 예술의 목적이 사회참여적이며 정치적인 계몽에 있으
며,[29] 작가의 임무 또한 진실을 발견하고 표현하는 데 있다고 생각
했다.[30] 그는 문학을 통해 사회의 변화를 시도했다는 사실을 자신의
『비망록(Notizbücher)』에서도 직접 밝힌다.

나는 미래를 위해 글을 쓰지 않는다. 나는 영원을 위해서는 더더욱
아니다. 나는 오늘을 위해 그리고 오늘의 변화를 위해 글을 쓴다. 내가
오늘 나의 집필로 아무것을 성취하지 못한다면 모든 집필은 무의미하다.
Ich will nicht für die Zukunft schreiben, und schon gar nicht für die
Ewigkeit. Ich will für diesen Tag schreiben und für die Veränderung
dieses Tages. Wenn ich heute mit meinem Schreiben nichts erreichen
kann, dann ist das ganze Schreiben sinnlos.[31]

27) Vgl. Giorgio Polacco: Unterentwickelte Länder und Revolutionäre Welt. Eine
    Begegnung mit Peter Weiss, in: Peter Weiss: Gesang vom Lusitanischen
    Popanz. Mit Materialien, Frankfurt am Main 1974, S. 89.
28) Zit. nach William H. Rey: Kein Ort, Nirgends, Der Heimatlose
    Sozlalismus des Peter Weiss, in: Orbis Litteraum 43(1986), S. 80.
29) Vgl. M. Durzak: a. a. O., S. 296.
    Vgl. Peter Weiss: 10 Arbeitspunkte eines Autors in der geteilten Welt.
    a. a. O., S. 14.
30) Vgl. ebd., S. 22.
31) Peter Weiss: Notizbücher 1960~1971, Bd. 1, Frankfurt am Main 1982, S. 473.

결국 바이스는 사회개혁적인 입장을 취하면서 집필활동을 통해 사회의 변화와 개혁을 모색해 이상적인 사회의 실현을 추구했던 것이다. 이는 무엇보다 당시 이슈화된 아우슈비츠사건이나 제3세계[32]의 문제를 제기함으로써 보다 나은 사회의 실현이 가능하다고 보았기 때문이다. 특히 그는 이 사건들에서 억압당하고 착취당하는 자들을 위한 사회개혁이 무엇보다 필요하다고 여겼던 것이다.

실제로 그는 이들과 자신을 동일시하였다.[33] 그는 1966년 <뉴욕타임즈매거진(New York Times Magazine)>과의 인터뷰에서 "나는 유대인보다 베트남의 민족 혹은 남아프리카의 흑인들과 더 동일시한다. 나는 정말 이 세계의 억압받는 사람들과 동일시한다(Ich identifiziere mich mit den Juden nicht mehr als mit dem Volk von. Vietnam oder mit den Schwarzen in Südafrika. Ich identifiziere mich ganz einfach mit den Unterdrückten dieser Welt.)[34]고 피력하기도 했다. 이는 물론 이들의 고통스럽고 소외당하는 삶이 어릴 적부터 나치세력을 피해 유럽을 전전하며 망명생활을 한 자신의 삶과 일치한다고 판단했기 때문이다. 그래서 그는 억압당하거나 착취당하는 자들과의 연대하에서 기록극을 집필하였다.

---

32) 바이스는 제3세계 또는 저개발국(unterentwickelte Land)이란 표현의 사용을 거부하였다. 그는 이들 국가를 '혁명의 세계(revolutionäre Welt)' 또는 '혁명투쟁의 세계(die Welt des revolutionären Kampfes)'라고 명명했으며, 우리 시대의 가장 중요한 세계라고 단정 짓기도 했다.(Vgl. Giorgio Polacco: a. a. O., S. 90f.)

33) Vgl. Peter Weiss: 10 Arbeitspunkte eines Autors in der geteilten Welt, a. a. O., S. 23.

34) Zit. nach R. Cohen: Peter Weiss. a. a. O., S. 164.

2. 기록극 이론

바이스는 독일 기록극 작가 가운데 이론과 실제를 겸비한 작가이다. 그는 기록극들을 직접 썼으며, 이를 토대로 기록극 이론을 제시했다. 그의 기록극 이론은 자신이 직접 쓴 『기록극에 관한 소고』[35]에 잘 나타나 있다. 그는 여기서 14항목에 걸쳐 기록극의 특징과 형식, 구성 등에 대해 상세히 적고 있다.

그는 기록극을 단순히 기록물을 토대로 해서 만든 극형식으로만 보지 않고 오히려 매스미디어와의 경쟁관계에서 바라보았다. 그는 먼저 기록극을 정치극과 저항극, 반극(Anti-Theater)과 마찬가지로 프롤레타리아의 문화혁명운동과 사회주의의 선동선전극, 피스카토르의 실험극과 브레히트의 교습극(Lehrstück) 등 수많은 형태를 수용한 사실주의 시대극(Das realistische Zeittheater)에 그 뿌리를 두고 있다고 하였다.[36] 그러면서 그는 "오로지 소재의 기록과 관계되는(die sich ausschließlich mit der Dokumentation eines Stoffes befaßt)"[37] 극형식을 기록극으로 간주했다. 그는 무엇보다 기록의 자료인 조서와 문서, 편지, 통계표, 증권시세표, 은행과 기업체의 결산보고서, 정부의 성명서, 식사(式辭), 인터뷰, 저명인사들의 발언, 신문과 방송의 보도, 사진, 시사영화들(Journalfilme), 현시대의 다른 증거들을 가공

---

35) Peter Weiss: Notizen zum dokumentarischen Theater, in: Ders.: Rapporte 2, Frankfurt am Main 1971, S. 91ff.(바이스는 이 작품을 1968년 3월에 발표하였다. 그는 기록극 작품을 모두 발표하고 난 뒤 이들 작품들을 토대로 기록극 이론을 정립하였다. 일부 비평가들은 1967년에 발표된 『베트남 토론』을 이론의 모범으로 삼고 있다고 주장하기도 한다.)
36) Vgl. Peter Weiss: Notizen zum dokumentarischen Theater, a. a. O., S. 91.
37) Ebd.

하지 않고 사실 그대로 전달하는 것을 기록극이라고 강조한다.[38]

　기록극은 모든 허구를 배제한다. 기록극은 신빙성 있는 재료를 수용하고 내용을 변경시키지 않고 형식 속에서 가공되어 무대로부터 이것을 재생한다.

　Das dokumentarische Theater enthält sich jeder Erfindung, es übernimmt authentisches Material und gibt dies, im Inhalt unverändert, in der Form bearbeitet, von der Bühne aus wieder.[39]

　그러나 그는 기록극의 무대에서는 "어떤 특정한, 대개 사회적이거나 정치적인 주제에 집중되는 선택(eine Auswahl (……), die sich auf ein bestimmtes, zumeist soziales oder politisches Thema konzentriert)"[40]이 제시되어야 하며, 이러한 주제의 '선택'이 기록극의 특성을 규정짓는다고 하였다(제1항목). 이를 위해서 그는 기록극이 매일 사방에서 우리에게 밀려드는 정리되지 않은 보도자료(Nachrichtenmaterial)와는 달리 "은폐에 대한 비판(Kritik an der Verschleierung)"[41]과 "현실변조에 대한 비판(Kritik an Wirklichkeits – fälschungen)",[42] "거짓에 대한 비판(Kritik an Lügen)"[43]을 통해 작업이 이루어져야 한다고 강조하였다. 그는 특히 신문과 라디오, 텔레비전(TV)의 보도가 지배적인 이익그룹에 의해 조종되는 경향이 없지 않기 때문에 '은폐에 대한 비판'이 이루어져야 한다고 주장하였다.

---

38) Vgl. ebd.
39) Ebd., S. 91f.
40) Ebd., S. 92.
41) Ebd.
42) Ebd.
43) Ebd., S. 93.

아울러 그는 역사적인 인물이나 역사적인 사실들이 왜 의도적으로 삭제되는지 그리고 이들 사실들이 제거됨으로써 누구의 입장이 강화되는지를 알아내기 위해서는 '현실변조에 대한 비판'이 행해져야 한다고 피력하였다. 그리고 그는 역사적인 변조에 의해 빚어지는 영향은 무엇이며 거짓 위에서 구축된 현재의 상황이 어떻게 제시되고 있는지를 파악하기 위해서는 '거짓에 대한 비판'이 이루어져야 한다고 주장하였다.(제2항목) 이는 바로 바이스가 기록극을 매스미디어와의 경쟁관계에서 바라본 데서 비롯된다.

그는 사실 기록극이 현실과 동떨어진 극형식이 아니라 "매스미디어를 통해 우리에게 근접되는 공적인 삶의 구성요소(Bestandteil des öffentlichen Lebens, wie es uns durch die Massenmedien nahe gebracht wird)"[44]로 인식하였다. 하지만 그는 당시 매스미디어의 역할에 대해 부정적으로 생각하였다. 비록 매스미디어가 세계 곳곳의 호기심어린 새로운 정보들을 전달해 줄지언정, 정작 현실인식에 필요한 "우리의 현재와 미래를 각인하는 가장 중요한 사건들(die wichtigsten Ereignisse, die unsere Gegenwart und Zukunft prägen)"[45]은 은폐시킨 채 전달되고 있다고 생각하였다. 그는 특히 우리 시대의 중요한 사건들이 지배자와 권력자들의 조종하에 은폐되어 전달되기 때문에 일반 대중들은 미래의 비전을 제시받는 책임 있는 자료들(Die Materialien der Verantwortlichen)[46]을 접할 수 없다고 여겼다(제3항

---

44) Ebd.
45) Ebd.
46) 바이스는 루뭄바(Lumumba)와 케네디(Kennedy), 체 구에바라(Che Guevara)의 암살과 인도네시아의 대학살, 제네바의 인도지나협상, 중앙아시아의 갈등, 미국의 베트남 침략 준비 등이 우리 시대의 가장 중요한 사건들에 해당된다고 하였다.(Vgl. ebd.)

목). 이 때문에 바이스는 기록극이 애매하고 몽매한 정치를 하는 그
룹들을 지양하고 "대중들을 마비와 우둔화의 진공 속에 안주시키는
매스미디어의 경향에 대항하는 극(Das sich gegen die Tendenz von
Massenmedien richtet, die Bevölkerung in einem Vakuum von Betäu-
bung und Verdummung niederzuhalten.)"[47]으로 간주하였다.

그가 기록극이 "공개적인 저항의 수단(Zum Mittel des öffentlichen
Protests)"[48]이 되어야 하고 플래카드나 명대(Spruchbändern), 확성기
를 가지고 자발적인 집회를 개최하는 것처럼 현재의 상황에 대한 반
응을 표현해야 한다고 주장한 것도 이러한 이유에서이다(제4항목).
그래서 그는 기록극이 노상시위나 유인물 배포와 같이 직접적인 효과를
나타내는 구체적인 행위가 궁극적으로는 질서세력들(Ordnungsmächten)
과 대립하면서 사회적인 모순관계가 특징지어질 수 있듯이 "잠재적
인 시대소재의 요약(eine Zusammenfassung des latenten Zeitstoffes)[49]
을 표현해야 한다고 주장하였다.

그러나 바이스는 기록극이 표현 형태에서는 시사성(die Aktualität)
을 보지해야 할 뿐만 아니라 이들 자료를 편성하는 데 있어서는 직
접 정치적인 간섭에 관여하는 것과는 다른 조건들이 제시되어야 한
다고 주장한다. 그는 이들과 함께 기록극의 무대에서도 순간적인 현
실이 제시되는 것이 아니라 살아 있는 영속성으로부터 축출된 현실
조각의 모사가 제시되어야 한다고 피력하였다(제5항목). 그래서 기록
극은 노상에서의 극형태를 취하지 않는 한 신빙성 있는 정치적인 선
언이나 공공의 무대에서 행해지는 동적인 의견표명과는 비견될 수

---

47) Ebd., S. 94.
48) Ebd.
49) Ebd., S. 95.

없다고 역설하였다. 그러나 그는 극작품으로서 인정을 받으려면 반드시 예술작품(Kunstprodukt)이 되어야 한다고 강조한다(제6항목).

왜냐하면 일차적으로 정치적인 광장이 되고자 하고, 예술적인 성과를 포기하는 기록극은 스스로를 의문시하기 때문이다. 그러한 경우에 외부세계에서의 실제적인 정치적인 행위가 더 효과적일 것이다. 기록극이 탐색하고 제어하며 비판하는 활동을 통하여 경험한 현실소재를 예술적인 수단으로 변환시킬 때, 그것은 비로소 현실과의 논쟁에서 완전한 타당성을 획득할 수 있다.

Denn ein dokumentarisches Theater, das in erster Hand politisches Forum sein will, und auf künstlerische Leistung verzichtet, stellt sich selbst in Frage. In einem solchen Fall ware die praktische politische Handlung in der Außenwelt effektiver. Erst wenn es durch seine sondierende, kontrollierende, kritisierende Tätigkeit erfahrenen Wirklichkeitsstoff zum künstlerischen Mittel umfunktioniert hat, kann es volle Gültigkeit in der Auseinandersetzung mit der Realität gewinnen.[50]

바이스는 결국 이러한 무대에서만이 기록극이 "정치적인 여론형성의 도구(ein Instrument politischer Meinungsbildung)"[51]가 될 수 있다고 생각하였다. 그러므로 그는 전래의 예술개념과 구별되는 기록극의 표현 형태는 문제가 된다고 생각하였으며(제7항목), 기록극의 강점은 무엇보다 예술성에 있다고 강조하였다.

기록극의 강점은 현실의 단편들로부터 사용 가능한 견본, 다시 말

---

50) Ebd., S. 96.
51) Ebd.

하면 현실적인 사건들의 모델을 편성할 수 있다는 데 있다. 그것은 사건의 중심에 있는 것이 아니라 관찰자와 분석자의 입장을 취한다.

Die Stärke des dokumentarischen Theaters liegt darin, daß es aus den Fragmenten der Wirklichkeit ein verwendbares Muster, ein Modell der aktuellen Vorgänge, zusammenzustellen vermag. Es befindet sich nicht im Zentrum des Ereignisses, sondern nimmt die Stellung des Beobachtenden und Analysierenden ein.[52]

바이스는 특히 절단기법(Schnittechnik)이 기록극의 가장 중요한 표현요소라고 주장하였다. 그것은 무엇보다 절단기법을 통해서 외적 현실에 대한 혼란스런 자료들로부터 분명한 독창성(deutliche Einzelheit)을 끄집어 낼 수 있고, 대립적인 자료들을 배치시킴으로써 해결점을 제시하거나 호소 또는 근본적인 문제를 야기하는 상존된 갈등에 대해 주의를 환기시킬 수 있다고 판단하였다. 그러므로 그는 정치적인 해프닝처럼 산만한 긴장감을 야기하거나 시대사건에 관여하는 것을 감정적이고 환상적으로 만드는 것은 주의 깊게, 의식적으로 그리고 반성적으로 다루어져야 한다고 강조하였다(제8항목). 더구나 그는 기록극에서는 검정된 사실들(Fakten zur Begutachtung)이 제시되고 여러 가지 형태의 사건들과 표현들을 동시에 수용하지만 이들 사건들의 수용에 대한 동기들이 제시되며, 이들 사이에서는 서로 독립적인 관계가 조명되어야 한다고 강조하였다.

아울러 작품에서 제시되고 있는 주장들은 실제적인 상황과 비교되고 모순에 놓이는 줄거리는 맹세들(Beteuerungen)과 약속들(Verspre-chungen)에 이어져야 하며, 색인들의 제시와 함께 결론은 알기 쉬운

52) Ebd., S. 97.

모델로부터 도출되어야 한다고 피력하였다.

작품의 인물들도 실제적인 인물이면서 동시에 사회적인 이익의 대변자로서 등장시켜야 한다고 주장한다. 특히 그는 이들에게는 "개인적인 갈등이 표현되는 것이 아니라 사회적－경제적으로 조건 되는 행동양태들이 표현되어야 한다(Nicht individuelle Konflikte werden dargestellt, sondern sozial－ökonomisch bedingte Verhaltensweisen.)"[53]고 역설하였다. 그래서 그는 기록극이 무대의 인물과 환경을 묘사하는 것이 아니라 그룹과 세력, 경향으로 다루어져야 한다고 강조하기도 했다(제9항목).

그는 또한 기록극이 당파적(parteilich)이라고 주장하기도 했다. 그는 기록극이 수많은 주제들로 구성되지만 하나의 판단만을 이끌어야 하며, 이러한 극에서는 객관성이 세력 그룹들에게 자신들의 행위에 대해 용서하게 하는 하나의 개념이라고 피력하였다.[54] 특히 그는 당파성이 강한 사건들을 일방적인 범죄행위로 간주하였으며, 이들의 약탈행각과 살인행위를 묘사할 때에는 약탈당하는 자들과의 연대관계 속에서 "흑백기법(die Technik einer Schwarz / Weiß－Zeichnung)"[55]을 사용해야 한다고 주장한다(제10항목). 게다가 그는 기록극이 재판형식을 취할 수 있다고 하였다. 그것은 무엇보다 재판형식의 기록극에서는 실제 법정의 논쟁들을 새로운 형태의 진술로 가져올 수 있을 뿐만 아니라[56] 관객들로 하여금 심문에 관여하게 하는 동시에 피고

---

53) Ebd., S. 98f.
54) 그는 당시 당파성이 강한 사건으로는 앙골라와 모잠비크에 대한 공격행위와 아프리카주민들을 학대하는 남아프리카공화국사건, 쿠바와 도미니카공화국에 대한 미국의 침략행위가 그 본보기가 된다고 하였다.(Vgl. ebd., S. 99.)
55) Ebd., S. 99.
56) 바이스는 당시 기록극의 대상이 될 수 있는 재판은 사회적으로 큰 파

인 또는 고발인의 입장과도 동일시할 수 있게 해준다고 여겼기 때문이다. 그는 재판형식에서는 등장인물들의 행위의 해석과 함께 발전이 제시되고, 현실과 맞물린 구조가 드러날 수 있을 뿐만 아니라, 모든 비본질적인 것과 감정적인 것은 제거되기 때문에 보다 근원적인 보편타당성이 얻어질 수 있다고 생각하였던 것이다(제11항목). 그러나 재판형식이 아닌 일반 기록극에서는 기록의 재료들이 4가지 형태로 가공되어야 한다고 주장하였다.

첫째로는 '시간상으로 정확히 할당된 장면에 조화 있게 정돈된 보고 사항들과 그 부분들'을 들고 있다. 여기서는 인용문 뒤에는 상황의 표현이 이어져야 하고, 빠른 단절을 통해 하나의 상황이 다른 대립적인 상황으로 변화되어야 한다고 주장한다. 작품은 반주제적인 조각들과 동일한 사례의 나열, 대조적인 형식들 그리고 변화하는 크기의 비례로 구성되어야 하며, 이들과 함께 주제의 변화와 사건 전개의 상승은 물론 장애와 불일치의 도입이 이루어져야 한다고 강조하였다.

둘째는 '언어적인 면에서 가공된 사실자료'로서 여기서는 인용된 것들에서 전형성이 제시되어야 하고 인물들이 희화될 뿐만 아니라 극단적으로 단순화되어야 한다고 역설한다. 또한 노래들(Songs)에 의해 참조와 주해, 요약의 기능이 이루어지고 합창과 판토마임의 도입은 물론 마스크와 소도구의 사용도 가능하다고 피력한다.

셋째는 '보고의 중단'이다. 여기서는 반성과 독백, 꿈과 회상, 모순적인 관계의 삽입을 통해 줄거리 흐름을 단절시키고 개인 또는 그룹이 사건에 어떻게 관계되는지를 제시한다고 주장한다. 그리고 외적

문을 일으켰던 뉘른베르크재판과 미국 상원의 청문회, 러셀재판 등이 해당된다고 주장하였다.(Vgl. ebd., S. 100.)

인 과정에 대한 대답으로서 내적인 현실이 묘사되어야 하고, 이들 모두는 혼란을 야기하는 것이 아니라 사건의 다양성을 환기시켜야 한다고 하였다.

마지막으로는 '구조의 해제'이나. 여기서는 사회적인 투쟁의 제시와 혁명적인 상황의 묘사, 전투상황의 보고에 있어서 어떤 고려된 조화로움이 아니라 응축되고 자연 상태에 있는 원자료가 사용되며, 세력들과의 충돌에서는 폭력의 조정이 제시되어야 한다고 강조한다. 그렇지만 공포와 분노의 표현은 설명되지 않거나 미해결된 채 머물러 있어서는 안 되며, 자료가 빈곤하면 빈곤할수록 전망의 획득이 더욱 필요하다고 역설하였다(제12항목).

한편 그는 기록극이 확고한 표현 형태를 유지하기 위해서는 공장이나 학교, 스포츠 경기장, 집회 공간 등에서 공연이 이루어져야 한다고 하였다. 그것은 무엇보다 비싼 입장료를 받는 상업적인 무대에서 기록극이 공연될 경우에는 기록극의 비판의 대상이 되는 체제에 속한다고 판단했기 때문이다.

그러나 기록극은 정체된 극형식이 아니라 전통극의 미학적인 규범에서 떨어져 나왔듯이 자체의 극수단을 항상 문제시해야 한다고 강조한다. 그리고 새로운 상황에 적합한 기법들을 계속 개발해야 하며(제13항목), 풍부한 문헌들이 토대가 되어 학문적으로 조사할 수 있을 때만이 존재가치가 있다고 주장하였다. 때문에 그는 사건의 발생과 원인, 그리고 이에 대한 분석적인 연구가 없이 하나의 상황만을 제시하는 기록극이나 적대세력을 지양함이 없는 절망적인 공격의 제스처만을 고집하는 기록극은 무가치하다고 강조하였다(제14항목). 결국 바이스는 『기록극에 관한 소고』에서 자신의 기록극 이론을 상세히 피력하고 있다.

그러나 바이스는 기록극 이론에서 전통적인 드라마와 브레히트의 서사극의 요소들을 동시에 수용하고 있음을 알 수 있다.[57] 바이스의 기록극 이론에 나타나고 있는 판토마임이나 흑백논리기법은 전통적 드라마의 대표적인 표현 요소이며, 사건진행의 단절과 구조 해체, 합창 사용 등은 서사적인 요소들이다. 그러나 바이스는 줄거리의 구성과 표현기법에서는 브레히트의 서사극적인 요소를 더 많이 수용한다. 이는 무엇보다 바이스가 브레히트의 서사극의 영향을 많이 받고 있음을 의미한다.[58] 실제로 바이스는 기록극의 원조격인 피스카토르보다는 브레히트의 영향을 많이 받고 있으며,[59] 그 또한 이러한 사실을 직접 밝힌다.

　　브레히트는 나에게 드라마작가로서 영향을 주었다. 나는 브레히트로부터 가장 많은 것을 배웠다. 나는 그로부터 명료함을 배웠다. 극에서 사회적인 문제를 분명하게 할 필요성을 터득했다.

---

57) 하이둑은 바이스가 이미 「마라 / 사드」에서 '외형상 고대와 현대 극형태의 절충적인 수용(die scheinbar ekletizistischen Rezeption alter und modernistischer Theaterformen)'을 취하고 있다고 주장한다.(Vgl. M. Haiduk: a. a. O., S. 213.)

58) Vgl. Curt Hohoff: Dramatische Figuration bei Peter Weiss, in: Ders: Gegen die Zeit Theologie. Literatur. Politik, Stuttgart 1970, S. 148. Vgl. Günther Rühle: Das dokumentarische Drama und die deutsche Gesellschft. Deutsche Akademie für Sprache und Dichtung, in: Jahrbuch 1966, Heidelberg 1967, S. 44.

59) 피스카토르의 극과 브레히트의 서사극의 가장 큰 차이점은 무대와 관객 사이의 미학적인 거리감에서 일어난다. 피스카토르는 감정적인 개입을 통해 무대와 관객과의 일체감을 요구했으나 브레히트는 둘 사이에서 미학적인 거리감을 통해 이성적인 판단을 유도하고 현실의 비판을 제기하는 것이 주목적이었다. 즉 브레히트는 기이화 효과를 야기하는 것이 주된 목적이었다. 바이스도 기록의 내용을 미학적인 수단으로 변화시켜 관객과 무대 사이의 거리감을 유지시키고자 했다.(Vgl. Gregory Mason: documentary drama from the Revue to the Tribunal, a. a. O., S. 267.)

Brecht influenced me as a dramatist. I learnt most from Brecht. I learnt clarity from him. the necessity of making clear the social guestion in a play.[60]

　그러나 바이스의 기록극 이론에 실제적인 토대가 되고 있는 것은 무엇보다 자신의 예술경험이다. 이미 언급한 바 있지만 바이스는 문학창작을 하기에 앞서 초창기 망명시절이었던 1940년대에 그림을 그렸고 스웨덴에서 정착한 후인 50년대엔 두 번째의 예술창작의 단계로서 영화를 제작하였다. 그는 특히 1952년 실험영화『연구 Ⅰ (Studie Ⅰ)』을 시작으로 후기엔 부랑자의 생활을 다룬『그림자속의 얼굴들(Gesichter im Schatten)』(1956)과 소년교도소에서의 소년범들의 생활을 다룬『법의 이름으로(Im Namen des Gesetzes)』(1957) 등의 당시 사회적인 문제들을 다큐멘터리형식으로 영화화하였다. 그의 이러한 예술적인 경험이 그의 기록극 이론의 토대가 되고 있는 것이다. 이러한 점은 바이스의 기록극과 브레히트의 서사극의 차이점에서도 어느 정도 드러난다.

　바이스와 브레히트 극의 가장 큰 차이점은 브레히트가 비유극 (Parabelstück)의 형식을 빌려 역사적인 사실의 왜곡을 위해 환상적인 요소를 삽입한 데 비해, 바이스는 역사적인 사실을 기록한 기록문을 근거로 하여 사실드라마(Faktum－Drama)형식에 맞추어 작품을 구성하고 있는 점이다.[61] 그리고 브레히트는 극적인 줄거리의 형성과 인물의 개인적인 특성을 강하게 드러내는 반면, 바이스는 줄거리의 해

---

60) The Time, 19. August 1964, S. 34, zit. nach Iran Hilton: Peter Weiss. A Search for Affinities, London 1970, P.34.
61) 김광요: 독일희곡사, 서울(명지사) 1989, 376면 참조.
　　Vgl. Fred Müller: Peter Weiss. Drei Dramen, a. a. O., S. 72.

체와 더불어 인물들을 일정한 이익집단의 대변자로 구성한다. 물론 바이스는 기록극에서 일반적인 드라마에서 나타나고 있는 세련된 극형식을 추구하는 것이 아니라 기록적인 요소의 생동감을 위해 자연스럽고 원시적인 느낌을 주는 표현 요소들인 마스크와 장식물 사용, 잡음효과 등의 사용도 브레히트와의 차이점을 드러낸다.

이렇게 볼 때 바이스는 기록극을 단순한 극형태로만 보지 않고 자신의 예술적 체험을 종합적으로 반영할 수 있는 하나의 총체극(Totales Theater)으로 간주했다고 할 수 있다. 그는 이러한 종합적인 예술 경험을 토대로 『수사』와 『허수아비』, 『베트남 토론』을 썼으며, 이러한 요소들이 실제 작품에서도 그대로 반영되어 나타난다.

IV

바이스 기록극의
구성

1. 작품의 토대

기록극은 각종 정보를 전달하는 신문이나 잡지, 팸플릿 등의 기록물들을 토대로 구성한다. 바이스의 기록극도 이러한 자료들을 토대로 쓰였다. 바이스는 자신의 기록극 이론에서 '조서와 문서, 편지, 통계표, 증권시세표, 은행과 기업체의 결산보고서, 정부의 성명서, 식사(式辭), 인터뷰, 저명인사들의 발언, 신문과 방송의 보도, 사진, 시사영화, 현시대의 다른 증거물'이 기록극 창작의 토대가 된다고 언급하였다.

그러나 바이스가 이들 기록물을 작품에서 어떻게 구성하고 있는지를 발견하기란 쉽지 않다. 이 자료들의 직접적인 인용보다는 간접적인 인용이 많고 여러 자료들을 부분적으로 선별해 구성하고 있기 때문이다.

그의 기록극 또한 '우리의 현재와 미래를 규정짓는 가장 중요한 사건들'을 소재로 하고 있는 만큼 이들 사건들 자체가 단순하지가 않다. 『수사』, 『허수아비』 그리고 『베트남 토론』 모두가 시대의 방대한 사건을 소재로 다루고 있을 뿐만 아니라 수많은 역사적인 사건들을 작품에 수용한다. 『수사』의 실제적인 내용이 되고 있는 프랑크푸르트의 아우슈비츠재판은 일반적인 법정에서 벌어지는 단순한 사건이 아니라 세계 재판 역사상 유례를 찾아보기 힘든 역사직인 재핀이다.[1] 4명의 검사와 3닝의 부검사에 의해 고발된 이 재판은 무려 3년간 법정심문이 진행되었다. 그 사이 아우슈비츠 강제수용소와 관련된 400명 이상의 사람들이 심문을 받았으며,[2] 20명 이상의 변호인들이 22명의 피고인들을 변호하는 등 재판소송서류만 하더라도 무려 1만 8천 페이지에 달한다.

　『허수아비』의 내용이 되고 있는 포르투갈의 아프리카 식민지배사건도 단순하지가 않다. 이 작품도 포르투갈의 아프리카 식민지배의

---

1) 아우슈비츠재판은 1963년 12월 20일부터 1965년 8월 20일까지 프랑크푸르트 지방재판소의 배심재판소에서 열렸으며, 1965년 8월 19일에 22명의 피고인들에 대한 형이 확정되었다. 이들 가운데 2명의 피고인은 사형, 6명의 피고인은 종신형, 1명은 징역 14년, 5명은 징역 5~9년, 4명은 3~4년의 징역 등 17명의 피고인에 대해 형이 선고되었고 3명의 피고인은 무죄판결을 받았다.(Vgl. Heinrich Peuckmann: Peter Weiss: Die Ermittlung. eine Unterrichtseinheit, in: Sammlung 3(1980), S. 192.)

2) 이들 4백 명 가운데 248명은 아우슈비츠수용소의 강제 수용자들이었고 91명은 친위대 소속원들, 그리고 나머지 70명은 다른 증인들이었다. 그러나 이들의 숫자에 대한 비평가들의 의견이 일치하지는 않는다. 대부분의 비평가들은 3백 명에서 4백 명 선이라고 주장한다. 벤트(Vgl. E. Wendt: Was wird ermittelt?, a. a. O., S. 16)는 약 3백 명이라고 주장하고, 브라운(Vgl. Kalheinz Braun: a. a. O., S. 150.)은 3백 명 이상이라고 주장하고 있다. 힐톤(Vgl. Iran Hilton: Peter Weiss, London 1970, S. 52.) 또한 359명이라고 주장하며 베스트(Vgl. Otto F. Best: Peter Weiss, Bern 1971, S. 138.)와 코헨(Vgl. Robert Cohen: Peter Weiss in seiner Zeit. Leben und Werk, Stuttgart 1992, S. 147.), 슈마허(Vgl. Ernst Schumacher: Die Ermittlung von Peter Weiss, über die szenische Darstellbarkeit der Hölle auf Erden, in: Sinn und Form(1965), S. 937.)는 약 4백 명이라고 주장하고 있다. 『슈피겔』(Vgl. Der Spiegel. Nr. 43 (20. 10. 1965), S. 162.)은 실제 증인의 수를 409명이라고 한다.

시작에서부터 주민들에 대한 노동착취와 학대, 그리고 주민들의 저항에 이르기까지 무려 5백 년 동안 행해진 식민착취의 역사를 수용한다.

『베트남 토론』또한 미국의 베트남에 대한 제국주의 침략에 대해 비판을 가하고 있지만 정복과 수난으로 점철된 베트남 전체의 역사를 작품에 담는다. 이처럼 이 작품들은 단순한 일회성의 역사적인 사건이 아니라 방대한 시대적인 사건들을 수용하고 있는 것이다. 물론 바이스가 이 작품들에서 사용한 수많은 기록물들 가운데 비교적 명확하게 드러나고 있는 것은 신문의 기사와 보고문, 그리고 연설문과 협상문들이며, 이 기록물들은 세 작품에서 쉽게 감지된다.

프랑크푸르트의 아우슈비츠재판을 다루고 있는『수사』는 무엇보다 재판의 조서가 중요한 기초 자료가 된다. 이 작품에서는 무엇보다 나우만(Bernd Naumann)이 아우슈비츠재판을 시리즈로 연재한 <프랑크푸르트 알게마이네 차이퉁(Frankfurter Allgemeine Zeitung)>의 재판보고[3]와 랑바인(Hermann Langbein)의 『아우슈비츠 재판(Der Auschwitz-Prozeß)』[4]을 기본적인 자료로 사용한다. 특히 이 두 자료들 가운데 바이스는 나우만의 <프랑크푸르트 알게마이네 차이퉁>의 재판보고를 가장 직접적인 자료로 사용한다.

나우만은 자신의 재판보고에서 수용소에서의 강제 수용자들의 고

---

3) 나우만은 당시 <프랑크푸르트 알게마이네 차이퉁>의 기자로서 아우슈비츠재판을 시리즈로 연재하였으며 나중에 이 기사들을 한데 묶어 단행본으로 출간하였다. 그는 특히 프랑크푸르트의 아우슈비츠재판을 연대순과 재판과정에 따라 기록하고 있다.(Vgl. Bernd Naumann: Auschwitz: Bericht über die Strafsache gegen Mulka u. a. vor dem Schwurgericht Frankfurt, Frankfurt am Main 1965.)

4) 랑바인은 아우슈비츠강제수용소의 실제 체험을 적고 있으며 인물과 사건의 영역에 따라 내용을 정리하고 있다.(Vgl. Hermann Langbein: Der Auschwitz-Prozeß: eine Dokumentation, Wien 1965.)

문과 학대, 학살행위 그리고 강제 수용자들의 노동착취문제와 아우슈비츠 주위에 설치된 30여 개의 군수산업체들의 실상에 대해 상세히 기록한다.[5] 바이스는 이러한 나우만의 보고를 『수사』에 그대로 수용한다.

특히 아우슈비츠 수용소에서의 강제 수용자들의 학대와 학살행위 그리고 작품의 주요 주제로 다루고 있는 강제 수용자들의 노동력을 착취한 군수공장들의 설립배경과 실태 등에 관한 나우만의 <프랑크푸르트 알게마이네 차이퉁>의 보고 내용들을 빠짐없이 수용한다. 이 때문에 바이스는 『수사』에서 나우만의 재판보고를 그대로 모작했다는 이유로 저작권침해소송을 당하기도 했으며,[6] 잘로흐는 나우만의 재판기록과 이 작품의 내용상 유사점을 발견하고 두 작품을 비교해 분석하기도 했다.[7]

하이둑도 『수사』와 이들 재판 기록들과 비교할 때 완전한 일치점이 발견된다고 주장한다.[8] 그는 특히 이 작품의 피고인과 증인들의 진술이 실제 재판상의 언어들과 일치할 뿐만 아니라 검사의 진술내용도 실제 재판에서 활동을 한 동독출신의 부검사 카울(Friedrich Karl Kaul)의 표현들로 구성되어 있다고 피력하기도 했다. 바이스 자신도 이 작품의 후기에서 프랑크푸르트 재판의 보충과 재검토를 위해 수많은 신문과 잡지에 실린 기사들을 사용하긴 했지만, <프랑크푸르트 알게마이네 차이퉁>에 실린 나우만의 보고가 자신에게 가장 큰 도움이 되었다고 밝히기도 했다.

바이스는 그러나 나우만이 제시한 재판의 기술적인 방법을 그대로

---

5) Vgl. Bernd Naumann: a, a, O., S. 10.
6) Vgl. Thomas von Vegesack: Dokumentation zur Ermittlung, a. a. O., S. 80.
7) Vgl. Erika Salloch: a. a. O., S. 87ff.
8) Vgl. M. Haiduk: a. a. O., S. 133.

모방하지는 않았다. 그는 나우만이 아우슈비츠재판을 연대순과 재판과정에 따라 기술한 것과는 달리 아우슈비츠 수용소에서 강제 수용자들이 겪는 고통의 길을 순차적으로 기술한다. 즉 강제 수용자들의 수용소 도착에서부터 고문과 학대, 학살로 이어지는 과정을 일목요연하게 서술하고 있다. 이는 바이스가 자신의 의도에 따라 재판의 내용을 선별적으로 사용했음을 말해준다.

실제로 바이스의 이 작품은 나우만과 랑바인의 기록과는 양적으로 비교되지 않는다. 나우만의 프랑크푸르트재판기록이 552면에 달하고 랑바인의 기록은 무려 1천27면에 달하는 데 비해 바이스의 『수사』는 193면에 불과하다. 그러므로 양적으로 볼 때 실제적인 재판 기록이 삭제되지 않았나 하는 느낌을 가지게 된다. 그러나 바이스는 『수사』에서 나우만과 랑바인의 저널리즘적인 기록과는 달리 이들 자료들을 분석하고 연구해서 예술적으로 승화시키고 있는 것이다.

『허수아비』와 『베트남 토론』에서는 『수사』와는 달리 기록적 토대가 분명히 드러나지 않는다. 그것은 무엇보다 이들 작품들이 재판조서를 토대로 하는 『수사』에 비해 내용이 광범위하고 포괄적이기 때문이다. 『수사』가 하나의 기록 자료를 중심으로 구성한 것에 비해 이 작품들은 여러 가지 기록물들을 종합해 구성하고 있기 때문이다.

『허수아비』의 내용은 사실 추상적이다.[9] 작품 전체를 세밀하게 분석하기 전에는 어떤 기록물을 토대로 작품을 구성했는지 잘 알 수 없다. 어느 인용문과 부분들이 어떤 기록물들에서 발췌되었는지 그리고 등장인물들이 실존인물인가에 대해서도 의문을 가지게 되는 것이다. 게다가 바이스가 『수사』에서처럼 작품의 후기에서뿐만 아니라 작품에 대한 인터뷰에서도 이 작품의 토대가 되고 있는 기본적인 자

---

9) Vgl. Fred Müller: Peter Weiss. Drei Dramen, a. a. O., S. 88.

료가 무엇인지에 대해 일체 밝히지 않고 있다.

하지만 이 작품도 근본적으로는 확실한 기록적인 자료를 토대로 구성했으며, 인물들의 표현에 있어서도 진실을 유지하고 있다는 것이 비평가들의 분석이다. 특히 리쉬비터(Hennig Rischbieter) 같은 비평가들은 증인들에 대한 바이스의 정보이 옳음과 확신함에 관한 한 흠잡을 데가 없다고 할 정도로 기록의 정확성을 유지하고 있다고 주장한다.[10] 사실 이 작품을 면밀하게 분석해 보면 보고문을 비롯한 각종 기록물이 사용됨을 알 수 있으며, 특히 명확하게 드러나고 있는 것은 보고문과 연설문이다.

바이스는 포르투갈의 아프리카 식민지배 상황을 고발하는 장면에서는 이 기록물들을 직접 사용하고 있다. 특히 이러한 보고문과 연설문의 사용은 장면 5와 장면 9에서 분명히 드러나고 있다. 예를 들어 장면 5에서 노예소유자들이 인간과 동물을 동일시하며 노동을 착취하는 내용이 소개된다.

노예 소유자는 초기에 / 자신의 인부가 건강하고 강하며 활동적으로 남는 것에 관심을 두었다 / 그는 말과 황소처럼 그들을 보살폈다 / 오늘날 그는 토착인들을 구매하지 않는다 / 그는 정부로부터 그를 할당받을 수 있다 / 그가 병이 들거나 죽게 될지라도 / 걱정을 하지 않는다 / 새로운 인부가 이미 준비되어 있다.

Der Sklavenhalter früher war dran interessiert / daß ihm sein Mann gesund und stark und tätig blieb / Wie für das Pferd und für den Ochsen sorgte er für ihn / Heute kauft er sich den Eingeborenen nicht / er kriegt ihn zugeteilt von der Regierung / Wenn er ihm krank wird oder stirbt / so kümmert es ihn nicht / ein neuer Mann steht schon bereit.[11]

---

10) Vgl. Hennig Rischbieter: Peter Weiss, a. a. O., S. 77.

여기 인용문을 보고문이라고 간주하기엔 다소 어색하다. 내용이 비현실적일 뿐만 아니라 격식을 갖춘 문장이라고 보기 어렵다. 그러나 바이스는 이 인용문을 1947년 포르투갈의 갈바오(Henrique Galvao)의 보고문에서 인용하고 있다. 그는 당시 아프리카 식민지를 감시하면서 포르투갈정부에 대해 이와 같이 내용을 보고하였다. 바이스는 이를 요약해서 인용하고 있는 것이다. 실제로 갈바오의 보고문을 보면 쉽게 알 수 있다.

대부분의 경우 상황은 단순한 노예제도의 시기보다 더 나빠졌다. 그 당시엔 원주민들은 적어도 동물처럼 매매되었다. 소유자들에겐 황소와 말처럼 노예들을 일할 수 있는 능력을 유지시키는 것이 중요했다. 그렇지만 오늘날에는 원주민들은 매매되지 않는다. 그가 자유로운 인간이라고 칭해질지라도 그는 국가로부터 공급되고 있다. 주인은 그가 병들거나 사망하는 것에 대해 조금도 신경을 쓰지 않는다. 주인은 그가 병들거나 사망하게 되면 새로운 사람을 요구할 수 있기 때문이다.

In manchen Fallen ist die Situation schlimmer als zu Zeiten simpler Sklaverei. Damals wurde der Eingeborene immerhin wie ein Tier gekauft; dem Besitzer war daran gelegen, den Sklaven arbeitsfähig zu erhalten, so wie seinen Ochsen und sein Pferd. Heute jedoch wird der Eingeborene nicht gekauft—er wird vom Staat gestellt, obwohl man ihn als freien Mann bezeichnet. Der Dienstherr kümmert sich wenig darum, ob er krank ist oder stirbt, weil, wenn er krank wird oder stirbt, er einen neunen Mann anfördern kann.[12]

---

11) Peter Weiss: Stücke Ⅱ / 1, Frankfurt am Main 1977, S. 33.(이후로는 "Peter Weiss: Stüke Ⅱ / 1"로 함. 출판연도(1976)가 다른 "Stücke Ⅰ"도 이런 형식으로 표기함.)
12) Zit. nach M. Haiduk: Der Dramatiker Peter Weiss, a. a. O., S. 165.

결국 바이스는 갈바오의 이 보고문을 내용에 따라 부분적으로 축약해 수용하고 있음을 알 수 있다. 이러한 보고문의 사용은 장면 9에서도 나타난다. 여기서는 외국법무장관이 포르투갈의 식민지배에 대한 아프리카의 정세를 보고한다.

식민세력에 관한 / 최소한의 징후도 / 나는 / 발견할 수 없었다 / 더욱이 / 루지타니아족의 지배를 받은 지가 / 곧 500년이 되는 / 이 지역에서는 / 식민지배라는 말은 / 어울리지 않는다 / 행패를 부리는 / 몇몇 광란적인 그룹들을 제외하고는 / 백인 방문자들에게 / 친절하며 / 고마워하는 눈빛으로 대한다 / (······) / 위험은 / 오늘날 유일하게 / 오로지 외부에서 온다

Von Kolnonialmacht / konnte ich nicht / das geringste Zeichen entdecke / Im übrigen ist das Wort / Fremdherrschaft / nicht angemessen / in Gebieten die nun bald / ein halbes Jahrtausend / unter lusitanischer Leitung stehn / Außer einigen fanatischen Gruppen / die noch ihr Unwesen treiben / begegnen dem weißen Besucher / nur freundliche / und dankbare Gesichter / (······) / Die Gefahr / kommt heute einzig / und allein von außen[13]

여기서는 보고문을 그대로 사용한다. 당시 독일연방의회 부의장이었던 예거(Richard Jäger)가 포르투갈의 식민지인 앙골라와 모잠비크를 방문하고 아프리카의 정세에 관해 보고한 내용을 작품에 그대로 수용한다.[14] 그러므로 바이스는 이 작품의 내용이 추상적이지만 실

---

13) Peter Weiss: Stücke Ⅱ / 1, S. 60.
14) 당시 독일연방의회 부의장이었던 예거가 포르투갈의 식민지배지인 아프리카를 직접 방문해 보고한 보고문이 1963년 8월 말 『데르 라이니세 메르쿠르(Der Rheinische Merkur)』에 게재되었다. 그 원문은 다음과 같다.: "포르투갈의 식민정책과 관련하여 적대감이라는 단어는 어울리지 않는다. 모잠비크는 평화의 섬이다. (······) 포르투갈의 식민지에서는 인종문제가 해결될 것이다. 포르투갈이 아니라 그의 적들이 앙골라와 모잠비

제의 보고문들을 토대로 작품을 구성했으며, 이들을 통해 작품의 핵심적인 내용을 도출해 내고 있음을 알 수 있다.

『베트남 토론』에서도 기록적인 자료의 사용이 다양하게 나타난다. 1부의 경우 주로 역사적인 문헌들이 작품구성의 토대가 되고 있으며, 2부에서는 연설문과 협상문이 주로 사용된다. 특히 2부의 경우 50년대 초 미국의 베트남 개입에서부터 인도지나에서의 프랑스의 식민지배에 대한 미국의 군사적, 정치적 지원, 남북 베트남의 분리문제를 둘러싼 제네바협정, 디엠(Diem)정권과 미국 정부와의 유착관계 등이 모두 연설문과 협상문에 의해 구성되었다. 이들 가운데 아이젠하워 대통령과 케네디 대통령, 존슨 대통령의 연설은 연설문 사용의 좋은 본보기가 되고 있으며, 미국의 베트남 침략을 둘러싸고 벌이는 미국 상원의원 토론이나 국가안전위원회 회의, 미국과 영국, 프랑스의 외무장관회의 등에서 나타나고 있는 내용들은 정치적인 협상문 사용의 좋은 사례가 된다. 바이스는 이러한 연설문과 정치적인 협상문을 통해 미국의 베트남에 대한 침략 전략을 상세히 폭로한다.

그러나 바이스는 기록극에서 신문의 보도와 보고문, 연설문, 협상문을 작품구성의 주요 자료로 사용하면서도 이러한 자료들만으로 작품을 구성한 것은 아니다. 그는 이러한 기초적인 기록물들을 토대로 사실을 확인하고 객관화하기 위해서 다른 기록물들을 보충적으로 사용하였다. 『수사』에서는 나우만의 신문보도가 기본적인 자료가 되고 있긴 하지만 아우슈비츠사건과 관련된 또 다른 잡지기사나 출판물,

---

크를 위협했다.(Das Wort Fremdherrschaft ist im Zusammenhang mit der portugiesischen Kolonialpolitik überhaupt nicht angemessen. Mosambique ist eine Insel des Friedens. (······) In den portugiesischen Kolonien ist die Rassenfrage gelöst. Nicht Portugal, sondern seine Gegner bedrohten Angola und Mosambique.) (Vgl. M. Durzak: a. a. O., S. 301.)

증인들의 체험기록서 등을 기록 자료로 활용한다.

『허수아비』에서도 포르투갈의 아프리카 식민정책에 관한 백서나 북대서양조약기구(NATO)의 파트너인 포르투갈과 독일과의 군사적인 동맹관계에 대한 자료들을 보충적인 자료로 사용해 작품을 구성한다.

『베트남 토론』에서는 베트남 역사에 관한 역사적인 문헌들과 연설문과 협상문이 주로 사용되긴 했지만, 특히 호를레만(Jürgen Horlemann)과 갱(Peter Gäng)의 『베트남. 갈등의 발생(Vietnam. Genesis eines Konflikts)』15)이 주요 기초 자료로 사용되었다. 그러므로 바이스는 주요 기본적인 기록물들을 토대로 하면서 여기에 수많은 자료들을 참고해 사건을 분석하고 연구해 작품을 구성하고 있음을 알 수 있다. 특히 바이스가 『베트남 토론』에서 모든 영역에서 유래하는 156권의 책제목과 62권의 잡지, 신문 등의 사용된 자료목록을 제시하고 있는 것은 이를 잘 말해준다.16)

물론 바이스가 기록극을 집필하는 데 있어서 그 나름대로의 특징적인 면을 지니지 않은 것은 아니다. 그는 무엇보다 작품의 구성단계에서부터 완성되기까지 철저함을 보여준다. 그는 호흐후트나 키프하르트와는 달리 작품을 쓰기 전에 이미 작품과 관련된 에세이, 초록과 논문들을 발표했으며, 이러한 것들이 기록극의 기초가 된다.

바이스는 『수사』를 발표하기 전에 이미 1962년 초여름에 아우슈비츠 주제에 관해 몰두한 사실이 그의 『비망록(Notizbücher)』에 암시되어 나타나고 있으며,17) 1963년 12월 프랑크푸르트재판이 시작되면서 작

---

15) Jürgen Horlemann / Peter Gäng: Vietnam. Genesis eines Konflikt, Frankfurt am Main 1970.
16) Peter Weiss: Viet Nam Diskurs, Rütten & Loening, Berlin 1968, S. 222ff.
17) Peter Weiss: Notizbücher 1960~1971, Bd. 1, Frankfurt am Main 1982, S. 70.

품구성에 대한 본격적인 시도를 하게 되었다. 그 후 그는 1964년 3월 13일 프랑크푸르트 재판의 참관기인 『프랑크푸르트 초록(Frankfurter Auszüge)』[18]을 발표하였다. 그리고 그는 1964년 12월 13일에는 아우슈비츠재판에 참관한 그룹들과 함께 폴란드 남서지방에 있는 옛 강제수용소를 직접 방문해 쓴 답사기인 『나의 마을(Meine Ortschaft)』[19]을 발표하기도 했다. 이 두 작품에서 바이스는 『수사』를 쓰기 위한 골격을 마련했다고 할 수 있다.

실제로 이 두 작품은 『수사』와 거의 차이점이 없다. 『프랑크푸르트 초록』은 재판에서의 진술이 『수사』의 텍스트와 거의 일치하고 있으며,[20] 『나의 마을』도 『수사』의 기본적인 토대를 형성할 정도로 구성과 언어표현에서 유사성을 지닌다.[21]

『베트남 토론』의 집필에 있어서도 바이스는 1966년 4월 미국 프린스턴대학의 <47그룹> 회합에서 베트남과 관련된 연설을 하거나 미국의 베트남 침략에 대한 부분적인 항의문 형식의 논문인 『베트남!(Vietnam!)』[22]을 발표하기도 했다. 당시 스웨덴과 동독의 신문에 게재되기도 했던 이 논문은 정치적인 내용뿐만 아니라 형식상으로도 『베트남 토론』의 제2부와 거의 일치한다. 이 논문에 나타나고 있는 프랑스의 베트남 식민지배에 대한 미국의 지지와 베트남 침략의 배경, 아이젠하워 대통령에서부터 존슨대통령에 이르기까지의 지속적

---

18) Peter Weiss: Frankfurter Auszüge, in: Kursbuch 1(1965), S. 152ff.
19) Petrer Weiss: Meine Ortschaft, in: Ders.: Rapporte, Frankfurt am Main 1968, S. 113ff.
20) 극비평가 리쉬비터는 이 작품이 아우슈비츠재판에 대한 단순한 소견이 아니라 『수사』의 단편이라고 주장한다.(Vgl. H. Rischbieter: Peter Weiss, a. a. O., S. 65.)
21) Vgl. E. Salloch: a. a. O., S. 73ff.
22) Peter Weiss: "Vietnam!"(2. August 1966), in: Ders.: Rapporte 2, Frankfurt am Main 1971, S. 51ff.

인 미국 침략정책, 미국의 군사력 증강의 실상 등이 『베트남 토론』
에서 그대로 수용되고 있는 것이다.

물론 바이스는 『베트남 토론』의 구상에 있어서는 『수사』보다 더
철저함을 보여준다. 그는 1965년 『수사』를 완성하기 전에 이 작품을
구상하였으며,[23] 스톡홀름과 코펜하겐에서 열린 베트남에 관한 러셀
(Russell)재판을 참관하면서 이 작품의 직접적인 사용 자료들을 수집
하기도 했다.[24] 『허수아비』는 『수사』나 『베트남 토론』에서처럼 초록
이나 에세이, 산문 등을 작품을 쓰기 전에 발표하지는 않았지만 베
트남에 대한 관심과 더불어 쿠바와 라틴아메리카, 아프리카 등을 직
접 방문해 실제적인 체험을 토대로 작품을 구성하기도 했다. 그러므
로 바이스는 『기록극에 관한 소고』에서 피력했듯이 수많은 기록 자
료들을 토대로 "탐색하고 제어하며 비판하는 활동(sondierende, kontro-
llierende, kritisierende Tätigkeit)"[25]을 통해 작품의 객관성을 유지하
기 위해 노력했다고 할 수 있으며, 기록극을 단순한 극형식이 아닌,
학문적인 연구의 결과로 보고 있는 것이다.

바이스가 『베트남 토론』을 집필하는 과정에서 작품의 학문적 근거
로 사용한 『베트남. 갈등의 발생사』를 직접 집필한 호를레만과 함께
공동작업을 한 사실은 이러한 사실을 잘 대변해 준다. 그는 베트남의
선사시대에서부터 현대에 이르기까지 투쟁과 정복으로 점철된 베트
남의 역사를 작품에 수용하는 것이 결코 쉽지 않음을 알고 있었다.

---

23) 바이스는 이 시기에 자신의 『비망록(Notizbücher)』에서 처음으로 "베트남
  겁탈자의 노래(Gesang von den Verwüstern Viet Nam)"를 언급하고 있
  다.(Vgl. Peter Weiss: Notizbücher 1960~1971, Bd. 2, a. a. O., S. 519.)
24) Vgl. Rüdiger Sareika: Peter Weiss' Emgagement für die Dritte Welt, in:
  R. Gerlach: Peter Weiss, a. a. O., S. 259f.
25) Peter Weiss: Notizen zum dokumentarischen Theatr. a. a. O., S. 96.

그래서 그는 베트남 역사에 조예가 깊은 독일 역사가 호를레만을 스웨덴으로 초청해 6개월 이상 공동작업을 했으며, 호를레만의 도움이 컸음을 입증하기 위해 이 작품이 그와 공동으로 집필했음을 밝히기도 했다. 따라서 바이스는 기록극을 쓰기 위해 구상단계에서부터 자료수집, 기록물들의 활용과 집필과정에서의 철저함을 엿볼 수 있다.

2. 극적 구성 요소

1) 인 물

드라마에서 인물은 가장 중요한 극적 구성요소이다. 드라마의 전체 줄거리가 인물들의 대화로 이루어지기 때문이다. 그러므로 인물들의 역할과 기능이 중요시된다. 그러나 바이스의 기록극에서 인물들은 기존의 드라마의 인물들과는 달리 표현되고 있다. 기존의 드라마에서는 허구의 인물들을 주로 등장시키는 데 비해 바이스는 실제의 인물들을 등장시킨다. 그의 기록극에 등장하는 인물들은 모두 "역사의 서술로부터 보증받은 인물들(Personen, die von der Geschichtsschreibung verbürgt sind.)"[26]이다. 그러나 바이스는 이들 인물들에게서 전통적인 드라마에서 나타나고 있는 개인적인 특징을 지닌 개성적인 인물이 아니라 "여러 그룹들의 익명적 대변인(anonyme Vertreter

---

26) Peter Weiss: Stücke Ⅱ / 1, S. 75.

verschiedener Gruppen)"[27]으로 등장시킨다. 이를 위해 바이스는 일부 인물들을 제외한 대부분의 인물들에서는 실제의 이름을 사용하는 것이 아니라 신분이나 직위로 표현한다.

『수사』의 증인들이나 『허수아비』의 아프리카 원주민들과 식민지배 세력의 지지자들, 그리고 『베트남 토론』의 베트남인들과 식민지배체제의 동조자들 등 모두 신분이나 직위로 표현한다. 이들은 『수사』에서 주로 죄수나 역반장, 약국장, 간호사 등의 신분이나 직위로 표현되고 있으며, 『허수아비』에서는 일반 원주민, 청원경찰과 목사로, 그리고 『베트남 토론』에서는 베트남 민족, 중국 상인, 봉건 영주, 청원경찰 등으로 표현된다. 그러므로 이들 인물들에게는 개인의 갈등이나 감정이 표현되는 것이 아니라 "집단적으로 체험된 문제들과 갈등들(kollektiv erlebte Probleme und Konflikte.)"[28]이 전달된다. 이들은 바로 바이스가 『수사』의 서문에서 지적하였듯이 자신들의 이름을 상실하면서 "수백 명이 표현한 것(was hunderte ausdrücken.)"[29]을 말하는 단순한 대변자가 되고 있는 것이다.

물론 실제의 이름을 지닌 인물들도 마찬가지이다. 실명의 인물들은 『수사』의 피고인들과 『베트남 토론』에서 베트남의 2천 5백 년간의 역사에 등장하는 지배자들이 이에 속한다. 이들은 모두 신분이나 직위가 아니라 실제의 이름으로 거명된다. 그러나 이들도 개인적인 특성을 지닌 인물들이 아니라 대변자들이다. 이들은 "체제의 상징으로서(als Symbole(……)für ein System.)"[30] 주로 지배자들의 개인적인 행위나 집단적인 행위들을 대변적으로 표현한다.

---

27) Ebd.
28) Ebd.
29) Peter Weiss: Stücke Ⅰ, S. 259.
30) Ebd.

바이스는『수사』의 서문에서도 "그렇지만 드라마에서 이름을 지닌 자들이 결코 다시 한번 고발되어서는 안 된다. 그들은 드라마의 작가에게 이름만을 빌려주었을 뿐이다.(Doch sollen im Drama die Träger dieser Namen nicht noch einmal angeklagt werden. Sie leihen dem Schreiber des Dramas nur ihre Namen)"[31]라고 밝힌다. 이는 바로 바이스가 이 인물들을 "일정한 사회적인 이익의 대변자로서(als Repräsentanten bestimmter gesellschaftlicher Interesssen)"[32] 구성하고 있음을 말해준다. 그러므로 바이스의 인물들에게는 개인의 행위가 표현되는 것이 아니라 사회적 – 경제적으로 조건 된 관계행위가 표현된다.[33]

실제로 바이스의 기록극에서 인물들 간에 어떤 개인적인 갈등관계가 전혀 나타나지 않는다.『수사』나『허수아비』,『베트남 토론』의 모든 인물들의 대화에서는 어떤 개인적인 감정이나 갈등이 전혀 드러나지 않는다. 실제적인 예를 들어보면 이를 쉽게 알 수 있다.

> 배우 14 우리들은 사이공을 / 아시아 무역의 중심지로 만들 것이다
> 배우 1 우리들은 무역에 대해 들었다 / 무역은 우리에게 무엇을 가져다주는가
> 배우 13 우리들은 광산을 개발할 것이다 / 우리들은 벼농사를 개선할 것이다 / 우리들은 도로를 건설할 것이다
> 배우 4 그때 우리들을 다시 필요로 할 것이다
> 배우 2 새로운 도로 / 우리들은 수확물들을 그들에게 더 빨리 / 운송할 수 있다
> 배우 3 그때는 그들의 군대들은 더 빨리 내륙으로 들어오게 된다

---

31) Ebd.
32) Peter Weiss: Notizen zum dokumentarischen Theater, a. a. O., S. 98.
33) Vgl. ebd., S. 99.

14 Wir werden Saigon zu einem Zentrum / des asiatischen Handels machen

1 Wir hören Handel / Was bringt der uns

13 Wir werden Bergwerke errichten / Wir werden den Reisbau verbessern / Wir werden Straßen anlegen

4 Da braucht man uns wieder

2 Neue Straßen / Da können wir ihnen schneller / die Ernten zufahren

3 Da kommen ihre Truppen schneller / durchs Land[34)]

이 인용문은 『베트남 토론』에서 나오는 인물들 간의 대화이다. 베트남의 지아 롱(Gia Long) 황제가 지배하던 시대에 프랑스의 나폴레옹 사절단이 베트남으로 파견돼 지아 롱 황제와 함께 새로운 시대의 개막을 선포한다. 지아 롱 황제는 기존에 사용하던 중국의 관직어(Amtssprache)를 버리고 프랑스어를 사용할 것을 선언하며 새로운 법문도 선포하게 된다. 이에 따라 베트남 정부에 대한 프랑스의 간섭이 시작되게 된다. 이들 내용에 대한 프랑스 사절단(배우 13과 14)과 베트남 주민들(배우 1과 2, 3, 4) 사이에서 이루어진 대화이다.

여기서 6명의 인물들이 대화를 하고 있지만 인물들 간의 갈등관계는 전혀 찾아볼 수 없다. 오히려 이들의 대화가 서로 연결되어 나타나기보다는 각각 독립적으로 나타나 일종의 상황을 보고하는 형식이 된다.[35)] 그러므로 이 인물들은 자신과의 관계가 핵심이 되는 것이 아니라 사회적인 관계가 핵심이 되고 있음을 알 수 있다. 이는 결국 전래적인 의미

---

34) Peter Weiss: Stücke Ⅱ / 1, S. 127f.

35) 사실 바이스는 인물들 간의 대화가 갈등관계가 아니라 상황을 보고하는 형식을 취하기 때문에 『기록극에 관한 소고』에서 기록극을 '보고형식의 극'이라고 주장하였다.(Vgl. Peter Weiss: Notizen zum dokumentarischen Theater, a. a. O., S. 91.)

의 인물이 아닌, "탈개성화된 인물(entpersonalisierte Figur)"36)의 구성인 것이다.

인물의 이러한 구성은 물론 바이스의 기록극에서만의 특징이 아니다. 이미 표현주의 드라마에서도 인물들이 대변자로 등장했으며, 60년대 전체 드라마에서도 이러한 경향이 나타나고 있었다.37) 호흐후트나 키프하르트의 기록극에 등장하는 인물들도 대변자들이다. 호흐후트의 『신의 대리인』의 교황 파이우스 12세는 개인적인 인물을 표현하는 것이 아니라 가톨릭계의 전체 체제를 대변하는 상징적인 인물이며, 키프하프트의 『오펜하이머』도 전체 핵물리학자들을 대변하는 인물이다. 그러므로 이들에게서도 무대로부터 개인의 특성과 운명이 사라진다. 륄레(Günther Rühle)는 『닫힌 사회에 관한 시도(Versuche über eine geschlossene Gesellschaft)』에서 이러한 경향에 대해 지적한다.

인물들, 역할들과 운명들의 교체 가능성은 작품들을 관찰할 때 갈수록 더 많이 대두하는 시각이다. 개별 인물들에게서 정형적인 것을 나타내 보이게 하기 위한 이름과 (……) 성격 대신에 (……). 무대의 중심인물로서 주인공에 관한 논쟁은 끝난 듯이 보인다.

Die Austauschbarkeit der Figuren, der Rollen und Schicksale ist ein Aspekt, der sich bei der Betrachtung der Stücke immer mehr aufdrängt. Statt Charaktere (……) und Namen, um an einzelnen Gestalten Typisches sichtbar zu machen (……). Die Diskussion um den Helden als zentrale Figur der Bühne hat sich anscheinend erledigt.38)

---

36) Manfred Karnick: Peter Weiss' dramatische Collagen. Vom Traumspiel Zur Agitation, in: Gerlach: Peter Weiss, a. a. O., S. 231.
37) Vgl. Günther Rühle: a. a. O., S. 59f.
38) Ebd., S. 59.

그러나 바이스는 호흐후트나 키프하르트와는 다른 인물구성의 방식을 택한다. 그는 인물들을 대변자로서 표현하지만 "역사적인 과정과의 통일 속에서(in einer Einheit mit dem historischen Prozeß"[39] 인물을 구성시킨다. 사실 바이스는 기록극에서 인물을 크게 지배자, 피지배자 그리고 이들의 중간자 그룹으로 나눠 구성한다. 이러한 인물구성은 『수사』나 『허수아비』, 『베트남 토론』에서 모두 공통적으로 나타나고 있다. 특히 『수사』에서 더욱더 확실하게 드러난다.

이 작품의 등장인물은 피고인 18명[40]과 증인 9명, 판사와 검사, 변호사로 구성된다. 이들 가운데 피고인 18명은 지배자 그룹에 속하고 증인 9명 가운데 강제수용소에서 고문을 당하고 학살된 희생자들의 증인으로 등장하는 배우 3~9가 피지배자의 그룹에 해당된다. 그리고 나머지 증인 1과 2는 중간자 그룹에 속한다. 이들은 "수용소 측의 입장을 지지하는 증인들(Zeugen, die auf Seiten der Lagerverwaltung standen.)"[41]로서 형리와 희생자들의 가교적인 역할을 한다.[42] 그리고 변호사와 검사, 판사도 각각 이들 세 그룹에 편성된다. 변호사는 지배자의 그룹에, 검사는 피지배자의 그룹에 속하며 판사는 이들의 중간자적인 역할을 하는 것이다. 이러한 세 그룹의 인물군을 통해 바이

---

39) Peter Weiss: Stücke Ⅱ / 1, S. 75.
40) 리쉬비터는 바이스가 프랑크푸르트재판의 22명의 피고인 가운데 18명만을 등장시키고 있다고 주장한다. 그는 1964년 병으로 인한 2명의 피고인과 딜레브스키(Dylewski)와 헤커(Hoecker)를 배제시켰다고 한다. 하지만 바이스가 18명의 피고인만 등장시킨 것은 재판 구성에 필요한 판사와 검사, 변호사의 3인과 9명의 증인과의 3배수의 숫자비율을 맞추기 위한 것이라고 주장한다.(Vgl. H. Rischbieter: Peter Weiss, Hannover 1967, S. 69. Vgl. Horst Krüger: Im Labyrinth der Schuld. Ein Tag im Frankfurter Auschwitz Prozeß, in: Der Monat'88(1964), S. 24.)
41) Peter Weiss: Stücke Ⅰ, S. 259.
42) Vgl. Walter Jens: Die Ermittlung in Westberlin, in: Canaris: Über Peter Weiss, a. a. O., S. 92.

스는 일정한 사회체제의 역사적인 발전을 제시한다. 이는 지배자와 피지배자로 구성된다고 주장하는 마르크스의 역사관과도 일치한다.

『허수아비』에서도 허수아비와 외국법무장관, 외국은행장이 지배자 그룹에 속하며 식민세력에 의해 억압당하고 착취당하는 아프리카 주민들은 피지배자 그룹에 해당된다. 그리고 무장군인이나 경찰, 감시자, 장교 등은 이 두 그룹의 중간그룹에는 속한다. 『베트남 토론』에서는 제1부에 등장하는 베트남의 황제 레오 로이(Leo Loi)나 지아롱 등의 지배자들과 제2부의 아이젠하워 대통령, 미국 국무장관인 덜레스(Dulles), 공화당 출신 의원인 밀리킨(Milikin), 민주당 출신 상원의원인 러셀(Russell), 몬타나 출신 상원의원인 맨스필드(Mansfield), 상원의 다수지도자인 노우랜드(Knowland), 케네디 대통령, 남베트남 권력자인 디엠 등이 지배자 그룹에 해당된다.

그리고 피지배자 그룹에는 정복자와 제국주의 침략자들에 의해 억압당하는 베트남 주민들이 해당되며, 중간자 그룹에는 중국의 침략자들과 봉건영주들, 마을 순찰자들, 군인들, 군주들, 프랑스 식민지 개척자들과 군인들(이상 제1부)과 미국인 고문관들(Amerikanische Berater)(제2부)이 속한다. 이들은 식민지배와 제국주의 지배체제의 유지에 일조하는 인물들이다.

이 인물들의 구성에서도 물론 차별성을 드러낸다. 그것은 무엇보다 바이스가 지배자의 그룹들에 한해서만 실제의 이름을 사용하고 있다는 점이다.[43) 앞서 언급했지만 『수사』의 피고인들이나 『베트남

---

43) 지배자 그룹들 외에 작품 속에서 수많은 인물들의 실명이 거명되고 있다. 『수사』에서는 아우슈비츠강제수용소에서 고문과 학살로 사망한 라흐만(Lachmann)과 게르하르트(Gerhard), 야니키(Janicki), 베르거(Berger), 파할라(Pachala), 그라프(Graf), 글린스키(Glinski) 등과 이들을 학살하는 데 관여한 인물인 그라브너(Grabner), 딜레브스키(Dylewski), 클라우베르

토론』의 지배자 그룹의 인물들은 모두 실제의 이름을 사용한다. 그러나 『허수아비』에서는 지배자 그룹에 속하는 허수아비와 외국 은행장, 외국 법무장관을 이름이 아닌, 신분으로 명명하고 있다. 그것은 무엇보다 바이스가 당시 시대적인 상황을 고려했기 때문으로 풀이된다.

원래 바이스는 이 작품의 허수아비 인물을 포르투갈의 잘라자르(Antonio Oliveira Salazar)를 모델로 한 것이며, 외국 법무장관은 당시 서독의 법무장관인 예거를, 그리고 외국 은행장은 독일은행 아게(AG)의 의장이었던 압스(Hermann Josef Abs)를 모델로 한다. 바이스가 1966년 중반에 완성한 원고에서는 이들의 이름을 직접 거명하지만 최종 완성작에서는 이들의 이름을 신분으로 나타낸 것은 바로 이러한 사실을 시사한다.44) 그러나 바이스가 지배자 그룹에 한해서만 실제의 이름을 사용하고 있는 것은 무엇보다 이들에 대한 고발자적인 성격을 강하게 드러내기 위함이다.

바이스는 『기록극에 관한 소고』에서 '기록극이 당파적이며 지배자들을 고발하는 입장을 취해야 한다'고 언급하였다. 이러한 그의 의

그(Clauberg), 엔트레스 박사(Dr. Entress), 펠릭스(Felix), 베르펠(Werfel), 쉬바르츠(Schwarz)의 이름이 거명되고 있으며, 『허수아비』에서는 카오(Diego Cao), 데 뽀스토(De Posto), 페드로 바에사(Pedro Baessa) 등의 이름이 거명되고 있다. 그리고 『베트남 토론』에서는 베트락 왕국의 공주인 미누옹(My Nuong), 남베트의 여군주인 트룽 트락(Trung Trac)과 트룽 니(Trung Nhi), 르 투옹(Le Tuong), 밍망(Ming Mang) 황제, 16세기 프랑스의 주교인 드 베헨느(de Behaine), 드골(de Gaulle), 장개석(Tschiang Kai Schek), 모택동(Mao Tse Tung), 남한의 이승만(Syung Man Rhee), 필리핀의 막사이사이(Ramon Magsaysay), 몰로토브(Molotov), 중국의 주은래(Chou En Lai) 등의 이름이 거명되고 있다. 이들이 실제의 이름으로 거명되지만 지배자 그룹들과 다른 점은 배우들에 의해 역할되지 않는다는 것이다. 그러므로 이들은 역사적인 사실을 명료화하기 위해 사용되었다고 할 수 있다.

44) Vgl. I. Schmitz: a. a. O., S. 102.

도가 이들을 통해서 실현되고 있는 것이다. 그러므로 그는 이러한 인물들의 구성을 통해 전체 인물들을 역사적인 과정 속으로 옮겨지게 하고, 이들의 진술과 함께 발전이 제시됨과 동시에 현실과 관련된 메커니즘을 드러나게 한다.

사실 바이스는 인물들의 표현에서 자신의 이데올로기적인 입장을 드러내기도 한다. 그는 기록극을 집필할 당시 희생자 또는 억압당하는 자와 자신을 동일시하였다. 그의 이러한 의도가 인물구성에서도 표현되고 있다. 바이스는 실제로 『수사』와 『허수아비』, 『베트남 토론』에서 이들 인물의 대표적인 모델을 제시한다. 『수사』의 릴리 토플러(Lili Topfler)와 『허수아비』의 아나(Ana), 『베트남 토론』에서는 마리아(Jungfrau Maria)가 바로 이들이다.

『수사』에서 릴리 토플러는 나치시대의 강제수용소에서의 대표적인 희생자이다. 강제수용소의 정치분과에서 기록자로 일한 그녀는 수용소 내에서 첩보활동을 한다. 그녀는 수용소에서 일어난 사건들을 외부에 알리고 음모를 계획한다. 그러나 수용소의 직원에 의해 편지가 발견됨으로써 그녀의 이러한 사실이 발각되고 만다. 그녀는 심문을 받게 되고 끝내는 총살을 당하게 된다.

『허수아비』에서도 아나는 포르투갈의 식민지배의 전형적인 희생자이다. 그녀는 노바 리스보아(Nova Lisboa)에 있는 한 가정집의 가정부로 일한다. 도시 변두리에 살고 있는 그녀는 동이 트기 전에 일어나 아이들에게 옥수수 죽을 끓여 먹이고 먼 길을 걸어서 일하러 간다. 임신 6개월의 몸이지만 하루에 12시간 일을 한다. 그러던 어느 날 그녀는 하루 일과를 끝내고 집으로 돌아가려고 한다. 그러나 주인은 그녀에게 일감을 주면서 즉시 완수하라고 명령한다. 이에 그녀는 열병을 앓고 있는 아이를 병원에 데려가야 한다며 주인의 명령을 거절한다. 그녀는 주인에게 반항을 했다는 이유로 경찰에게 폭행을 당하고 끝내는 교도소에 갇히고 만다.

『베트남 토론』에서는 마리아가 제국주의의 희생자로 묘사되고 있다. 1945년 2차대전이 끝난 후 베트남은 남북으로 나뉜다. 북에서는 호치민이 민족해방전선을 지휘하며 경제부흥을 일으키고 베트남 해방을 쟁취하려고 한다. 남베트남에서는 미국의 지원하에 디엠이 정권을 잡는다.

그러나 남베트남에서 민족해방전선의 활동이 강화되자 미국은 디엠의 정권유지를 위해 정부차원에서 대책을 마련한다. 그러면서 그들은 남베트남의 선전에 활용하기 위해 북베트남 인들로 하여금 남하하면 자유는 물론 의식주에 필요한 모든 것을 가질 수 있다고 유혹한다. 이때 마리아가 남베트남으로 넘어온다.

그러나 이곳의 실상은 그들의 유혹과는 달리 경제원조의 대부분이 지하경제로 사라지고, 경찰과 군인들은 질서유지자들이 아니라 모두 기만자들로 행세하는 모순이 가득 찬 사회로 묘사된다. 결국 그녀는 남베트남의 제국주의 세력에 의해 이용당하는 인물로 그려진다. 이처럼 이 인물들은 모두 억압받거나 고통을 받는 자들이다. 바이스는 이들에게서 개인적인 운명과 함께 집단적인 운명이 동시에 반영되고 있는 것이다.

릴리 토플러는 아우슈비츠 강제수용소에서 영웅적으로 행동한 수천 명의 인물들을 대변하는 동시에 희생자들의 집단적인 운명을 대변하는 모델과 같은 인물이다. 아나도 포르투갈의 식민지배에서 고통과 희생을 당하는 전체 주민들의 운명을 대변하고 마리아도 제국주의의 세력에게 이용당하는 수많은 인물들의 운명을 대변하고 있다. 물론 이들 인물 가운데 릴리 토플러는 저항적인 인물로 그려지고 있으나 아나와 마리아는 수동적인 인물로 등장한다. 그러나 이들 인물들의 공통점은 모두 연약한 여성이며 바이스가 범례적으로 제시하는 인물들이란 점이다.

바이스는 심지어 『수사』에서 자신의 이데올로기적인 관점을 대변하는 인물을 등장시킨다. 이 작품에서 배우 3이 바로 이러한 인물이다. 수용소에 끌려오기 전 정치적인 활동을 한 그는 처음에는 호송된 강제수용자(1 / 2, 2 / 1, 2)로 등장하다가 수용소의 강제수용 의사(4 / 1, 2), 시체운반원(7 / 1, 2), 약국근무자(8 / 2) 등으로 역할이 교체되어 나타난다. 그는 특히 아우슈비츠의 사건이 일어난 실질적인 원인을 구체적으로 언급한다.

> 우리들은 수용소 세계를 이해할 수 없다는 / 고매한 태도를 버려야만 한다 / 우리 모두는 그러한 수용소를 만들어 낸 / 정권을 창출시킨 / 사회를 알고 있었다 / 수용소에서 통용된 질서의 / 맹아를 우리는 잘 알고 있었다 / 그래서 우리들은 착취자가 지금까지 알지 못할 정도로 / 자신의 지배체제를 발전시키고 / 피착취자는 / 자신의 뼛가루까지 / 제공해야만 했다는 / 최종적인 결과에서도 / 올바르게 판단할 수 있었다

> Wir müssen die erhabene Haltung fallen lassen / daß uns diese Lagerwelt unverständlich ist / Wir kannten alle die Gesellschaft / aus der das Regime hervorgegangen war / das solche Lager erzeugen konnte / die Ordnung die hier galt / war uns in ihrer Anlage vertraut / deshalb konnten wir uns auch noch zurechtfinden / in ihrer letzten Konsequenz / in der der Ausbeutende in bisher unbekanntem Grad / seine Herrschaft entwickeln dürfte / und der Ausgebeutete / noch sein eigenes Knochenmehl / liefern mußte[45]

---

45) Peter Weiss: Stücke I, S. 335f.

이 인용문은 바이스가 『수사』에서 제시하려고 했던 주제문이다. 그는 이 작품에서 강제수용소의 학살사건 자체를 그려내려는 것이 아니라 그 사건을 발생시킨 사회적인 관계의 근원을 찾으려고 했다. 그것은 결국 사회와 국가 구성원들의 공동책임임을 고발하려고 했다. 즉 강제수용소의 착취체계가 극단적으로 운영되었지만 강제 수용자들과 감시자들은 이 체제의 일부분이고, 이들이 자신들의 역할을 넘겨받기 전에 그들은 사회와 국가라는 공동체 안에서 이들 모두가 동등한 구성원이었다는 사실을 밝히는 데 주안점을 두었던 것이다.46) 그러므로 바이스는 배우 3을 통해 작품의 주제를 말하게 함과 동시에 그의 사상적, 이데올로기적인 관점을 표현하게 한다.

그러나 바이스의 인물구성에 있어서 가장 특징적인 것은 무엇보다 인물들의 역할교체에 있다. 그는 인물들의 역할교체를 위해 모든 인물들을 기존의 드라마에서 볼 수 없는 숫자로 표시한다.

『수사』에서는 판사와 변호사, 검사를 제외한 피고인 18명과 증인 9명을, 그리고 『허수아비』와 『베트남 토론』에서는 배우 7명과 배우 15명 모두를 숫자로 표시한다. 물론 숫자로 표시된 인물들이 모두 역할 교체를 하는 것은 아니다. 『수사』에서는 9명의 증인만이 역할 교체가 이루어지고 피고인 18명은 역할 교체가 이루어지지 않는다.

『허수아비』와 『베트남 토론』에서는 배우들 모두가 역할을 교체하며 놀이를 한다. 이들의 역할교체는 작품에서 꾸준히 그리고 장면이 바뀔 때마다 행해진다. 『수사』에서는 각 배우들의 역할교체가 개인별로 비교적 선명하게 이루어진다. 그러나 『허수아비』와 『베트남 토론』에서는 개인별 또는 그룹별로 역할교체가 일어난다. 두 작품에서 인물들이 그룹으로 역할교체가 이루어지고 있는 것은 역사 속에 등

---

46) Vgl. E. Salloch: a. a. O., S. 103f.

장하는 수많은 인물들을 집단적으로 표현하기 위한 것이다.

예를 들면 『수사』에서 증인 1의 경우 첫 번째 장면인 '승강장의 노래'에서는 역의 간부로 등장하고 있고, 두 번째 장면인 '수용소의 노래'에서는 의사로 등장한다. 다섯 번째 장면인 '릴리 토플러의 종말에 관한 노래'에서는 수용소농장의 운영지도자로 나오며, 일곱 번째 장면인 '검은 벽의 노래'에서는 즉결재판 의장으로 등장한다. 열 번째 장면인 '독가스 치클론 B의 노래'에서는 수용소의 화물수송 작업반장으로, 그리고 마지막 장면인 '화장로의 노래'에서는 예심판사로 등장한다.

『허수아비』에서도 배우 7의 경우 처음엔 장교(1)를 시작으로 주교(2), 아나의 남편(5), 경찰(6), 외국법무부장관(9)으로 나온다. 『베트남 토론』의 제1부에서 배우 9의 경우 처음에는 농부군인(1)으로 등장하다가 봉건영주(2), 황제(3), 베트남 주민(6), 주민의 감시자(7), 베트남 지하혁명 조직원(9)과 다시 베트남 주민(10)으로 등장한다. 그러나 『허수아비』와 『베트남 토론』에서는 『수사』에서 장면이 바뀔 때마다 역할교체가 이루어지는 것과는 달리 동일한 장면 내에서도 여러 번의 역할 교체가 일어난다. 특히 『베트남 토론』의 제2부 1단계에서 배우 8의 경우를 보게 되면 동일 장면 내에서 세 번의 역할 교체가 이뤄진다.

여기서 그는 처음에는 워싱턴의 국무성 비밀회담에서 미국의 민주당 상원의원 러셀(Richard Russell)로 등장하지만 이어서 벌어지는 상원토론에서는 몬타나 출신의 상원의원인 맨스필드(Mike Mansfield)로, 국가안전위원회 비밀회의에서는 건강과 교육, 복지담당 장관인 록펠러(Nelson A Rockfeller)로 등장한다. 이는 무엇보다 작품 속에 등장하는 수많은 역사적인 인물들을 제한된 인원으로 표현한 데 따른 것이다.

베트남의 전체 역사에 등장하는 수많은 인물들이 표현되는 『베트남 토론』에서는 『수사』와 『허수아비』와는 달리 인물들의 역할교체가 하나의 룰을 통해 이루어진다. 이 작품의 등장인물인 배우 15명의 역할교체는 크게 3그룹으로 나눠 행해진다. 배우 15명 가운데 1~5와 6~10, 11~15가 구분되어 그룹별로 역할교체가 이루어지고 있는 것이다. 배우 1~5는 작품 전체에서 베트남의 주민과 농부들로서, 그리고 배우 6~10은 베트남의 민중과 농부들 또는 식민세력의 대변자와 억압자들의 역할로서만 등장한다.

배우 6~10은 특히 『수사』의 증인 1과 2처럼 형리와 희생자의 역할을 번갈아 가며 행한다. 그리고 배우 11~15는 오직 "식민세력과 제국주의의 대변자 및 베트남 내의 식민세력의 대리인(Die Vertreter der Kolonialmächte und des Imperialismus sowie dessen Statthalter in Vietnam)"[47]의 역할만으로 등장한다. 그러므로 이러한 구분을 통해 수많은 등장인물을 일목요연하게 표현한다.

바이스는 물론 『베트남 토론』에서 인물들의 역할 교체를 통해 역사적 사건에서 행해지는 배반자 또는 기만자의 행위를 교묘하게 표현하기도 한다. 예를 들면 이 작품의 제1부 2단계에서 등장하는 배우 7의 행위는 이를 잘 표현해 준다. 여기서 그는 처음에 베트남의 봉건군주로서 등장해 주민들을 착취하는 데 혈안이 된다.

마을 전체가 기근에 시달려도 이에 전혀 아랑곳하지 않고 주민들이 곡식을 은닉하는지에 대한 감시에만 몰두한다. 그러면서 그는 주민들이 자신들의 재산을 늘려주고 수공업제품을 만들어주는 데 대해 흐뭇해한다. 하지만 중국의 침략자들이 남 베트(Nam Viet)를 정복하고, 이때 봉건영주들인 이들은 쇠사슬에 묶인 채 처형된다. 그러나

---

47) Peter Weiss: Stücke Ⅱ / 1, S. 76.

그의 역할은 중단되지 않고 다시 안 남(An Nam)의 상층부 그룹에 편입되는 인물로 등장하게 된다. 여기서 바이스는 베트남의 봉건군 주들 가운데 참수형을 당한 군주들도 있지만 그렇지 않고 새로운 정 복자의 세력에 편입해 기존의 특권을 계속 누리는 군주들도 있음을 역할교체를 통해 그려낸다.

물론 인물들의 역할교체는 기록극에 등장하는 수많은 인물들의 표 현에 있지만 관객으로 하여금 무대 배우와 등장인물 간의 결합을 해 체시키는 데 그 목적이 있다고도 할 수 있다.[48] 그것은 무엇보다 인 물들이 역할을 교체함으로써 관객들로 하여금 배우들의 역할도 낯설 게 만든다. 이는 바로 관객으로 하여금 거리감을 야기하게 하고 있 는 것이다.[49] 실제로 바이스는 인물들의 구성에서 이러한 기능이 주 된 목적임을 밝히기도 하였다.

무대 위의 인물들이 관객으로 하여금 자신들과 동일시하도록 만드 는 그러한 연극은 나에게 낯설다. 나는 브레히트가 무대를 묘사한 바 와 같이 사람들이 아주 특정한 진술을 하는 인물로서 무대 위에서 인

---

48) Vgl. Arnold Blumer: a. a. O., S. 176.
49) 바이스가 극작품에서 인물들의 역할을 교체한 것은 기록극에서만 나타 나는 것은 아니다. 그는 인물들의 역할 교체를 『모킨포트(Mockinpott)』 에서도 실행하고 있다. 이 작품에서는 기록극에서처럼 대부분의 인물들 이 역할교체를 수행하는 것이 아니라 한 배우에 의해서 많은 역할이 행해지도록 하고 있다. 그러므로 이 작품에서의 역할교체는 관객으로 하여금 거리화를 유도하기보다는 익살을 야기하고 있다. 『마라 / 사드』 에서도 인물들의 역할교가 행해지고 있다. 그러나 이 작품에서는 『모킨 포트』와는 다른 기능을 한다. 이 작품에서는 주로 합창을 부르는 환자 들이 부수적인 역에서 역할교체를 한다. 이것은 기록극에서의 인물들의 역할교체와 마찬가지로 거리화를 야기하고 있다. 그러나 이들 작품에서 의 역할교체는 기술적으로나 미학적으로 덜 완성된 역할교체라고 할 수 있다.(Vgl. M. Haiduk: a. a. O., S. 210.)

물을 표현하면 훨씬 더 강해지고, 그리고 관객들이 이 진술을 받아들이고, 평가하고, 또한 비판한다고 믿는다.

Theater, in dem die Figuren auf der Bühne so sein müssen, daß der Zuhörer sich mit ihnen identifiziert, ist für mich fremd. Ich glaube, daß es viel stärker ist, wenn man die Figur, wie's Brecht beschreiben hat, auf der Bühne darstellt als Figur, die eine ganz bestimmte Aussage tut, und daß der Zuhörer diese Aussage entgegennimmt, bewertet, auch kritisiert.[50]

바이스는 인물들의 역할교체행위에 있어서도 환상적인 요소를 최대한 배제하려고 했다. 그의 기록극 모두에서 인물들의 역할교체는 사실 단순하게 이루어진다. 『수사』에서는 인물들의 역할 교체는 판사나 검사가 암시해주거나 인물 자신이 직접 본인의 역할을 말함으로써 행해진다. 즉 "당신은 화물발송에 책임이 있었다.(Sie waren für die Güterabfertigung verantwörtlich.)"[51] 또는 "나는 수용소의 호적사무소에서 일했다.(Ich arbeitete im Standesamt des Lagers)"[52] 등의 표현으로 역할이 바뀌어졌음이 암시된다. 그러므로 진술의 내용을 집중적으로 인식하지 못할 때에는 언제 역할 교체가 이루어졌는지도 모르는 경우도 있다.

『허수아비』와 『베트남 토론』에서도 인물들의 "한 역할에서 다른 역할로의 이행은 가면이나 의상을 통한 보조수단을 통해서 강조되는 것이 아니라 단일의 상징물에 의해서 절약적으로 암시된다.(Der Übe-

---

50) Ernst Schumacher: Gespräch mit Peter Weiss, August 1965, in: Materialien zu Peter Weiss' Marat / Sade, Frankfurt am Main 1981, S. 105f.
51) Peter Weiss: Stücke I, S. 263.
52) Ebd., S. 345.

rgang von der einen Rolle zur andern wird nicht durch die Hilfsmittel von Maske und Kostümierung unterstrichen, sondern nur sparsam ange-deutet durch die Verwendung von einzelnen Attributen.)"53) 특히 『허수아비』에서는 "열대지방 헬멧과 십자가상, 주교모자, 지팡이, 자루(ein Tropenhelm, ein Kruzifix, ein Bischofshut, ein Stock, ein Sack)"54)의 사용과 『베트남 토론』에서는 "헬멧과 간판, 무기, 망토, 장식품,(ein Helm, ein Schild, eine Waffe, ein Umhang, ein Smuckstuck)"55)의 사용으로 이뤄지고 있는 것이다. 그러므로 바이스는 인물들의 역할 교체를 통해 역사적인 과정에서 등장하는 수많은 인물들의 표현을 가능케 함은 물론 관객들로 하여금 거리감을 야기하는 데 주안점을 두고 있다고 할 수 있다.

2) 언 어

바이스는 『기록극에 관한 소고』에서 기록극이 사실의 재료가 언어적으로 다루어진다고 주장하였다.56) 그는 특히 시대의 방대한 자료들을 탐색하고 검정해 언어로 축약해 표현하는 극을 기록극으로 간주하였다. 그러므로 그의 기록극에서는 언어표현이 중요한 위치를 차지한다. 그러나 기록극에서 그의 언어는 인위적으로 나타난다. 주로 인물들 간의 대화를 위주로 서술적인 형식을 띠는 일반 드라마와는 달리 전체가 운문형식을 띤다. 이는 『수사』와 『허수아비』, 『베트남

---

53) Peter Weiss: Stücke Ⅱ / 1, S. 75.
54) Ebd., S. 8.
55) Peter Weiss: Stücke Ⅱ / 1, S. 75.
56) Vgl, Peter Weiss: Notizen zum dokumentarischen Theater, a. a. O., S. 101.

토론』에서 모두 공통적으로 나타난다. 이들 작품 가운데 『수사』와 『베트남 토론』에서는 운문형식이 비교적 부드럽고 세련되게 나타나는 반면, 『허수아비』에서는 서정적이며 거칠게 나타난다. 『수사』에서 보면 보다 명확히 느러난나.

그때 한 죄수에게 머리에서 모자를 벗고 / 그것을 멀리 던지라는 / 명령이 내려진다 / 그리고 난 뒤 / 출발 / 달려가 너의 모자를 가져오라고 명령된다 / 그가 달려가면 / 그는 사살된다

da wurde einem Häftling befohlen / sich die Mütze vom Kopf zu reißen / und sie wegzuwerfen / und dann hieß es / Los / lauf und hol dir die Mütze / und wenn er lief / wurde er abgeknallt[57]

여기서 바이스는 긴 문장을 '그리고(und)'로 연결하고 행을 바꾸면서 리듬화시킨다. 문장상의 내용을 보더라도 이 문장은 필름의 연출기법을 연상시킬 정도로 간결하게 제시된다. 실제로 시사주간지인 <슈피겔(Der Spiegel)>은 "재판 참여자들의 언어는 부드럽고 잘 다듬어진, 가락을 낮춘 채 리듬화되었다(die Sprache der Prozeßteilnehmer sanft behobelt und dezent rhythmisiert)"[58]고 평하기도 했다.

『베트남 토론』에서도 운문형식이 작품의 전반에 걸쳐 세련되게 나타난다. 이 작품에서는 『수사』보다 오히려 더 간결하고 정갈하게 나타난다. 이 작품 전체가 전설이나 연설문과 협상문 등을 많이 인용한다. 그러므로 문장이 장황하고 길 것이라는 인식을 하기 쉽다. 그러나 바이스는 이들 문장을 짧고 간결하게 사용함으로써 부드러운

---

57) Peter Weiss: Stücke Ⅰ, S. 304.
58) Der Spiegel. Nr. 43(20. 10. 1965), S. 162.

리듬을 추구하고 있다. 제2부의 정치협상문의 예를 들어보면 쉽게 알 수 있다.

　　세계 공산주의의 새로운 세력중심은 / 중국이다 / 중국이 베트 민의 / 공격전을 지지하고 있다 / 중국은 아시아 전 지역으로 / 자신들의 세력을 확장하려고 한다 / 베트남의 붕괴는 / 라오스와 캄보디아의 / 붕괴를 유발할 것이다

　　Das neue Kraftzentrum / des Weltkommunismus / liegt in China / China unterstützt den Angriffskrieg / der Viet Min / China will seine Macht / über ganz Asien erstrecken / Ein Fall Viet Nams / würde den Sturz bewirken / von Laos und Cambodia[59]

　　인용문은 워싱턴에서 개최된 미국 국무부비밀회담에서 미국의 덜레스(Dulles)국무장관이 언급한 회의 내용이다. 그러나 이 회의문은 일반적인 회의문에 비해 장황하다는 느낌을 전혀 주지 않는다. 오히려 하나의 운문싯귀를 연상시킬 정도로 간결하게 나타나고 있는 것이다. 이러한 형태의 운문이 이 작품의 전반에서 나타난다.
　　실제로 바이스는 『베트남 토론』에서 어떠한 언어를 사용했는지에 대한 질문에 대해 "『수사』에서 발전된 언어이다. 어떠한 운문이나 4운각 시행[60]이 아니라 리듬으로 정렬된 산문이다. 단순하고 강하게 작용하며 현실적이다.(Die in der Ermittlung entwickelten(Sprache). Also keine Reime, keine Knittelverse, sondern rhythmisch geordnete Prosa, einfach, drastisch, realistisch.)"[61]라고 피력하기도 했다. 그러나

---

59) Peter Weiss: Stücke Ⅱ / 1. S. 174.
60) 김광요 / 임한순(편저): 독일고전시, 서울(청록출판사) 1994, 360면과 361면 참조.

『수사』와 『베트남 토론』에 비해 『허수아비』에서는 다소 거칠며 서정적인 운문형식을 추구한다. 특히 이 작품의 합창부분에서 이러한 형태의 운문을 많이 사용한다. 예를 들어 이 작품의 장면 8에 나오는 배우 2의 대사가 대표적인 예이다.

> 그리고 서방의 구경꾼들은 이것을 하나의 위트로 간주하지 않았다
> 루지타니엔은 앙골라에서 자신들의 재산을 방어했기 때문이다. 그리고
> 그들은 루지타니엔이 계속해서 융자를 얻게 된다면 그들이 헛되이 공
> 격하지 않을 것이라는 것을 알고 있었다.

> Und die westlichen Zuschauer hielten dies nicht für einen Witz /
> denn Lusitanien verteidigte in Angola auch ihren Besitz / Und sie
> wußten daß Lusitanien sich nicht vergebens schlüge / wenn es weiterhin
> über ihre Kredite verfüge[62]

여기의 문장은 『수사』나 『베트남 토론』의 문장에 비해 행의 길이가 길 뿐만 아니라 접속사 'und'와 'denn'과 'daß', 관계부사 'wenn' 등을 동시에 사용함으로써 문장을 복잡하고 거칠게 만든다. 그러나 이러한 운문형식이 작품에 따라 다소 차이는 있으나 작품 전체에 있어서 문장을 짧고 단순화시키려고 노력하였다. 이는 무엇보다 운문형식을 통해 관객들에게 내용을 효과적으로 전달하기 위한 것이다. 이미 앞에서 언급된 예문을 보더라도 이러한 사실을 어느 정도 알 수 있다.
  그가 문장의 구조를 단순화시킨 것은 『수사』에서 더 잘 드러난다. 이 작품은 앞에서 언급했듯이 나우만과 랑바인의 아우슈비츠재판 기

---

61) Zit. nach H. Rischbieter: Peter Weiss dramatisiert Vietnam, a. a. O., S. 6.
62) Peter Weiss: Stücke Ⅱ / 1, S. 55.

록을 토대로 한 드라마이다. 랑바인의 기록문과 바이스의 문장을 비교해 보면 이를 더욱 쉽게 알 수 있다.

더욱이 나는 내가 들었던 강제 수용자들의 학살의 합법성에 대하여 상부에 제기했던 질문으로 내 자신이 사형선고를 받게 하는 일은 하지 않았다. 나는 나의 가족과 나 자신에 책임을 지고 있었다.

Im übrigen habe ich mich gehütet, mit höheren Orts vorgebrachten Fragen nach der Gesetzmäßigkeit von Gefangentötungen, die mir zu Ohren gekommen waren, mein eigenes Todesurteil auszusprechen. Ich hatte Verantwortung meiner Familie gegenüber und vor mir selbst.[63]

바이스는 랑바인의 문장을 『수사』에서 달리 사용한다.

나는 / 내가 들은 / 강제 수용자들 학살의 / 정당성에 대한 / 질문을 상부에 제기하는 것을 그만두었다 / 최종적으로 나는 / 나의 가족과 / 나 자신에 대한 책임을 져야 했다

Ich habe mich / höherenorts Fragen vorzubringen / nach der Rechtsmä-ßigkeit / mir zu Ohren gekommener / Gefangentötung / Schließlich hatte ich die Verantwortung / für meine Familie und für / mich selbst zu tragen[64]

두 인용문을 비교해 보면 바이스가 얼마나 언어를 축약해 사용하고 있음을 알 수 있다. 바이스는 랑바인이 사용한 'mit höheren Orts'를

---

63) Hermann Langbein: Der Auschwitzprozeß: Eine Dokumentation, Wien 1965, S. 165.
64) Peter Weiss: Stücke I, S. 327.

x

하나의 단어인 'höherenorts'로 사용하며, 'von Gefangentötungen, die mir zu Ohren gekommen waren'를 'mir zu Ohren gekommener / Gefangentötung'으로 축약한다. 그리고 'mein eigenes Todesurteil auszusprechen' 구절을 생략한다. 그러므로 바이스는 장황하고 긴 구절을 축약해 사용하거나 불필요한 구절을 생략한다. 이러한 문장의 사용은 이 작품에서 전반적으로 나타난다.

바이스는 『허수아비』에서도 'Ich' 등의 대명사를 주로 생략하며 『베트남 토론』에서는 아예 동사를 생략한 수동문의 문장이 많이 사용된다.

배우 4 정치범들은 석방되었다
배우 7 밀고자들은 처벌되었다
배우 8 인두세는 폐지되었다
배우 9 소작료는 인하되었다
배우 6 적의 협력자들의 땅은 / 분배되었다

4 Die politische Gefangenen befreit
7 Die Verräter bestraft
8 Die Kopfsteuer abgeschafft
9 Die Pachtzinsen herabgesetzt
6 Das Land der Kollaborateure / verteilt[65]

여기서 수동형 보조동사 'werden'이 전체 문장에서 생략된다. 그러므로 바이스는 기록극에서 전체의 문장을 간결하게 사용하면서 동시에 리듬을 추구한다. 바이스는 이러한 리듬화된 자유로운 운문을 통해 관객으로 하여금 의미 전달을 쉽게 하고 있는 것이다. 물론 바이스는 운문형식을 사용해 관객으로 하여금 거리감을 야기하기도 한다.[66]

---

65) Peter Weiss: Stücke Ⅱ / 1, S. 166.

운문형식의 경우 문장에 전혀 마침표와 쉼표를 사용하지 않는 것이 일반적이다. 바이스도 이러한 부호를 문장에 전혀 사용하지 않고 있다. 그러나 바이스는 문장의 행을 바꾸는 데 있어서 어떤 법칙을 적용하지 않는다. 본인의 의도에 따라 어떤 문장에서는 주어 앞에서 행을 바꾸기도 하고 어떤 문장에서는 동사 또는 부사구에서 행을 바꾼다. 문장이 어디에서 시작되고 끝나는지를 쉽게 인식할 수 없다. 그래서 바이스의 운문은 전체 문장의 흐름을 알고 난 후에야 비로소 문장이 연결되고 있다는 사실을 알 수 있다. 이러한 점은 바로 관객으로 하여금 의미의 파악을 위해 내용의 흐름에 몰두하게 함과 동시에 거리감을 야기한다. 잘로흐가 지적한 것처럼 바이스의 운문은 관객들에게 혼란을 정리해 주며 동시에 관객들과 사건 사이에 거리감을 삽입시키고 있다고 할 수 있다.[67]

더구나 이러한 운문형식은 절단된 문장을 인식하게 함으로써 언어의 중립성을 야기하는 기능도 한다. 특히 이러한 운문형식은 대립적인 진술에 있어서 감정을 배제시킬 뿐만 아니라 상황의 객관적인 인식에 기여하게 된다. 이러한 기능의 운문은 『수사』에서 더욱 두드러지게 나타난다. 이 작품은 증인과 피고인, 검사와 변호사의 재판진술로 이루어진다. 재판의 진술에서는 감정에 휩쓸린 언어사용이 되기 쉽다. 그러나 바이스는 언어를 리듬화함으로써 이러한 감정을 배제시키고 있으며 사건의 명확한 인지력도 제고한다.[68]

---

66) 블루머는 바이스가 기록극에서 인조어(Kunstsprache)를 사용하고 있으며 이들 인조어가 관객으로 하여금 거리화를 야기한다고 주장하고 있다.(Vgl. A. Blumer: a. a. O., S. 205.)

67) Vgl. E. Salloch: a. a. O., S. 135.

68) 두르작은 바이스가 『수사』에서 '리듬화되고 투명한 모든 감정을 배제한 언어(die rhythmisierte luzide, alle Gefühlschwemmung vermeidende Sprache)'를 사용하고 있다고 주장하고 있다.(Vgl. Manfred Haiduk: a. a.

기록극에서 운문을 사용한 것은 물론 바이스만이 아니다. 호흐후트 또한 『신의 대리인』에서 운문형식을 사용한다. 그는 특히 운문형식을 사용한 취지가 표현을 응축시키고 집중을 강요할 수 있기 때문이라고 말한다.[69] 그의 이러한 지적은 바이스의 운문의 사용 의도와도 일치한다.

바이스가 운문형태를 사용한 것은 사실 『손님들과 밤을』에서 시작되었다. 이 작품에서 바이스는 운문형식을 통해 거리감을 유지하게 하고 잔인함을 객관적으로 수용하는 데 기여했다.[70] 이 작품의 줄거리는 간단하지만 잔인한 살인극이다. 가난한 소작농가에 강도가 침입해 부인을 죽이고 강도를 감시하는 이웃사람은 남편을 죽인다. 그리고 강도와 감시자는 서로 학살한다.

바이스는 이러한 잔인한 내용을 운문형식을 통해 잔인한 감정을 배제하고 있다. 『마라 / 사드』에서도 바이스는 운문형식을 통해 마라와 사드의 대결을 객관적으로 이끈다. 그러므로 바이스는 이러한 운문형식을 사용해 기록의 자료에 집중화와 함께 감정의 배제를 통한 객관성을 유지하고 있는 것이다.

한편 바이스의 기록극에서는 이러한 운문형식이 언어의 반복과 문장의 병립과도 연관되어 나타나기도 한다. 주로 언어의 반복 사용은 리듬을 추구함과 동시에 의미를 강조하기 위해 사용되고 있는데, 특

O., S. 288. Vgl. R. C. Perry: Historical Authenticy and dramatic Form. Hochhuth's Der Stellvertreter and Weiss' Die Ermittlung, in: the Modern Language Review 64(1969), P.834. Vgl. Helmut Heissenbüttel: Welche Sprache spricht das Theater?, in: Theater heute 1966, S. 84.)

69) Vgl. Siegfried Melchinger: Hochhuths neue Provokation, in: Theater heute 8 / 2(1967), S. 9.

70) Vgl. M. Karnick: Peter Weiss' dramatische Collagen, in: Rainer Gerlach: Peter Weiss, Frankfurt am Main 1984, S. 211f.

히『허수아비』에서 이의 사용이 두드러진다.

예를 들면 아프리카에 대한 포르투갈의 문명적 사명(Die zivilisa-torische Mission)의 역사와 의의를 노래하는 장면 2에서 "5백 년 전부터 / 우리에게 / 속하는 해외지방에서(In den seit 5 Jahrhunderten / zu uns gehörenden / überseeischen Provinzen)"[71]라는 문장을 3회 반복해 사용한다. 포르투갈과 나토와의 관계를 폭로하는 장면 8장에서는 "그들은 모두 협정에 따르면 / 대서양동맹의 충실한 파트너들이기 때문이다(Denn sie waren ja alle laut Kontrakt / getreue Partner im Atlantischen Pakt)"[72]라는 문장을 6회 반복한다. 그리고 포르투갈이 서구세계와 경제적 파트너로서 역할을 하며 아프리카 식민지배를 획책하고 있는 장면 10에서도 "그는 돈거래에 있어서 세계의 어떤 다른 나라보다 더 높은 이윤을 가지기 때문이다(Denn höher als alles andere in der Welt / schätzt er seinen Umgang mit Geld)"[73]라는 문장을 5회 반복해 사용한다. 이들은 모두 그 장면에서의 주제어에 해당된다.

바이스는 이들을 통해 포르투갈의 식민지배의 역사와 아프리카의 식민지배를 지지하는 나토세력과 포르투갈과의 관계, 그리고 포르투갈과 서구세계와의 경제적 결속을 더욱 분명하게 드러낸다. 그러므로 이러한 언어의 반복사용은 의미강조와 함께 주제어를 선명하게 드러내는 역할을 한다.

『수사』에서도 언어의 반복사용이 부분적으로 나타난다. 이 작품에서는 언어의 반복사용이 피고인들의 진술에서 나타난다. 그러나 『허수아비』에서처럼 주제어를 강조하는 것이 아니라 행위의 부정을 강

---

71) Peter Weiss: Stücke Ⅱ / 1, S. 17.
72) Ebd., S. 56.
73) Ebd., S. 63.

조하는 역할만을 한다. 예를 들면 피고인들이 진술에서 "나는 기억할 수 없다(Ich kann mich nicht erinnern)"[74] 또는 "그것에 대해 아무것도 알지 못했다(Davon war mir nichts bekannt)"[75] 등의 문장을 반복적으로 사용하고 있다. 이는 강제수용소에서 행위를 강하게 부정하는 역할을 하는 것이다.

그러나 『베트남 토론』에서는 언어의 반복적인 사용보다는 문장의 병립구조를 많이 사용한다. 이 작품에서는 문장의 병립구조 사용이 각 장면의 구절마다 나타난다. 예를 들어 제1부 4단계에서 나타나는 문장을 보면 쉽게 알 수 있다.

> 배우 2와 4 우리들은 광산으로 내몰려진다 / 높은 사람들에게 광석을 채굴하려고
> 배우 1과 7 우리들은 숲 속으로 내몰린다 / 높은 사람들에게 건축용 자재를 베어오려고
> 배우 6과 8 우리들은 해저로 내몰린다 / 그들에게 진주를 캐오려고

> 2 4 Wir werden in die Minen getrieben / den Oberen das Erz zu fördern
> 1 7 Wir werden in die Wälder getrieben / den Oberen Bauholz zu fallen
> 6 8 Wir werden auf den Grund des Meeres getrieben / ihnen die Perlen heraufzuholen[76]

여기서는 "Wir werden (……) getrieben / (……) zu (……)"의 구조를

---

74) Peter Weiss: Stücke Ⅰ, S. 329.
75) Ebd.
76) Peter Weiss: Stücke Ⅱ / 1, S. 108.

통해 '광산으로', '숲 속으로', '해저로'라는 부사구만을 교체함으로써 문장의 흐름을 리듬적으로 만들 뿐만 아니라 의미의 전달도 쉽게 한다.

사실 이 작품에서는 이러한 목적을 위해 대화의 구조에서도 병립구조형식을 띤다. 이 작품의 제1부 4단계에서 레오 로이가 군주들과 지주들을 몰아내고 계급과 업적에 따라 땅을 분배한다. 그는 새로운 조세원칙을 적용하지만 주민들 사이에서는 불만이 제기되고 계급투쟁이 벌어지게 되는데, 이 주민들의 불만을 물소(Büffel)와 개(Hund), 말(Pferd), 닭(Hahn), 돼지(Schwein), 염소(Ziege)를 통해 표현한다. 각 동물들은 서로 비난하면서 인간생활에 기여한 바를 열거한다.

제일 먼저 물소는 곡식을 운반하는 일을 하고, 개는 물소들을 보호해주는 역할을 한다고 주장한다. 말은 영토의 확장과 장수들과 왕자들을 태우고 다니는 데 기여하며, 닭은 하루의 일과를 시작하게 하는 새벽의 전령자(der Herold der Morgenrote)로서의 역할을 한다고 강조한다. 그리고 돼지는 결혼식과 신의 제물로서 사용되고 염소는 고관보다 영리함을 지닌 영물임을 자랑한다. 이들의 대화는 동물들이 서로 화합을 이루지 못하고 있음을 나타낸다. 이는 바로 베트남인들이 서로 단결이 되지 않고 있음을 비유하고 있으며, 결국 베트남 민족이 항상 외부 세력에 의해 종속되고 있음을 드러낸다. 그러나 바이스는 장황하고 긴 대화를 병립구조형식을 사용한다.

이러한 대화구조는 7단계와 9단계에서도 동일하게 나타난다. 7단계에서는 동남아시아에서 주도권을 획득하기 위해 베트남을 본격적으로 식민지배화해야 한다는 내용에서 사용하며, 9단계에서는 베트남의 지하혁명조직의 간부들이 베트남의 해방운동을 위해 주민들을 계몽하고 세력을 조직화해야 한다는 대화에서 이와 같은 구조를 사용한다. 그러므로 이들의 장황한 대화를 동일한 형식을 통해 나타냄으로써 내용전달에 효율성을 추구한다.

이들의 대화는 실제로 제1부의 핵심적인 내용일 뿐만 아니라 주제와도 연관되어 나타난다. 즉 바이스는 첫 번째 대화구조에서 6가지 동물들의 이율배반적인 주장을 통해 단결되지 않는 베트남 민족들이 외세의 침략을 받게 됨을 드러내며, 이는 결국 두 번째 대화구조에서 나타나는 제국주의의 지배의 시작인 프랑스의 침략을 받게 됨을 암시하게 한다. 그리고 세 번째 대화의 구조에서 나타나는 프랑스의 지배를 벗어나기 위해 베트남인들의 해방운동을 서로 연결시키면서 베트남이 식민 지배를 당할 수밖에 없는 원인, 과정과 결과를 동일한 형식의 대화구조를 통해 주제와 연결하고 있는 것이다. 실제로 바이스도 각 단계의 지문을 통해 이들의 대화구조가 동일한 형식임을 밝히기도 했다.[77]

물론 이러한 구조는 『허수아비』에서도 나타난다. 포르투갈과 나토 동맹국들 간의 결속하에서 앙골라에서 식민착취를 일삼는 내용을 다루고 있는 장면 7에서는 앙골라의 생산물을 착취하는 기업들의 실제 이름들을 거명한다. 여기서 바이스는 다이아몬드와 석유, 광물질, 커피회사들의 이름을 'für'란 전치사를 문두에 사용해 전체의 문장을 병립구조로 만든다. 이는 많은 회사들의 이름이 거명됨으로써 혼란이 야기되는 것을 방지하고 내용의 전달도 용이하게 하고 있는 것이다.

그러나 블루머는 지속적인 언어의 반복과 병립구조가 관객으로 하여금 생산물을 변화시키는 가능성을 제한하고 거리감을 축소한다고 주장한다.[78] 그러나 바이스의 언어는 주제어나 중심 되는 구절에서 언어를 반복해 사용함으로써 관객들에게 거리감을 축소하기보다는

---

77) Vgl. Peter Weiss: Stücke II / 1, S. 134 u. 147.
78) Vgl. A. Blumer: a. a. O., S. 205.

오히려 방대한 기록적인 자료를 축약해 작품의 주제를 언어로 전달하는 데 용이하게 한다.

바이스는 이러한 경향을 『허수아비』에서 분명히 드러낸다. 기록극의 내용은 배타적이고 낯설다. 그래서 일부 작품의 경우 정치적인 주제가 이미 알려진 사실이긴 하지만 구체적인 내용을 파악하기는 힘들다. 『수사』의 경우 내용 자체가 이미 언론매체를 통해 이미 관객에게 알려지긴 했지만 『허수아비』와 『베트남 토론』의 경우에는 내용 자체가 관객들에게 낯설다. 관객들은 아프리카와 베트남의 시대적인 상황이나 역사에 대한 깊은 인식은 부족하다. 이 때문에 작품의 내용을 이해하기가 쉽지 않다. 그래서 바이스는 문장의 병립형식을 통하여 작품의 이해와 내용의 전달을 쉽게 한다.

『허수아비』는 이미 지적한 바 있지만 내용이 추상적이다. 작품 전체를 읽지 않고는 내용파악이 어렵다. 그러므로 바이스는 언어의 반복사용과 문장의 병립구조를 통해 내용전달을 용이하게 한다. 실제로 이 작품에서는 장면의 마지막 부분과 첫 부분에서 의미전달이 어려운 단어나 문장들을 재수용해 내용전달을 쉽게 한다.

예를 들면 이 작품의 장면 1의 마지막 부분과 장면 2의 첫 부분에서 "문명적 사명(zivilisatorische Mission)"[79]이란 문구를 동시에 사용하며 장면을 연결시킨다. 그러므로 두 장면이 독립적으로 존재하는 것이 아니라 서로 고리형식으로 연결돼 내용의 파악을 쉽게 하고 있다. 이러한 장면들의 연결은 장면 3과 장면 4, 장면 5와 장면 6 그리고 장면 6과 장면 7에서도 나타난다.

장면 3과 장면 4에서는 노동력 조달의 내용을 통해 서로 연결시키고 있으며 장면 5와 장면 6은 노바 리스보아란 지명을 통해 내용

---

79) Peter Weiss: Stücke Ⅱ/1, S. 17.

의 흐름을 잇고 있다. 장면 6과 장면 7에서도 앙골라란 지명을 통해 장면을 서로 잇고 있다. 그러므로 장면과 장면 사이에 이러한 동의어나 단어의 변이형태를 재수용함으로써 관객들로 하여금 의미관계의 파악을 쉽게 한다.80)

한편 바이스는 언어사용에 있어서 기록의 실제성을 강조하기 위해 상황적인 용어나 민족의 전설을 작품에 수용한다. 특히 『수사』에서는 나치시대의 남용된 관용어와 사무적인 어휘(das offizielle Vokabular)가 사용되며 『허수아비』와 『베트남 토론』에서는 아프리카와 베트남 민족의 특징을 드러내는 노래나 전설을 수용한다.

『수사』에서 나타나고 있는 "두건사격(Mützenschießen)"81)과 "말하게 하는 기계(Sprechmaschine)",82) "사형대(Pfahlhängen)",83) "혈족연대책임(die Sippenhaftung)"84) 등의 용어는 당시 나치시대의 남용된 언어임과 동시에 강제수용소의 상황용어이다. 이러한 용어는 강제수용소의 상황을 보다 구체적으로 드러나게 한다. 피고인들 또한 학대를 '강화된 심문(verschärftes Verhör)'으로 표현해 잔인한 행위의 합법성을 주장하고 있으며, 강제수용자들의 총살을 '토끼사냥(Hasenjagd)'으로 표현해 비인간적인 상황을 표현한다.

『허수아비』에서는 아프리카의 민족정서와 역사적인 상황을 표현하는 노래를 수용한다. 장면 2에서 나타나는 "땅을 개간하라 파헤쳐라 도랑을 파라(Reißt die Erde auf wühlt sie auf werft sie auf)"85)라는 노

---

80) Vgl. M. Haiduk: a. a. O., S. 159.
81) Peter Weiss: Stücke Ⅰ, S. 304.
82) Ebd., S. 310.
83) Ebd., S. 317.
84) Ebd., S. 364.
85) Peter Weiss: Stücke Ⅱ / 1, S. 20.

래가 대표적인 예이다. 합창단과 배우 2가 부르는 이 노래는 서부 아프리카 민족의 전통 군가(軍歌)로서 노예상태에 있는 아프리카인들의 증오와 이들의 전투행위를 묘사한다.[86] 특히 여기서 표현되고 있는 땅(die Erde)은 "적의 육체를 나타내는 동의어(Synonym für den Leib des Feindes)"[87]인 것이다.

『베트남 토론』에서는 이러한 민족적인 정서의 수용이 더욱 두드러진다. 이 작품에서는 베트남의 건국신화를 비롯해 '벼의 노래(das Reislied)', 전설 등을 수용한다. 제1부 1단계에서 나타나고 있는 베트 락(Viet Lac) 왕국의 전설이 대표적인 예이다.

이 전설의 내용을 보면, 기원전(B.C) 458년경 베트 락 왕이 공주인 미농을 결혼시키기 위해 남편감을 물색한다. 그러던 중 산의 신(Der Gott der Berge)과 바다의 신(Der Gott des Meeres)이 나타나 구혼을 한다. 그러나 왕은 이들로 하여금 선물을 먼저 가져오는 자에게 딸을 주기로 약속한다. 그러자 산신이 먼저 비취, 상아와 황금을 가져와 공주와의 결혼을 승낙받게 된다. 그러나 산신보다 늦게 진주, 호박과 산호초로 가득 찬 선물을 가져온 바다신이 이 사실을 알고는 분노한다. 그래서 그는 해일과 폭풍우를 동반해 육지를 공격한다. 이에 성이 난 산신은 번개와 천둥을 동반해 홍수를 일으킨다.

결국엔 산신의 병력들과 바다신의 병력들이 전투를 하게 되고 이들이 흘린 피가 강으로 흘러들어 강물이 붉어졌다는 것이다. 이 '붉은 강'의 전설은 결국 베트남이 건국 이래로 외부의 침략이 끊이지 않는다는 베트남 민족의 운명을 상징적으로 표현한다. 그러므로 바이스는 기록극에서 언어의 객관성과 더불어 민족의 정서를 대변하는

---

86) Vgl. M. Haiduk: a. a. O., S. 160.
87) Ebd., S. 166.

군가나 전설을 수용해 기록극의 실제성을 구체적으로 표현해 주고
있다고 할 수 있다.

3) 시간과 공간

기록극은 최근 과거의 청산을 목표로 한다. 그러나 최근 과거는
과거에 머물러 있는 것이 아니라 현재와의 연관성 속에서 미래를 제
시한다. 그러므로 기록극의 시간과 공간은 과거에서 현재, 그리고 미
래로의 전향을 추구한다. 바이스의 작품들도 이러한 경향을 추구한다.
바이스의 기록극은 내용상으로 볼 때 제한된 시간과 공간을 배경
으로 한다. 『수사』는 1942년부터 1945년까지 발생한 유대인학살의
아우슈비츠 강제수용소라는 공간이 작품의 토대가 되며, 『허수아비』
는 포르투갈의 아프리카(앙골라와 모잠비크) 식민지배의 시작에서부
터 현재까지의 시간과 아프리카가 주무대이다. 『베트남 토론』은 베
트남의 선사시대에서부터 1964년까지의 시간과 베트남이라는 공간을
무대로 한다.
그러나 바이스는 작품의 구성에 있어서 이러한 제한된 시간과 공
간을 하나의 완결된 것으로 구성하지 않는다. 그는 작품을 시작에서
부터 시간적으로 고정시키지 않고 있을 뿐만 아니라 작품의 끝에서
도 시간의 완결을 제시하지 않는다. 그는 오히려 과거의 시간을 현
재와의 연관과 미래로의 지향성 속에서 취급한다.
이들 작품의 결말을 보더라도 쉽게 알 수 있다. 세 작품의 결말은
모두 미래지향적이다. 아우슈비츠의 유대인학살의 원인과 주범자들
을 고발하는 『수사』의 결론은 과거의 사건을 다루고 있지만 과거의

책임문제를 거론하기보다는 앞으로의 과제를 짚어주는 역할을 한다.

　오늘날/ 우리 민족은 다시/ 주도적인 위치로/ 올라섰기 때문에/ 우리들은 시효가 말소된 것으로서/ 간주되어야만 하는/ 비난들이 아닌/ 다른 문제들을 다루어야만 한다

　Heute / da unsere Nation sich wieder / zu einer führenden Stellung / emporgearbeitet hat / sollten wir uns mit anderen Dingen befassen / als mit Vorwürfen / die längst als verjahrt / angesehen werden müßten[88]

　『허수아비』와 『베트남 토론』에서도 동일한 형식의 결론을 제시한다. 특히 이 두 작품에서는 『수사』보다 더 구체적인 미래지향성을 제시하며 현재의 연속에서 미래의 희망을 동시에 표현한다. 『허수아비』에서는 포르투갈의 식민지배에 대한 아프리카의 해방이 가까운 장래에 실현됨을 암시한다.

　그리고 더 많은 것이 올 것이다/ 너희들은 그것을 볼 것이다/ 이미 많은 사람들은 도시에서/ 그리고 숲 속과 산 속에 있다/ 자신들의 무기를 숨기고/ 가까이 있는/ 해방을 조심스럽게 계획하면서

　Und mehr werden kommen / ihr werdet sie sehen / Schon viele sind in den Städten / und in den Wäldern und Bergen / lagernd ihre Waffen und sorgfältig planend / die Befreiung / die nah ist[89]

　『베트남 토론』에서도 『허수아비』와 동일한 결말을 내린다.

---

88) Peter Weiss: Stücke Ⅰ, S. 448f.
89) Peter Weiss: Stücke Ⅱ / 1, S. 71.

우리들은 알고 있다 / 그가 자신의 부의 거대한 힘으로 / 지배하는 한 / 아무것도 변화하지 않을 것이다 / 우리들은 시작을 보여주었다 / 투쟁은 계속된다

Wir wissen / So lange er herrscht / mit der riesigen Macht / seines Reichtums / wird nichts sich verändern / Wir zeigten / den Anfang / Der Kampf geht weiter[90]

바이스는 이러한 결말을 제시하면서도 시간과 공간을 병립적으로 구성하지 않는다. 그는 시간과 공간을 사건의 진행에 편성시키고 있으며 궁극적으로는 시간을 공간에 종속시킨다. 실제로『수사』나『허수아비』에서는 시간의 흐름을 전혀 인식할 수 없다. 두 작품에서는 시간의 흐름이 연대순으로 묘사되거나 시간이 주체가 되는 것이 아니라 시간이 사건의 진행에 파묻혀서 나타난다. 특히『수사』에서는 시간의 진술이 여러 번 나타나고 있으나 시간이 서로 뒤바뀌어 나온다.

『수사』의 첫 번째 노래에서는 1942년 4월 1일에서부터 1943년 12월 15일이란 시간이 언급되며 두 번째 노래에서는 시간의 언급이 없다. 세 번째 노래에서는 1942년 초의 시간이 언급되고 네 번째 노래와 다섯 번째 노래에서는 시간의 언급이 없다. 여섯 번째 노래에서는 1941년 3월과 일곱 번째 노래에서는 1944년 여름까지의 시간이 언급된다.

여덟 번째 노래에서는 1942년 12월 24일부터 1943년 봄까지, 아홉 번째 노래에서는 1941년 9월 3일에서부터 1943년 3월 9일까지의 시간이 진술된다. 열 번째 노래에서는 1941년 여름에서부터 1943년 봄까지, 열한 번째 노래에서는 1944년 여름에서부터 1944년 10월 6

90) Ebd., S. 264.

일까지의 시간이 언급된다. 그러므로 이 작품에서는 시간이 사건진행의 전개와 더불어 영속적으로 나타나는 것이 아니라 시간의 진술이 서로 바뀌어 나타나고 있음을 알 수 있다. 이는 바로 "시간의 영속성의 파기(Durbrechungen der zeitlichen Kontinuität)"[91]를 의미한다.

『허수아비』에서는 『수사』와는 달리 시간의 진술은 1회에 그친다. 이 작품의 장면 8에서 포르투갈이 앙골라에서 5백 년간 지속된 식민억압에서 벗어나려는 무장투쟁의 시작의 날인 1961년 3월 15일이 언급된다. 그러나 이 시간은 고정된 것이 아니라 현재와 미래의 영속을 위한 시점으로 표현된다. 1961년 3월 15일은 바로 5백 년간 지속된 억압의 종말의 시작일이면서 미래의 해방운동의 목표를 향한 시작점이다.[92] 그러므로 이 작품에서 시간은 사건의 진행에 편성돼 역사적 사건을 명료화하는 기능을 한다.

『베트남 토론』에서도 시간은 동일한 기능을 한다. 이 작품의 제1부에서는 각 단계에 걸쳐 시간의 진술이 나타나는 것이 아니라 『허수아비』에서처럼 1회에 한 해 시간의 진술이 나타난다. 『허수아비』에서 포르투갈의 앙골라 식민지배에서 벗어나려는 가장 중요한 역사적 무장투쟁의 시작일이 언급되었던 것처럼 『베트남 토론』에서도 베트남의 정복과 투쟁의 역사에서 역사적으로 가장 중요한 베트남 민주공화국의 선포일(1945년 9월 2일)이 제시되고 있는 것이다. 그러나 제1부에서는 사건진행의 과정과 함께 시간의 흐름이 간접적으로 인식된다.

베트남의 선사시대에서부터 남 베트 건국까지의 1천 년의 역사를 다루는 제1부의 1단계에서는 구체적인 시간이 언급되지 않지만 역사

---

91) M. Pfister: Das Drama. Theorie und Analyse, München 1994, S. 335.
92) Vgl. M. Haiduk: a. a. O., S. 163.

의 흥망성쇠와 더불어 시간의 흐름이 인식된다. "오(吳)의 군대가 /
우리나라를 점령했다(Die Armeen der Wu / besetzen unser Land)"93)와
"진시황은 황제로 임명되었다(Shi Huang Ti hat sich zum Kaiser
ernannt)"94)는 형식으로 시간의 흐름이 추상적으로 암시된다.

제1부의 2단계에서도 시간의 흐름이 "용의 해에 그러했다 / 뱀의
해에도 그러했다 / 무지개의 해에도 그러하다(So war es im Jahre des
Drachens / So war es im Jahre der Schlange / So war es im Jahre des
Regenbogens)"95) 등의 식으로 추상적으로 암시된다. 이러한 점은 시
간의 흐름이 전혀 인식되지 않고 있는 『수사』나 『허수아비』와는 다
른 점이다. 그러나 제2부에서는 시간의 진술이 구체적이다.

여기서는 미국의 베트남 침략에 대한 회담이 개최될 때마다 시간
이 구체적으로 진술된다. 『수사』와는 달리 시간의 진술도 연속적으
로 나타난다. 그러나 여기서 시간은 사건의 영속성을 표현해 주는
것이 아니라 역사적 사건을 명료화해주는 기능을 한다. 사실 이 작
품의 제2부 대부분은 협상문과 연설문으로 구성된다. 그러므로 시간
의 진술이 없을 경우 내용의 정확한 상황적인 인식이 어렵게 된다.
이에 비해 공간의 구성은 시간과는 다른 양상을 보여준다. 『수사』, 『허
수아비』와 『베트남 토론』 모두에서 공간의 변화는 꾸준히 일어나며
전체적인 공간의 구성을 통해 시간을 압도한다.

『수사』에서는 아우슈비츠 강제수용소란 제한된 공간을 무대로 하
고 있지만 작품 전체는 11개의 노래 제목들이 말해주듯이 크게 11
개의 공간으로 분류되며 각 노래마다 다시 공간의 묘사가 세분화되

---

93) Peter Weiss: Stücke Ⅱ / 1, S. 83.
94) Ebd., S. 86.
95) Ebd., S. 97.

어 나타난다. 첫 번째 노래에서는 승강장의 위치와 환경, 두 번째 노래에서는 가설병사, 세 번째 노래에서는 정치 분과와 심문 공간, 네 번째 노래에서는 여자막사, 다섯 번째 노래에서는 점호장소, 여섯 번째 노래에서는 옛 화장터, 일곱 번째 노래에서는 검은 벽과 막사 11, 세면장, 여덟 번째 노래에서는 의사방, 아홉 번째 노래에서는 감방, 열 번째 노래에서는 약국, 열한 번째 노래에서는 승강장에서 화장터까지의 가는 공간이 세부적으로 묘사된다.

『허수아비』에서도 공간의 변화는 꾸준히 일어난다. 이 작품에서는 『수사』에서처럼 큰 공간의 변화와 함께 좁은 공간의 변화가 동시에 일어난다. 이 작품의 무대공간은 포르투갈과 아프리카(앙골라와 모잠비크)이다. 장면 1과 장면 10, 장면 11은 포르투갈이고 나머지 장면들은 아프리카가 그 무대이다. 이러한 큰 공간의 변화와 함께 다시 각 장면에서는 광산에서부터 식민지의 농장, 마을에서 도시로의 무대교체가 꾸준히 일어난다.

예를 들어 장면 3의 전체 공간은 앙골라이다. 여기서 다시 숲과 들판, 산으로의 공간변화가 일어난다. 장면 8에서도 앙골라의 노바 리스보아에서 까빈다(Cabinda)지방, 다시 감옥으로 공간변화가 발생한다.

『베트남 토론』의 제1부에서도 『허수아비』와 마찬가지로 공간의 변화가 수시로 일어난다. 여기서는 베트남 지역이 주무대이지만 다른 민족의 침략과 정복, 투쟁의 결과에 따라 북부지방에서 남부지방으로 그리고 마을에서 산으로, 산에서 다시 마을로 공간변화가 이루어진다. 1954년 3월 4일부터 1964년 8월 5일까지의 시간을 내용으로 하고 있는 제2부에서도 미국의 <베트남 침략 전략회의>의 개최지에 따라 공간의 변화가 일어난다.

여기서 공간은 미국에서 프랑스, 영국, 사이공으로 그리고 다시 미국 내에서는 워싱턴과 국가안전위원회 비밀회의실, 국무성 장관실 등 소공간으로 변화가 이루어진다. 물론 이러한 공간의 변화는 주로 텍스트에 의해 인식되고 소도구와 의상에 의해 암시된다. 『허수아비』에서도 공간의 변화는 주로 이들에 의해 암시된다.

그러나 『수사』에서는 증인들의 진술에 의해 공간의 변화가 이루어진다. 특히 이 작품에서는 공간의 묘사가 『허수아비』와 『베트남 토론』과는 달리 구체적이고 세밀하게 묘사된다. 예를 들어 '검은 벽의 노래(Gesang von der Schwarzen Wand)'에서 증인 3이 검은 벽 앞에서 총살이 행해졌다고 진술하자 판사가 총살이 행해진 장소를 묘사할 수 있느냐고 묻는다. 그러자 증인 3은 그 현장을 진술한다.

> 뜰은 막사 10과 막사 11 사이에 있었다 / 그리고 40미터의 / 전체블록 면적으로 되어 있었다 / 앞쪽과 뒤쪽에서 / 뜰은 벽돌 벽으로 차단되어 있었다

> Der Hof lag zwischen Block Zehn und Block Elf / und nahm die volle Blockfläche / von 40 Metern ein / Vorn und hinten war der Hof / von einer Ziegelsteinmauer abgeschlossen[96]

바이스는 『수사』에서 공간의 묘사를 세밀히 한다. 이것은 무엇보다 이 작품에서는 『허수아비』와 『베트남 토론』과는 달리 사건의 진행보다는 상황의 진술이 중요하기 때문이다. 물론 이 작품에서도 이러한 공간의 묘사가 구체적이지만 독립적으로 나타나는 것은 아니다. 『허수아비』와 『베트남 토론』에서처럼 사건의 진행에 편성되어

---

96) Peter Weiss: Stücke I, S. 371.

나타난다.

그러나 바이스는 기록극에서 꾸준한 공간의 변화를 통해 시간의 움직임을 잊게 만든다. 무대적인 공간을 통해 시간을 압도하면서 궁극적으로는 공간이 시간을 지배한다.[97] 즉 공간의 변화는 시간의 흐름을 인식하게 하면서 동시에 줄거리를 분리하는 기능을 한다.[98] 시간을 공간에 종속시켜 구성한 것은 바이스의 의도이다. 이는 무엇보다 『베트남 토론』의 제2부에서 잘 나타난다.

여기서 그는 시간과 장소를 육하 원칙에 따라 나열한 것이 아니라 시간과 공간을 뒤바꿔 놓고 있다.: "워싱턴 / 4월 3일 / 1954년 / 국무장관실의 / 비밀회담(Washington / Dritter April / Neunzehnhundert Vierundfünfzig / Geheimekonferenz / im Außenministerium)"[99] 즉 대공간, 시간과 소공간의 순으로 구성하면서 공간을 시간보다 우선시하고 있음을 알 수 있다. 그러므로 바이스는 이 작품들의 시간과 공간 구성에서 '열린 드라마(Offene Drama)' 형식을 취한다.

폐쇄형식의 드라마에서는 의식된 전체 시간의 흐름이 부분들의 현재를 말살시키지만 열린 형식의 드라마에서는 전체의 시간의 연속이 순간의 압축된 현재하에서 사라지기 때문이다.[100] 더구나 열린 형식의 드라마에서는 시간의 영속성이 표현되는 것이 아니라 단락에서 전체적인 것이 표현된다.[101] 시간이 이처럼 불연속적으로 나타나는 것은 바로 서술적인 기능(Erzählfunktion)이 되고 있음을 의미한다.[102]

---

97) Vgl. Volker Klotz: Geschlossene und offene Form im Drama, München 1969, S. 116.
98) Vgl. Peter Pütz: Die Zeit im Drama. a. a. O., S. 233f.
99) Peter Weiss: Stücke Ⅱ / 1, S. 171.
100) Vgl. Volker Klotz: a. a. O., S. 119.
101) Ebd., S. 115.
102) Vgl. M. Pfister: a. a. O., S. 336.

그리고 바이스가 기록극에서 시간과 공간을 완결시키지 않고 구성한 것은 서사화의 경향(Episierungstendenz)을 드러내기 위함이다.[103] 특히 시간을 공간에 종속시켜 구성한 것은 역사저술과의 차이점을 드러내려는 데서도 비롯된다.

역사저술에서는 공산보나 시간을 디 중요시한다. 가종 사건들을 연대적으로 서술하는 것이 역사서의 강점이다. 이를 통해 역사 전체의 흐름과 내용을 파악하게 한다. 그러나 바이스는 시간보다 공간을 더 중요시하고 있으며, 시간은 사건을 명료화하거나 중요한 시점의 표현을 위해 사용하고 있는 것이다. 그러므로 이런 시간의 도입은 사건의 명료화를 위한 미래의 발전적인 제시라고 할 수 있다.

특히 바이스가 『허수아비』와 『베트남 토론』의 제1부에서 시간의 언급을 특정일로 고정한 것은 사건의 명료함을 제시하기 위한 것이며, 이는 궁극적으로 시간을 공간에 종속시키고 있음을 말해준다.

---

103) Vgl. ebd.

V

바이스 기록극의
표현기법

1. 몽타주기법

 기록극은 현실의 단편들로부터 '실제적인 사건의 모델'을 제시하는 것이 목적이다. 기록극에서는 몽타주기법을 사용해 이를 실현한다. 몽타주기법은 사실 기록극의 구조적인 특징 가운데 가장 중요한 표현요소이다.

 기록극은 전체가 몽타주로 구성되었다고 해도 과언이 아니다. 몽타주기법은 대부분 줄거리의 구성에서 나타나지만 바이스의 기록극에서는 줄거리는 물론 인물과 언어에서도 나타난다. 실제로 바이스는 자신의 작품이 몽타주기법으로 구성되었음을 밝힌다.

 나는 사람들이 하나의 드라마를 위해 포괄적인 소재를 파악하려고 할 때 단순화시키고 집중화해야 하며, 그리고 그 다음에는 물론 현실을 드라마적인 도식에 따라 강하게 변화시켜야만 한다고 생각한다. (……) 그리고 나는 오늘날 우리 세계에서 엄청나게 복잡한 이러한 근본자료가 정렬된, (……) 몽타주 된 작품들에서만이 표현된다는 것을 완전히 확신하지 못한다면 달리 작업할 수 없다고 생각한다.

Ich glaube, gerade wenn man einen umfaßenden Stoff aufgreift für ein Drama, muß man vereinfachen, konzentrieren und dann die Wirklichkeit natürlich auch nach seinem dramatischen Schema ganz stark verändern. (……) und ich glaube, man kann gar nicht anders arbeiten, wenn man nicht völlig davon überzeugt ist, daß dieser Grundstoff, der in unserer heutigen Welt so ungeheuer kompliziert ist, nur in geordneten, (……) 'montierten' Stücken dargestellt werden.[1]

그의 작품에서는 실제로 몽타주기법이 구성의 토대가 된다. 아우슈비츠재판의 사건모델을 제시하고 있는 『수사』는 전체가 피고인과 증인들의 진술 몽타주로 구성되며,[2] 포르투갈의 아프리카 식민 지배를 모델로 하고 있는 『허수아비』는 식민지배자와 피지배자의 행위와 사건들이 몽타주 된다. 『베트남 토론』에서는 베트남 역사의 전체적인 사건과 미국의 베트남 침략을 위한 전략들이 몽타주로 구성된다.

바이스는 이미 자신의 『기록극에 관한 소고』에서 기록극의 구성은 반주제적인 조각들(antithetischen Stücken)과 동일한 사례의 나열(Reihen gleichartiger Beispiele), 대조적인 형식들(kontrastierenden Formen), 변화하는 크기의 비례들(wechselnde Größenverhältnissen)로 이루어진다고 피력하였다.[3] 이는 바로 바이스가 기록극에서 이러한 구성 원칙의 몽타주를 사용하고 있음을 말해준다.

그러나 바이스는 이러한 구성원칙의 몽타주를 전 작품에서 동일하게 사용한 것이 아니라 작품의 모델과 내용에 따라 달리 구성한다.

---

1) Ernst Schumacher: Gespräch mit Peter Weiss. August 1965, a. a. O., S. 105.
2) Vgl. M. Durzak: Dürrenmatt, Frisch, Weiss, Deutsches Drama der Gegenwart zwischen Kritik und Utopie. Stuttgart 1972, S. 287.
3) Vgl. Peter Weiss: Notizen zum dokumentarisches Theater. a. a. O., S. 101.

즉 『수사』에서는 동일한 사례의 나열과 대조적인 형식들의 몽타주가 많이 사용되며, 『허수아비』에서는 반주제적인 조각들과 대조적인 형식들의 몽타주가 주로 사용된다. 『베트남 토론』에서는 대조적인 형식들과 반주제적인 조각들 그리고 변화하는 크기의 비례들에 의한 몽타주가 많이 사용된다.

『수사』는 이미 지적했듯이 피고인과 증인 간의 갈등을 통한 줄거리의 전개가 아니다. 이들 간에는 전혀 갈등적인 대화가 이루어지지 않는다. 그러나 바이스는 몽타주기법을 사용해 줄거리의 "진행의 상승(Steigerung eines Verlaufes)"[4]을 이끌고 동시에 증인진술과 피고인의 상론을 대립시켜 사건의 진실을 밝혀낸다.[5] 실제로 이 작품에서 많이 사용되고 있는 동일한 사례들의 나열에 의한 몽타주는 줄거리의 상승을 가져오며 대조적인 형식들의 몽타주는 사건의 진실을 규명하는 기능을 한다.

동일한 사례의 나열에 의한 몽타주는 주로 증인들 간의 진술에서 나타난다. 특히 첫 번째 장면인 '승강장의 노래(Gesang von der Rampe)'에서 잘 나타난다. 이 장면의 두 번째 노래에서 증인 3, 증인 4 그리고 증인 5가 연달아 아우슈비츠 강제수용소에 도착한 후의 상황들을 진술한다.

먼저 증인 3은 열차 한 량에 89명의 사람들이 탄 열차가 수용소 내에 도착한 후 전조등의 조명을 받으며 열차에서 내린 상황을 진술한다. 그는 자갈이 깔린 땅바닥에 강제 수용자들이 내동댕이쳐지고 운송도중 사망한 이들은 짐짝처럼 던져졌다고 언급한다. 그러면서 그는 도처에서 가족들을 찾으려는 사람들의 고함소리가 메아리쳐 나

---

4) Peter Weiss: Notizen zum dokumentarisches Theater, a. a. O., S. 101.
5) Vgl. I. Schmitz: a. a. O., S. 85.

갔음을 진술한다. 이어서 증인 4는 그녀의 남편이 자신을 부르는 목소리를 들었다며 수용소에서 강제 수용자들이 그룹으로 편성되었음을 진술한다.

그녀는 강제 수용자들이 5명씩 일렬로 서서 장교의 수신호에 따라 왼쪽 방향과 오른쪽 방향으로 나뉘었으며, 특히 자신은 오른쪽 방향으로 그리고 아이들과 늙은 부인들은 왼쪽 방향으로 사라졌음을 진술한다. 이어서 증인 5는 임신 중인 한 여자의 아이를 안고 있었지만 수용소 간부의 명령에 따라 아이를 돌려주고 오른쪽으로 갔다고 언급한다. 그는 자신과 다른 방향으로 간 사람들은 어디로 갔는지를 장교에게 물었지만 그 장교는 다시 만날 수 있을 것이라고 대답했다고 진술한다.

이 세 증인들의 진술은 강제 수용자들의 수용소 도착에서부터 분류, 그리고 이들이 수용소 내에서 배치되기까지의 과정과 상황들을 묘사한다. 이들의 진술 사이에 어떤 지문이나 다른 등장인물도 개입되지 않는다. 그러므로 이들의 진술은 '동일한 사례의 나열'에 의한 몽타주로서 서로 연결되어 줄거리의 상승을 가져온다. 이러한 몽타주 구성은 장면 2의 1과 3, 장면 4의 3, 장면 5의 2와 장면 7의 3, 장면 8의 2와 장면 9의 2 그리고 장면 10의 3 등에서도 나타난다.

그러나 장면 2의 1과 3, 장면 4의 3과 장면 7의 3, 장면 9의 2에서는 증인들만의 진술로 구성되며, 장면 5의 2와 장면 8의 2, 장면 10의 3에서는 검사와 판사의 진술개입과 함께 줄거리의 상승을 추구한다.

그러나 바이스는 이 작품에서 이러한 동일한 사례들의 나열에 의한 몽타주와 함께 대조적인 형식들의 몽타주를 사용함으로써 피고인들의 진술이 허위임을 밝혀낸다. 대조적인 형식들의 몽타주는 이 작품의 전반에 걸쳐 나타나며, 특히 증인들과 피고인들의 진술을 대비시켜 강제수용소의 실체를 드러내는 데 사용한다. 예를 들어 '페놀의 노래(Gesang vom Phenol)'에서 증인 8과 피고인 9가 페놀주사를 통한 강제 수용자들의 학살에 대해 진술한다. 먼저 증인 8은 수용소 간부인 클레르(Klehr)가 강제 수용자들의 심장에 페놀주사를 주입해 수십 명의 사람들을 살해했다고 진술한다.

1942년 크리스마스에 / 클레르는 병실에 있는 우리에게로 왔다 / 그리고 그는 / 내가 오늘 수용소 의사이다 / 내가 오늘 환자들을 접수한다고 말했다 / 파이프의 끝으로 / 그는 그들(강제 수용자) 가운데 40명을 가리켰으며 / 주사를 맞을 사람으로 그들을 지목했다 / 크리스마스를 지낸 후 / 위생병 클레르에게 / 부가식량이 배급되었다

Weihnachten 1942 / kam Klehr zu uns in den Krankenraum / und sagte / Ich bin heute der Lagerarzt / Ich nehme heute die Arztvorsteller entgegen / Mit der Spitze seiner Pfeife / deutete er auf 40 von ihnen / und bestimmte sie für die Injektion / Nach Weihnachten / wurde für den Sanitätsdienstgrad Klehr / eine Zusatzration angeordnet[6]

피고인 9인 클레르는 즉시 반박한다.

그것은 정말 웃기는 일이다 / 크리스마스엔 나는 매번 고향으로 휴가를 떠났다 / 나의 부인이 그것을 증명할 수 있다

Das ist ja lächerlich / Weihnachten fuhr ich jedesmal auf Heimaturlaub / Das kann meine Frau bezeugen[7]

---

6) Peter Weiss: Stücke Ⅰ, S. 392.

여기서 증인과 피고인의 대화는 상반된다. 증인 8이 1942년 크리스마스에 페놀주사를 통해 40명의 강제 수용자들을 사망케 했다고 진술하지만 클레르는 매해 크리스마스에는 고향으로 휴가를 떠났다고 강조한다. 그러면서 그는 이러한 사실을 전면 부인한다.

그러나 바이스는 두 사람의 대화를 내비시켜 피고인 진술의 신뢰성을 잃게 만든다. 즉 증인의 진술은 구체화시킨 반면, 피고인의 진술은 추상화시켜 피고인의 진술이 거짓임을 드러나게 한다.

『허수아비』에서도 대조적인 형식들에 의한 몽타주가 나타난다. 그러나 이 작품에서는 반주제적인 조각들에 의한 몽타주와 함께 표현된다. 특히 이 작품에서는 『수사』에서 동일한 사례의 나열에 의한 몽타주로 줄거리의 전개를 가져온 것처럼 반주제적인 조각들에 의한 몽타주로 사건을 전개한다.

『허수아비』는 사실 수많은 소주제들(Untertheme)로 구성되어 있다. 포르투갈의 아프리카 식민지배의 술책과 식민지배를 당하는 아프리카인의 고통현실 등의 소주제들로 이루어진다. 그러나 이 주제들은 몽타주로 서로 연결되고 대립되면서 주제의 변화를 야기한다.

특히 반주제에 의한 몽타주는 장면 5에서 잘 드러난다. 이 장면의 첫 부분에서 배우 5는 인간과 동물을 동일시하는 노예소유자들의 노동착취현장을 묘사한다. 그리고 백인 노동자들이 흑인노동자들보다 법적으로 더 많은 보호를 받으며, 흑인 노동자들보다도 6배나 많은 임금을 받는다고 피력한다. 이어서 허수아비가 등장해 "선입관과 알력이 난무한 세계에서(In einer Welt / (……) in der Vorteile und Zwiespalt / sich verbreiten)"[8]루지타니엔은 자신의 권리를 주장해 국

---

7) Ebd.
8) Peter Weiss: Stücke II / 1, S. 34.

가의 문제를 민주적으로 해결해야 한다고 역설한다. 그 뒤 가정부로 일하는 아나가 등장해 자신의 노동착취를 고발하게 된다.

여기서 이들의 주제는 각각 분리되어 나타난다. 즉 아프리카 주민들의 노동착취와 백인 노동자들과의 차별대우, 루지타니엔 문제의 민주적인 해결, 아나의 노동착취문제가 분리되어 나타나는 것이다. 더구나 이들의 주제는 서로 연관되기보다는 오히려 반주제적인 성격을 지닌다. 그러므로 바이스는 이들의 주제를 몽타주로 서로 연결하면서 '주제의 변화'를 야기한다.

대조적인 형식의 몽타주는 『수사』에서와 마찬가지로 포르투갈의 아프리카 시민정책에 대한 허구를 밝히는 데 사용한다. 이러한 대조적인 형식에 의한 몽타주는 동화자(Assimilado)와 비동화자의 주장에서 선명하게 드러난다. 특히 장면 3에서 식민지배세력의 동화자와 비동화자 간의 대화가 대표적이다. 여기서 동화자는 포르투갈의 식민지배세력에 동화된 뒤 개인적인 권리를 확보했다고 자랑한다.

이제 나는 / 투표를 할 수 있다 / 이제 나는 / 정부에 의해 설립된 / 노동조합에 가입할 수 있다 / 나는 루지타니엔지방 앙골라의 / 3만 동화자 가운데 한 사람이다 / 나는 100명의 아프리카 노동자들 가운데 / 한 사람의 동화자이다

Jetzt darf ich meine Stimme / zur Wahl abgeben / Jetzt darf ich mich / einer der Gewerkschaften anschließen / die von der Regierung eingerichtet sind / Ich bin einer der 30000 Assimilados / In Lusitaniens Provanz Angola / Ich bin der eine Assimilado / unter 100 afrikanischen Arbeitern[9]

---

9) Ebd., S. 24.

그러자 비동화자는 포르투갈의 식민세력에 편입할 수 없는 상황들을 열거하면서 앙골라 주민 99%의 비동화자 가운데 한 사람이라고 자처하며 비동화자들의 비참한 생활들을 언급한다.

우리들은 앙골라의 아프리카 노동자들 100명 가운데 / 99명에 해당된다 / 우리들은 읽고 쓰는 것을 배울 / 시간과 / 수단을 갖지 못했다 / 우리들은 10살 때부터 / 죽을 때까지 일한다 / 그 죽음은 우리에게 일찍 다가온다 / 우리들은 투표권을 / 행사할 수 없다

Wir sind die 99 von 100 / afrikanischen Arbeitern in Angola / die nie die Zeit hatten / und die Mittel besaßen / lesen und schreiben zu lernen / wir arbeiten vom Alter von 10 Jahren / bis zum Tod / der bei uns oft früh kommt / Wir dürfen unsre Stimme zur Wahl / nicht abgeben.[10]

두 대화는 동화자와 비동화자의 삶을 대비적으로 그린다. 동화자에 비해 비동화자의 삶은 비참하게 그려지며, 특히 아프리카의 주민들의 99%가 식민세력에 동화되지 않고 살아가고 있다는 진술은 포르투갈의 식민지배 실상을 폭로하게 만든다. 이는 『수사』에서 증인과 피고인의 진술을 몽타주로 대비시켜 진실을 밝혀내는 것과 동일한 기능을 하는 것이다. 그러므로 바이스는 이 작품에서 이러한 몽타주를 통해 사건과 사건, 그림과 그림들을 결합시켜 전체의 내용을 입체적으로 구성해 포르투갈 식민지배의 실상을 파헤친다. 그는 에피소드의 생략적인 연속과 사건 그림들의 돌발적인 교체, 시간의 불안한 짜맞추기, 인물들의 해체의 몽타주를 통해 포르투갈의 아프리카 식민지배의 실상을 폭로한다.[11]

---

10) Ebd., S. 24f.

그러나 『베트남 토론』에서는 『수사』와 『허수아비』와는 달리 대조적인 형식들과 반주제적인 조각들 그리고 변화하는 크기의 비례에 의한 몽타주가 종합적으로 사용된다. 이들 몽타주 가운데 특히 변화하는 크기의 비례에 의한 몽타주는 이 작품의 제1부에서 많이 사용된다. 베트남의 선사시대에서부터 1945년까지의 역사적인 사건 전체를 다루고 있는 이 작품의 제1부에서 바이스는 변화하는 크기의 비례에 의한 몽타주를 통해 이 사건들을 축약해 연결하면서 베트남 역사의 모델을 이끌어낸다.

특히 이러한 몽타주의 사용은 이 작품의 제1부 3단계에서 확연히 드러난다. 이 단계에서는 참파(Champa)제국에 대항한 안 남(An Nam) 황제의 출정을 시작으로 레(Le)왕조의 성립과 후기 리(Li)왕조시대의 남쪽지방으로 세력 확장, 참(Cham)군대들의 섬멸 등의 역사적인 사건들을 변화하는 크기의 비례에 의한 몽타주로 구성한다.

바이스는 이를 통해 이 단계에서 기원(A.D.) 980년경부터 1406년까지의 426년의 정복과 침략으로 점철된 베트남 역사를 모델화한다. 이러한 몽타주는 제1부의 전체 단계에서 동일하게 나타난다. 이러한 몽타주를 통해 제1부에서는 기원전(B.C.) 500년경부터 기원 1946년 초까지의 베트남 역사를 단계적으로 나누어 서술한다.[12]

그러나 제2부에서는 이러한 변화하는 크기의 비례에 의한 몽타주보다는 대조적인 형식들과 반주제적인 조각들의 몽타주를 주로 사용하며, 이들 몽타주를 통해 미국의 베트남 침략에 대한 비밀정책과 실상을 폭로한다. 특히 제2부의 미국의 베트남 침략을 위해 영국과 프랑스와 벌이는 비밀 회담이나 이 나라들과의 격렬한 논쟁을 벌이

---

11) Vgl. A. Blumer: a. a. O., S. 182.
12) Peter Weiss: Viet Nam Diskurs, a. a. O., S. 205ff.

는 미국의 베트남 침략의 합리화, 남베트남에서의 친정정권의 수립을 위한 술책 등은 이러한 몽타주를 통해 허구성이 드러난다.

　그러나 『베트남 토론』에서도 『허수아비』처럼 전체 줄거리의 전개와 함께 사건의 변화를 빠른 템포로 이끌며, 몽타주를 통해 역사적인 사건들을 축약해 연결하면서 침략과 정복, 지배로 반복되는 전체 줄거리의 흐름에 변화를 준다.

　예를 들어 바이스는 제1부의 1단계에서 중국 오(吳)나라의 군대의 침략과 점령행위를 간단하게 몽타주한다. 즉 그는 중국 오의 군대의 침략행위를 "오의 군대가 / 우리나라를 위협한다(Die Armeen der Wu / bedrohen unser Land)"[13]라고 두 행으로 표현하고 있으며, 점령에 있어서도 "오의 군대가 우리나라를 점령했다. / (……) / 우리 군주들은 적을 대적할 수 없었다 / 적들은 더 좋은 무기를 가지고 있다(Die Armeen der Wu / besetzen unser Land / (……) / Unsre Fürsten sind dem Feind nicht gewachsen / Der Feind hat bessre Waffen)"[14]라는 형식으로 축약해 서술한다. 그러므로 역사적인 사건들을 축약해 몽타주함으로써 줄거리의 전개의 흐름을 빠르게 하고 궁극적으로는 침략과 지배 그리고 도피라는 연결고리 속에서 사건들을 모델화시키고 있는 것이다.

　실제로 기록극에서 몽타주기법을 통한 사건의 모델형성은 무엇보다 표현형태에서 실제성을 유지하기 위한 측면이 있다. 그러므로 몽타주기법을 통해 개별적인 사실들에게 신뢰성을 유지하고 여러 가지 원천의 사실들을 하나의 주제적 맥락으로 가져오게 해 증거자료에서 모순을 지적하고 허위를 폭로할 수 있게 한다.[15]

---

13) Peter Weiss: Stücke Ⅱ / 1, S. 83.
14) Ebd., S. 83f.

사실 바이스는 사실들의 신뢰성 유지를 통한 모델을 제시하기 위하여 줄거리뿐만 아니라 인물들의 언어에서도 몽타주기법을 사용한다. 바이스는 이미 『수사』의 서문에서 증인들이 '수백 명이 말한 것'을 표현한다고 언급했으며 『허수아비』와 『베트남 토론』에서도 인물들은 '개인적인 특성'뿐만 아니라 '집단적인 경험'을 동시에 표현하고 있다고 밝혔다. 이는 바로 바이스가 인물들의 언어를 몽타주로 구성하고 있음을 말해준다.

실제로 『수사』의 증인들의 언어는 아우슈비츠 수용소에서 겪은 강제 수용자들의 대표적인 체험을 모델화하며 『허수아비』의 인물들의 언어도 포르투갈의 식민지배에 따른 아프리카 주민들의 고통과 학대의 집단적인 체험들을 모델화해 표현한다.

『베트남 토론』에서도 마찬가지이다. 특히 『베트남 토론』에서는 연설문에서조차도 몽타주기법을 사용한다. 이 작품의 제2부에 등장하는 케네디 연설문도 실제의 연설문을 그대로 수용한 것이 아니다. 이 연설문도 바이스는 몽타주로 구성한다. 케네디 대통령은 보좌관과 국무장관과의 백악관 비밀 회담에서 베트남 침략에 대해 언급한다.

베트남은 우리에게 있어서 / 표본적 실험이다 / 우리들은 어떻게 / 모든 임의의 장소에서 / 군사적으로는 약하지만 / 정치적으로는 우리에게 우월한 / 적을 이길 수 있을까

Viet Nam ist für uns / die Probe aufs Exempel / wie können wir / an jedem beliebigen Ort / einen Gegner besiegen / der militärisch schwach / uns aber politisch / überlegen ist[16]

---

15) Vgl. Brian Barton: a. a. O., S. 5.
16) Peter Weiss: Stücke II / 1, S. 253f.

그러나 케네디의 실제 연설문은 이렇다.

　어떻게 막대한 군사력과 보통의 정치적인 잠재력을 지닌 국가가 군
사력은 불충분하지만 엄청난 정치력을 소유하고 있다고 명명되는 적
을 임의의 장소에서 이길 수 있을까?

　Wie kann ein Staat, der über ein ungeheures militärisches und ein
mittelmäßiges politisches Potential verfügt, an einem beliebigen Ort
über einen Gegner siegen, der ungenügende militarische Mittel, aber
große politische Kraft sein eigen nennt?[17]

　여기서 바이스는 케네디 연설문을 작품에 그대로 인용한 것이 아
니라 ‘베트남은 우리에게 표본을 위한 실험이다’라는 문장을 보충해
주제에 부합하는 모델에 따라 몽타주로 구성하고 있음을 알 수 있
다. 사실 바이스도 이 연설문에서 케네디의 입장과 태도를 명료화하
기 위해 몽타주로 구성시키고 있음을 밝히기도 했다.[18]
　한편 바이스는 몽타주기법을 줄거리와 인물의 구성에서도 사용한
다. 이미 지적했듯이 바이스는 인물들을 개인이 아니라 대변자로 등
장시킨다. 그러므로 이 인물들은 특정한 개인이 아니라 수천 명의
인물들을 대변한다. 『수사』의 증인이나 『허수아비』와 『베트남 토론』
의 등장인물 모두가 “콜라지 인물(eine Collage-figur)”[19]인 것이다.
　특히 이러한 인물 가운데 대표적인 인물이 『허수아비』의 허수아비

---

17) “Die Bundesrepublik ist ein Morast.” Spiegel-Interview mit Dramatiker
　　Peter Weiss, in: Rainer Gerlach / Matthias Richter(Hrsg.): Peter Weiss
　　im Gespräch, Frankfurt am Main 1986, S. 144.
18) Vgl. ebd.
19) M. Karnick: Peter Weiss' dramatische Collagen, a. a. O., S. 225.

이다. 허수아비는 실제의 무대에서조차도 몽타주로 구성된다. 그는 무대에서 "고철로 설치된(aus Eisenschrott errichtet)"[20] "초등신대의 그리고 위협적인(überlebensgroß und drohend)"[21] 인물이지만 "모욕과 창피, 공포와 전율(Schimpf und Schande Schreck und Graus)"[22]과 "술책과 기만, 거짓(Hinterlist Betrug und Lügen)"[23]의 몽타주로 구성된 조합된 인물이다. 주교와 장군들, 그리고 식민지배자들은 전체적으로 허수아비가 말하는 대로 추종하는 발음기관들에 불과하다.

『베트남 토론』에서 등장하는 덜레스, 러스크(Rusk), 처칠(Churchill), 케네디(Kennedy), 존슨(Johnson) 등도 모두 허수아비의 콜라지 인물에 편성되어 나타나고 있는 것이다.[24] 이처럼 바이스는 기록극에서 줄거리뿐만 아니라 인물, 언어에서조차도 몽타주 기법을 사용하고 있음을 알 수 있다고 할 수 있다. 그는 몽타주 기법을 통해 사건의 모델을 제시하고 객관적인 사실을 전달한다.

원래 몽타주기법은 필름용어이다. 영화를 촬영한 후 제작된 필름을 주제에 따라 화면을 구성하거나 편집하는 기술을 말한다. 그러나 이러한 몽타주기법이 소설과 서정시, 드라마에 도입되면서 문학의 표현기법으로 발달되었다.[25] 특히 몽타주기법은 서사극의 중요한 표현기법의 하나이다.

서사극은 관객으로 하여금 기이화 효과를 야기하는 것이 주목적이

---

20) Peter Weiss: Stücke Ⅱ / 1, S. 8.
21) Ebd.
22) Ebd., S. 9.
23) Ebd.
24) Vgl. M. Karnick: Peter Weiss' dramatische Collagen. a. a. O., S. 225.
25) 빌페르트는 문학에서 몽타주기법은 여러 가지 현실영역이나 단어영역, 사고영역, 그리고 문장들의 조립 등을 의미한다고 주장한다.(Vgl. Gero von Wilpert: Sachwörterbuch der Literatur, Stuttgart 1979, S. 523.)

다. 바이스의 몽타주기법도 이러한 목적을 위해 사용되고 있는 것이다. 즉 몽타주기법을 통해 상반된 내용의 사건들을 모자이크해 불일치감을 야기하고 사건의 흐름에 장애를 야기한다. 그러므로 서사극에서는 사건의 줄거리를 전개시키기보다는 관객들에게 낯설음과 거리감을 야기하기 위해 몽타주기법을 사용하게 된다. 그러나 바이스의 기록극에서는 몽타주기법은 관객으로 하여금 기이화 효과를 유도하기보다는 줄거리를 전개시키기 위해 기본적으로 사용한다.

이미 언급한 바 있지만 『수사』에서는 동일한 사례의 나열에 의한 몽타주로 줄거리의 상승을 만들어 내며, 『허수아비』에서는 반주제적인 조각들에 의한 몽타주로 그리고 『베트남 토론』에서는 변화하는 크기의 비례에 의한 몽타주로 줄거리를 전개한다. 이러한 몽타주의 사용은 기록극이 줄거리를 지니지 않기 때문에 사건과 사건을 연결시켜 내용을 전개하기 위한 것이다. 그로 인해 사건의 실제성을 보지하면서 '실제적인 사건의 모델'을 제시하게 된다.

물론 바이스의 기록극에서도 몽타주기법이 서사극에서처럼 기이화 효과를 야기하지 않는 것은 아니다. 바이스는 기록극 이론에서 줄거리 구성이 작품의 내용 전개와 더불어 "장애의 도입(Einfügung von Störungen)"[26]과 "불일치(Dissonanzen)"[27]을 야기한다고 언급하였다. 이는 결국 몽타주기법을 통해 이러한 기능을 야기하고 있음을 말해준다.

실제로 이러한 기능의 몽타주는 줄거리의 구성에 사용되기도 한 대조적인 형식과 반주제적인 조각들에 의한 몽타주에서 두드러지게 나타난다. 이들 몽타주는 이미 지적한 바와 같이 사건의 진실을 규

---

26) Peter Weiss: Notizen zum dokumentarisches Theater, a. a. O., S. 101.
27) Ebd.

명하는 역할을 할 뿐만 아니라 사건진행의 과정을 차단시키면서 관객들의 객관적인 판단을 요구하고 있는 것이다.

그러나 바이스의 기록극에서 몽타주기법은 사실 부드럽고 완곡하게 나타난다. 몽타주기법을 통한 사건과 사건, 그림과 그림들의 연결이 거칠고 어색하다는 느낌을 주지 않는다. 그는 화가로서 활동하는 동안 콜라지작업을 했을 뿐만 아니라 영화제작을 하면서 여러 편의 기록영화를 만들었다. 이러한 예술적인 경험이 기록극에서 그림이나 영화의 편집작업 이상으로 발휘되고 있는 것이다.

그는 이미 초창기 작품에서부터 몽타주기법을 사용한다. 초기의 작품에 속하는 『보험』에서는 필름수단과 무대수단을 혼합한 기법을 사용하며, 『마부육체의 그림자』와 『세 사람의 행인과의 대화(Das Gespräch der drei Gehenden)』에서는 콜라지작업을 통해 내용을 구성한다.

『마라 / 사드』에서도 마라와 사드의 대결장면뿐만 아니라 판토마임과 합창 등도 몽타주로 구성해 하나의 종합극을 만들고 있다. 그러므로 바이스는 기록극에서 자신의 그림과 영화제작의 예술경험에서 얻은 기법들을 문학에 몽타주기법으로 반영한다고 할 수 있다.[28] 이 때문에 그의 기록극에서는 몽타주기법이 줄거리의 구성뿐만 아니라 인물들의 언어와 구성에 있어서도 부드럽게 나타나고 있으며, 판토마임이나 합창의 구성에도 적용한다.

---

28) 실제로 기록극에서 나타나고 있는 인물들의 콜라지는 바이스의 콜라지 그림에서와 유사하게 나타난다. 그는 콜라지에서 절단된 다리와 외팔이 눈, 한쪽 팔, 여성의 토르소 등의 인물 형태를 표현하고 있는데, 이러한 형태의 인물구성이 허수아비에서 나타나고 있는 것이다.(Vgl. M. Karnick: Peter Weiss' dramatische Collagen, a. a. O., S. 226.)

2. 판토마임

바이스의 기록극에 나타나고 있는 판토마임도 작품 전체의 구성으로 볼 때 몽타주기법으로 편성되어 나타난다. 그러나 판토마임은 그 자체 하나의 독립된 표현 형태로 제시된다.

사실 몽타주기법이 작품의 주제 형성에 필요한 문학적 표현기법이라면, 판토마임은 드라마의 언어 형성에 필요한 표현기법이다. 드라마는 전체가 언어로 이루어지고 인물들 간의 대화를 통해 사건과 줄거리가 전개된다. 그러나 드라마상에 나타나는 모든 행위를 언어만으로 표현하기에는 부족한 감이 없지 않다. 이 때문에 특별한 행위나 상황을 구체적이고 효과적으로 묘사하기 위해서 판토마임을 사용하게 된다.

판토마임은 실제로 "인상과 느낌, 생각의 흉내적인 표현(mimischer Ausdruck von Eindrucken, Gefühlen, Gedanken.)"[29]을 말한다. 이는 바로 판토마임이 드라마의 언어와 깊이 연관되어 나타나고 있음을 의미한다. 판토마임은 주로 언어표현을 대신하거나 보조해 주는 역할을 하는 일종의 언어행위이다. 사실 클로츠(Volker Klotz)도 판토마임이 두 가지 기능을 지니고 있다고 주장한다.[30] 그 하나는 언어를 보조하는 기능이고 다른 하나는 언어를 완전히 대체하는 기능을 가진다고 한다. 전자는 언어의 표현을 부가적으로 묘사하는 경우이며, 후자는 언어의 도움 없이 독립적으로 행해지는 경우를 말한다고 주장한다.

---

29) Gero von Wilpert: a. a. O., S. 577.
30) Vgl. Volker Klotz: a. a O., S. 145.

그러나 바이스는 기록극에서 판토마임을 클로쯔가 주장하는 두 가지 기능으로만 사용한 것은 아니다. 그는 판토마임을 통해 언어 관련의 기능을 추구하면서 동시에 극적인 효과도 추구한다.

바이스는 사실 기록극에서 몽타주기법에 비해 판토마임을 부분적으로 사용한다. 그는 인물과 언어, 줄거리의 전체 구성에서 몽타주기법을 사용한 것과는 달리 판토마임은 극의 효과를 추구하기 위해 매우 절약적으로 사용하고 있는 것이다. 그는 재판의 형식을 취하는 『수사』에서는 판토마임을 사용하지 않으며[31] 『허수아비』와 『베트남 토론』에서만 판토마임을 사용한다.

『허수아비』에서는 일곱 부분에서 사용하며[32] 『베트남 토론』에서는 다섯 부분에서 사용한다.[33] 그러므로 『베트남 토론』에서보다 『허수아비』에서 판토마임이 더 많이 사용되며, 『허수아비』에서는 각 장면마다 하나의 판토마임을 사용하다시피 한다.

『허수아비』와 『베트남 토론』에서는 언어를 보충하거나 대체하는 기능의 판토마임이 대부분을 차지한다. 언어의 보충적인 기능의 판토마임은 『허수아비』의 장면 1과 장면 5, 그리고 『베트남 토론』의 제1부 2단계 등에서 나타난다. 이 가운데 『허수아비』의 장면 5와 『베

---

31) 물론 이 작품에서 피고인과 증인의 시선교환이나 조소하는 장면은 판토마임 유형에 가깝다. 특히 이 작품의 두 번째 장면인 '수용소의 노래'에서 "피고인 7은 증인에게 웃어 보인다"는 형식의 지문을 통해 나타난다. 그러나 엄격하게 말하면 이것은 판토마임이기보다는 긍정적인 의미의 언어표시라고 할 수 있다.

32) 『허수아비』에서는 장면 1(S.14)과 장면 4(S.27), 장면 5(S.35), 장면 6(S.44), 장면 8(S.51, S.57), 장면 9(S.60), 그리고 장면 10(S.64)에서 판토마임이 나타나고 있다.

33) 『베트남 토론』에서는 1부에서는 3곳 즉 1단계(S.81, S.90)와 2단계(S.93)에서 나타나며 2부에서는 2곳인 4단계(S.209)와 7단계(S.234-235)에서 나타나고 있다.

트남 토론』의 제1부 2단계에서 사용된 판토마임이 대표적인 예이다. 이들 판토마임은 주로 기존에 언급된 상황이나 행위들을 표현함으로써 관객들에게 사건의 내용을 구체적으로 표현해준다.

『허수아비』의 장면 5에서는 하녀인 아나가 힘든 일을 하면서도 주인에게 순종한다. 그러던 어느 날 그녀가 일과를 마치고 귀가하려고 하자 주인은 새로운 일감을 준다. 그녀는 열병을 앓고 있는 아이 때문에 지체할 수 없다며 주인에게 반항한다. 그런 뒤 경찰이 등장한다. 주인은 경찰에게 그녀가 자신의 명령에 불복종한다는 사실을 털어놓는다. 그러자 경찰이 그녀에게 폭행을 가하면서 끌고 간다. 그 사이 주인의 고발과 경찰의 폭력 행위들이 판토마임으로 암시된다. 여기서 판토마임은 언어표현과 함께 행해짐으로써 이 행위를 구체화하는 역할을 한다. 이는 결국 판토마임이 언어를 보충하는 기능을 하고 있음을 의미한다.

『베트남 토론』의 제1부 2단계에서도 마찬가지이다. 이 단계에서는 남 베트(Nam Viet)의 마을에 기근이 들자 주민들은 너나 할 것 없이 곡식을 숨긴다. 봉건영주들은 이러한 사실들을 알아차리고 주민들을 감시한다. 이때 영주들이 연단에 올라와 주민들을 감시하는 행위를 판토마임으로 보여준다. 그러므로 이러한 판토마임은 먼저 사건이나 행위의 설명이 언급되고 난 뒤 판토마임이 행해지거나 판토마임과 함께 진술이 행해짐으로써 행위 자체의 의미와 내용을 보다 구체적으로 전달해 준다.

이들에 비해 『허수아비』의 장면 6과 『베트남 토론』의 제1부 1단계에서 나타나고 있는 판토마임은 성격이 다르다. 이들 판토마임은 언어를 보충하는 것이 아니라 언어를 대체하는 기능을 한다. 즉 앞으로 전개될 장면의 내용과 연결시켜주면서 상황을 축약해 묘사한다.

실제로 『허수아비』의 장면 6에서는 까빈다마을에서 주민들이 자치 행정을 허용해 주도록 당국에 요구한다. 그러면서 이들은 주거지 인근에 학교가 있지만 백인들의 전유물이기 때문에 학교에 보낼 수 없다며 흑인들만이 다닐 수 있는 학교의 설립을 원한다. 그러자 당국에서는 주민들로 하여금 탄원서를 제출하도록 제안한다. 이에 주민들은 서명을 해 탄원서를 제출한다. 그러자 군대들이 마을을 덮치고 주민들을 체포한다.

여기서 주민들이 서명한 후 탄원서를 건네는 장면을 판토마임으로 보여준다. 이 판토마임은 행위의 진술과 함께 펼쳐지는 언어를 보충하는 것이 아니라 독립적으로 나타나 앞뒤 사건을 연결해준다. 그러므로 이 판토마임은 언어를 대체하는 기능을 하게 된다.

『베트남 토론』의 제1부 1단계에서도 동일한 기능의 판토마임이 행해진다. 여기서는 푸난(Funan)에 기근이 들고 농토가 황폐해지자 중국의 농부출신 군인들(Bauersoldaten)과 푸난 주민들 사이에 전투가 벌어진다. 황하강(Gelber Fluß)과 양자강(Jangtse)지역에서 치열한 전투를 펼친 끝에 중국의 농부출신 군인들이 승리를 하게 된다.

여기서 중국의 농부출신 군인들의 승리를 언어적으로 표현하는 것이 아니라 판토마임으로 정복의 행렬을 표현하게 한다. 그러므로 판토마임이 독립적으로 나타나 언어의 대체적인 기능을 하게 된다. 특히 이러한 기능의 판토마임은 사건과 행위를 명료하게 해주는 것이 아니라 상황의 묘사를 축약한다. 사실 사건이나 행위를 언어로 표현할 경우 긴 시간을 요구한다. 하지만 이를 판토마임으로 표현함으로써 상황과 표현을 축약할 수 있는 것이다.

마르쇼(Marcel Marceau)는 실제로 "언어극이 두 시간 동안 표현하는 것을 익살극은 2분 만에 나타낼 수 있다(Was das Worttheater in zwei Stunden ausdruckt, kann das mimische Theater in zwei Minuten sagen.)"[34]고 주장한다. 이는 바로 판토마임의 언어대체적인 기능을 잘 말해 준다. 더구나 이러한 기능의 판토마임은 사실의 축약을 추구하는 기록극의 연극수단과도 일치하는 부분이나. 그러므로 바이스는 판토마임의 사용에 있어서 언어 보충적인 것보다 언어의 대체적인 기능의 판토마임을 더 많이 사용한다.[35]

바이스는 심지어 이러한 기능의 판토마임을 『허수아비』의 장면 8과 『베트남 토론』의 제2부 4단계에서 동일한 내용에 사용하기도 한다. 이 두 장면에서는 모두 칵테일파티의 판토마임이 행해진다. 『허수아비』에서는 앙골라 주민들이 모든 땅이 경작자의 소유가 돼야 하고 학교는 모두에게 개방되어야 한다고 주장한다. 그러자 식민지 착취자들이 등장해 칵테일파티를 벌이며 주민들과 타협할 수 없는 상황에 대해 대화한다. 이때 칵테일파티를 판토마임으로 구사한다.

『베트남 토론』에서도 사이공의 피셸(Fishel)교수의 연구실에서 역사가 버팅거(Joseph Buttinger)와 미국 중앙정보국(CIA)의 대변인 랜스데일(Edward Lansdale)장군 등이 모임을 갖는다. 이때 칵테일파티가 판토마임으로 묘사된다. 이 두 판토마임은 사건의 행위를 축약해 주는 언어 대체적인 기능을 한다. 그러므로 바이스는 이러한 판토마임을 통해 기록극의 내용을 축약해 효율적으로 전달한다.

물론 바이스는 이들 판토마임 외에 사건진행의 전개에 있어서도 극적인 효과를 나타내기 위해 사용하기도 한다. 기록극은 사실 어떤

---

34) Vgl. Marcel Marceau: Die Weltkunst der Pantomime. Nach Gesprächen aufgezeichnet von Herbert Järing, Frankfurt am Main 1989, S. 26.
35) 『허수아비』에서는 언어 보충적인 기능의 판토마임은 장면 5에서만 나타나고 있으며, 장면 6, 장면 8, 장면 9 등에서 나타나고 있는 판토마임은 모두 언어 대체적인 기능을 한다.

줄거리를 가지고 있다. 기록극은 기록물에 제시된 사실들을 줄거리에 편성하는 것이 아니라 사실의 단편들을 인용하는 것이다. 이는 이미 지적했듯이 몽타주기법을 통해 가능하게 된다. 그러므로 기록극은 일반적인 극에서 나타나고 있는 기(起)·승(乘)·전(轉)·결(結) 형식의 사건진행이 이루어지지 않는다. 이 때문에 바이스는 극적인 변화를 주기 위해 판토마임을 사용한다.

『허수아비』의 장면 10과 『베트남 토론』의 제2부 7단계에서 사용된 판토마임도 기존의 언어 보충이나 대체의 기능을 하기보다는 극적인 효과를 위해 사용된다. 『허수아비』의 장면 10은 아프리카의 식민지배를 근원적으로 가능하게 하는 포르투갈의 경제착취를 지지하는 세력과 포르투갈과의 밀착관계를 폭로한다. 이 장면에서 포르투갈의 아프리카 식민지배의 상징적인 인물인 허수아비와 포르투갈의 경제착취를 지지하는 외국은행장과의 만남이 이루어진다. 두 사람의 만남으로 인해 포르투갈의 경제착취의 지원세력이 폭로되고 경제착취의 실상이 파헤쳐진다.

여기서 바이스는 아프리카에서의 경제적인 착취행위를 호주머니 도둑질의 판토마임으로 묘사한다. 그러므로 이 판토마임은 상징적인 의미를 지니게 된다. 포르투갈의 아프리카 식민착취가 그의 경제착취의 지지세력과 함께 이루어지고 있음을 드러내는 것이다.

그러나 바이스는 이 판토마임을 춤과 함께 병행해 사용함으로써 판토마임의 효과를 극대화한다. 허수아비가 외국은행장을 위해 군사시설인 비행장과 항구를 설치하도록 할애하는 등 두 사람은 "우정어린 결속의 표시로서(Als Zeichen der freundschaftlichen / Verbundenheit)"[36] 춤을 추게 된다. 그러면서 동시에 도둑질 행위의 판토마임

---

36) Peter Weiss: Stücke Ⅱ / 1, S. 64.

을 보여줌으로써 극적인 효과를 추구한다.

이러한 판토마임의 사용은 『베트남 토론』의 제2부 7단계에서도 나타난다. 여기에서는 판토마임이 『허수아비』에서처럼 춤과 함께 병행되어 나타나는 것이 아니라 판토마임을 지속적으로 사용한다. 이 부분은 디엠정권의 새로운 법률 선포와 주민들의 저항을 내용으로 한다.

미국의 하수인 노릇을 하는 디엠정권은 사이공에서 1959년 5월 6일 국가의 안전을 저해하는 자들에겐 사형을 내리고 태업을 하는 자들에게는 평생 동안 강제노역을 시킨다는 법률을 선포한다. 그런 뒤 디엠정권의 지지세력들이 마을을 포위하고 가택을 수색하며 태업자들을 붙잡아 사형대에 세운다. 이에 주민들은 공무원들에게 테러를 하고 마을의 감시자들을 학살한다. 이러한 행위들이 진행되는 장면에서 바이스는 야수적인 폭력행위를 묘사하는 판토마임을 지속적으로 사용한다. 바이스는 이를 통해 이 상황들의 내용을 현실화하고 동시에 극적인 효과를 노린다.

이들 판토마임의 사용 장면 또한 내용상으로 볼 때에도 가장 중요한 부분이다. 『허수아비』에서 장면 10은 포르투갈의 앙골라에 대한 식민지배를 영구적으로 가능하게 하는 것은 결국 동맹국들의 경제적인 결속에서 비롯되고 있음을 근원적으로 폭로하는 장면이다. 『베트남 토론』에서도 7단계는 민족의 발전을 위해 건설적인 정책을 펴는 북베트남과 남베트남의 디엠정권을 대비시켜 디엠정권의 부패성과 허구성을 판토마임으로 드러냄으로써 미국의 베트남 침략의 실체성을 폭로하고 있는 장면이다. 그러므로 이 장면들은 작품의 내용 전개로 볼 때 모두 핵심부분에 해당된다고 할 수 있다. 이러한 판토마임의 사용은 결국 "서사적-드라마적인 장면의 표현(Darstellung episch-dramatischer Szenen)"[37])이 되고 있는 것이다. 따라서 바이스는 클로츠가 지적한 언어 보충적이거나 대체적인 기능 이외에 새로운 극적 수단으로 활용되고 있음을 알 수 있다.

한편 바이스는 기록극에서 장면의 전체적인 내용을 암시해주는 역할로도 사용한다. 이는 특히 『허수아비』의 장면 4에서 잘 나타난다. 이 장면에서는 포르투갈의 식민 술책과 아프리카인들의 고문들이 그려진다. 아프리카 주민인 커피농장 소작인이 노동력의 조달에 어려움을 겪게 되자 마을의 수장인 데 뽀스토(de Posto)를 찾아간다.

그러나 데 뽀스토는 소작인에게 노동력의 공급을 약속해주지 않고 오히려 찾아왔다는 이유로 매질한다. 그럼에도 불구하고 주민들의 노동착취는 날로 심각해지고 끝내는 주민들의 가족들을 분산시키면서까지 중노동을 시킨다. 그러므로 포르투갈의 식민술책과 더불어 아프리카인들에 대한 고문, 그리고 이들 가족들의 파괴 등 전체의 내용은 폭력적으로 그려진다. 이러한 내용의 시작 부분에 폭력적인 행위를 나타내는 판토마임을 사용함으로써 전체적인 내용을 미리 관객들에게 암시하게 된다. 결국 바이스는 "체언(體言, eine Körpersprache)"[38])인 판토마임을 언어 또는 사건진행의 전개와 관련하여 다양하게 사용함과 동시에 연극 내용의 입체적인 구성을 위해서도 사용하고 있음을 알 수 있다.

---

37) Gero von Wilpert: a. a. O., S. 577.
38) Michael Kramer: Pantomime. 40 Spielstücke für Gruppen, Berlin 1982, S. 7.

3. 합 창

　합창은 판토마임과 마찬가지로 바이스의 기록극의 중요한 표현요소의 하나이다. 합창은 언어와 관련되어 나타나는 판토마임과는 달리 주제의 형성과 관련되어 나타난다. 이미 언급했듯이 기록극은 전체가 몽타주로 구성된다. 사건과 사건, 에피소드와 에피소드의 결합을 통해 하나의 사건 모델이 형성되고 극의 전체 줄거리가 확정된다. 그러나 합창도 이러한 몽타주기법에 의해 줄거리에 편성되어 난다. 합창은 바이스의 기록극에서 중요한 기능을 한다.

　『허수아비』와 『베트남 토론』에서는 전 장면에서 합창이 나타나며, 특히 『베트남 토론』의 제2부 10장은 전체가 합창으로 이루어진다. 그러나 『수사』에서는 합창을 사용하지 않는다. 하지만 엄격하게 말하면 『수사』는 크게 합창과 반대합창으로 구성된다.

　두 합창 모두 지휘자를 지닌다. 하나는 검사의 지휘하에 있는 증인들의 합창이고 다른 하나는 변호사의 지휘하에 있는 피고인들의 합창이다.[39] 이들 합창구조는 마치 그리스의 비극과 유사하다. 이 합창구조는 서로 대립되어 나타나면서 아우슈비츠 사건의 진실을 밝혀낸다. 그러므로 『수사』에서는 합창이 기능적인 측면을 지니고 있기보다는 전체 작품의 구성적인 측면을 지닌다고 할 수 있다. 그러나 『허수아비』와 『베트남 토론』에서는 합창도 판토마임처럼 다양하게 나타난다.

　작품의 전체 줄거리에 편성되어 사건을 보고하거나 설명하기도 하고 전체 장면을 요약하기도 한다. 바이스는 기록극 이론에서 '보고,

---

39) Vgl. Manfred Haiduk: Der Dramatiker Peter Weiss, a. a. O., S. 136.

주해, 요약이 가곡들에 의해 인용된다'고 언급하였다. 이는 바로 합창을 통해 수용되고 있음을 말해준다.

실제로 바이스의 기록극에서 합창은 주로 이러한 기능을 한다. 그러나 합창은 『허수아비』와 『베트남 토론』에서 동일하게 나타나는 것이 아니라 각기 달리 나타난다. 『허수아비』에서는 주로 보고와 주해 기능의 합창이 등장하며, 『베트남 토론』에서는 요약 기능의 합창이 등장한다.

『허수아비』는 수많은 소주제들로 이루어지고 이들 하부주제의 사건에 대한 상황을 보고하거나 설명하는 기능을 합창이 대신하고 있는 것이다. 보고기능의 합창은 주로 포르투갈의 식민지배를 받고 있는 아프리카인들의 노동착취와 백인들과의 차별대우 그리고 식민세력 지지자들의 행위, 수탈당하는 산업현장 보고 등에서 사용된다. 특히 이들 합창 가운데 장면 5와 장면 7의 합창이 보고기능의 대표적인 것이다.

장면 5에서는 백인과 흑인들의 차별대우와 아프리카인들의 고문에 대해 노래한다. 여기서 바이스는 백인들이 흑인들을 짐승과 동일한 노동력의 소유자로 취급하며 백인과 흑인의 차별성을 고발하는 내용을 합창을 통해 폭로한다.

우리나라에서 백인 노동자들은 / 우리가 한 달에 더 많이 일을 한 대가로 받는 임금보다 / 6배나 많은 임금을 받는다 / 그리고 그들은 세금도 더 적게 낸다 / (……) / 우리나라에서 백인 노동자들은 차별을 결정하는 사람이 누구인지 / 그렇게 하면 누가 가장 많이 돈을 버는지를 / 전혀 인식하지 않는다

Die weißen Arbeiter in unserm Land / bekommen 6 mal so viel Lohn in die Hand / wie wir im Monat für mehr Arbeit bekommen /

und es werden ihnen weniger Steuern genommen / (⋯⋯) / Die weißen
Arbeiter in unserm Land / haben noch immer nicht erkannt / wer es ist
der die Unterschiede bestimmt / und wer dabei am meisten gewinnt[40]

여기서 바이스는 구체적인 내용이나 실상의 보고가 필요할 때 이
러한 합창을 사용하고 있음을 알 수 있다. 그는 이를 통해 포르투갈
의 아프리카 식민지배의 실상을 강도 높게 비판한다. 장면 7에서는
포르투갈의 아프리카 식민지배를 통해 아프리카에서 주로 생산되고
있는 다이아몬드와 석유, 철광석, 커피 등에 대한 산업착취현장을 노
래한다.

여기서도 바이스는 식민지배자들의 산업현장에 고용돼 노동착취를
당하고 있는 아프리카인들의 현실을 합창으로 폭로한다.

다이아몬드 / 광갱 속에서 2만 4천 명 / 2만 4천 명이 갱 속에서 강
제노동을 한다 / 2만 4천 명의 남자들이 루안다와 룬다의 갱 속에서 / 2
백 달러의 연봉을 받고서 / 너희들에게 다이아몬드를 채굴해 준다

Diamenten / 24000 Mann in den Gruben / 24000 Mann zwangsver-
pflichtet in den Gruben / 24000 Mann schürfen euch Diamenten / in den
Gruben von Luanda und Lunda / für einen Jahreslohn / von 200 Dollar[41]

바이스는 이 장면에 이어서 나타나고 있는 석유, 철광석과 커피의
생산착취에 대해서도 이와 동일한 형식의 합창을 사용한다. 그러므로
바이스는 보고기능의 합창을 통해 식민지배를 받고 있는 아프리카인들
의 노동착취현황과 고통 등에 대해서 구체적으로 보고한다.

---

40) Peter Weiss: Stücke Ⅱ / 1, S. 34.
41) Ebd., S. 47.

한편 주해기능의 합창은 사건을 부연설명하거나 보충하기 위해 사용한다. 주로 이 합창은 식민지배자들에 의해 불리며 아프리카에 대한 식민지배의 정당성과 합리성을 부여하는 데 기여한다. 특히 이러한 주해기능의 합창은 장면 3과 장면 6에서 잘 나타난다.

장면 3은 식민지배 세력의 동조자들의 현황과 포르투갈의 식민정책의 허구성을 고발하고 있는 장면이다. 여기서 아프리카인 가운데 2%에 불과한 사람들이 문명자에 해당된다고 언급된다. 그러나 식민지배자들은 자신들의 식민지배로 인해 아프리카를 이롭게 했다고 주장한다.

우리들은 그러나 아프리카를 이롭게 한 사람들이다 / 기면과 말라리아를 박멸한 이들이다 / 우리들은 땅속의 보물들을 캐낸 사람들이다 / 그래서 많은 사람들은 이익을 향유할 수 있도록 한다 / 우리들은 고냉지 지역에 옥수수를 심고 / 목화, 밀 그리고 쌀을 수확하게 했던 사람들이다 (……) 우리 회사들과 그 독점의 도움으로 이 모든 것이 / 나라의 일반적인 문명적 복지를 위해서다

Wir aber sind es die nüzbar machen Afrika / die die Schlafsucht bekämpfen und die Malaria / Wir sind es die die Schätze des Bodens erschließen / so daß viele davon den Gewinn genießen / wir sind es die das Hochland bepflanzen mit Mais / die Baumbolle ernten und Weizen und Reis / (……) / All dies mit Hilfe unsrer Kompanien und Monopole / dem Land zum allgemeInen zivilisatorischen Wohle[42]

바이스는 여기서 합창을 통해 포르투갈의 아프리카 식민지배의 당위성을 노래한다. 장면 6에서도 마찬가지이다. 이 장면에서는 식민지

---

42) Ebd., S. 22.

배자와 아프리카 주민들 사이의 불평등함이 언급된다. 사회적인 지위뿐만 아니라 직업상의 차별성이 언급된다. 특히 아프리카인들 가운데 비동화자는 모든 사회적인 활동에서 제약을 받고 있음이 언급된다. 그러나 포르투갈은 이들을 최대한 교화하려고 노력하고 있음을 합창을 통해 노래한다.

> 그렇지만 우리들은 끊임없는 / 문명적인 인내를 가지고 / 우리가 옛날 그들을 / 발견했던 / 그 어둠으로부터 사람들을 천천히 / 이끌어 내고 있다

> Doch leiten wir mit unermüdlicher / zivilsatorischer Geduld / die Menschen langsam aus dem Dunkel / in dem wir sie einst / vorgefunden haben[43]

여기서 합창은 포르투갈 식민지배의 정당성을 노래하고 있는 것이다. 그러므로 『허수아비』에서는 보고기능의 합창과 주해기능의 합창은 대조적인 형태로 나타나고 있음을 알 수 있다. 보고기능의 합창에서는 아프리카인들에 의해 노동착취와 산업의 수탈현장이 고발되며 주해기능의 합창에서는 포르투갈인들에 의해 식민지배의 정당성과 당위성이 설명된다. 그리고 보고기능의 합창은 아프리카인들에 의해 불리며 주해기능의 합창은 포르투갈의 식민지배세력에 의해 불린다는 점이다.

그러나 『베트남 토론』에서는 이러한 기능을 하는 합창보다는 줄거리를 요약하는 기능의 합창이 전면에 등장한다. 실제로 바이스는 『베트남 토론』의 서문에서 "우리는 포괄적인 입장에 주의가 부여되어야 할 때, 합창을 도입한다(Wir führen Chöre ein, wenn einer umfasse-nderen Stellungsnahme Gehör verliehen werden soll.)"[44]고 밝힌다.

---

43) Ebd., S. 42.

이미 앞서 밝혔듯이 『베트남 토론』은 베트남의 전체 역사를 드라마화했기 때문에 역사적인 사건들의 연속이 전체 줄거리를 형성한다. 그러므로 항상 침략과 정복, 지배로 이어지므로 관객으로 하여금 내용파악을 어렵게 한다. 이 때문에 바이스는 각 단계의 끝부분에 합창을 도입해 전체의 내용을 요약해 준다. 이 작품의 제1부에 나오는 대부분의 합창들이 이러한 기능을 한다. 특히 1단계와 2단계의 합창이 대표적인 예가 된다.

우리의 선조들의 땅은 / 이방인에 의해 습격되었다 / 우리의 선조들은 새로운 영토를 찾았다 / 우리들은 우리의 선조들이 발견한 땅에서 살고 있다 / 우리 선조들의 땅은 이방인에 의해 습격되었다 / 우리의 선조들은 짐을 가득 실은 / 이방인의 정크가 출항하는 것을 보았다 / 우리의 선조들의 무덤에 놓인 제물의 접시는 / 텅 비어 있다 / 우리가 이방인으로부터 나라를 해방시키기를 / 우리의 선조들은 요구한다

Das Land unsrer Ahnen / wurde von Fremden überfallen / Unsre Ahnen suchten sich ein neues Land / Wir leben in dem Land das unsre Ahnen fanden / Das Land unsrer Ahnen wird von Fremden überfallen / Unsre Ahnen sehen die Dschunken der Fremden / ausfahren vollbeladen / Die Opferschalen an den Gräbern unsrer Ahnen / sind leer / Unsre Ahnen fordern / dass wir das Land von den Fremden befreien[45]

여기서 합창은 『베트남 토론』의 제1부 1단계의 전체 내용을 요약한다. 즉 제1부 1단계의 전체 줄거리인 중국의 농부출신 군인들의 침략을 시작으로 베트(Viet)왕국의 선조인 반랑(Van Lang)제국의 건

---

44) Ebd., S. 75.
45) Ebd., S. 92.

설과 중국 오나라의 군대의 침략과 그로 인한 베트 민족들의 남쪽지
방으로의 이주, 그리고 베트 락(Viet Lac)왕국의 건설과 중국 진(Tsin)
왕조의 남하, 중국 침략자들에 의한 베트 락왕국 정복, 그리고 남 베
트의 건국과 베트남 봉건영주들끼리의 암투 등 베트남의 초반기 역
사적인 사건들의 내용을 합창을 통해 요약하고 있는 것이다. 이는 바
로 관객으로 하여금 줄거리의 이해를 돕는 데 일조한다.

2단계에서도 푸난(Funan)제국의 멸망과 함께 남 베트가 중국 당
(Tang)왕조의 지배를 받게 된다. 그리고 남 베트가 중국의 지배를
벗어나기 위해 전쟁을 벌이고 독립을 쟁취하게 된다. 이러한 내용의
줄거리를 이 단계의 마지막에서 합창을 통해 요약한다.

> 우두머리들의 지도하에 / 중국의 / 군대들을 대항해 / 농부들은 투쟁을
> 했다 / 많은 전투를 벌인 끝에 / 우두머리들과 / 농부들은 / 적의 군대들을 / 북
> 쪽으로 몰아냈다 / 우리의 나라는 해방되었다 / 우리의 나라는 영원히 / 베트
> 남으로 불리어야 한다

> Unter der Führung der Oberen / kämpften die Bauern / gegen die Armeen
> / des Reiches der Mitte / Nach vielen Feldschlachten / trieben die Oberen
> / und die Bauern / die feindlichen Heere / zurück in den Norden / Unser
> Land ist befreit / Es soll heißen für immer / Viet Nam[46]

이러한 기능의 합창은 『베트남 토론』의 제1부에서 4단계와 9단계,
11단계를 제외한 전체 단계에서 나타난다. 이들 합창은 각 단계에
나타나는 민족의 정치적 의식의 발전을 명료화하고 있는 것이다.

제2부에서도 합창은 제1부와 마찬가지로 요약의 기능을 한다. 그

---

46) Ebd., S. 100f.

러나 여기서는 이러한 합창이 제1부처럼 줄거리를 요약하는 기능이 아니라 주제를 요약하는 기능을 한다. 이 때문에 제2부에서는 모든 단계의 끝부분에 합창이 등장하는 것이 아니라 1단계와 4단계, 5단계, 8단계, 11단계에서만 등장한다.

특히 『베트남 토론』의 제2부는 미국의 베트남 침략에 대한 주변 국들과의 회담으로 구성되어 있기 때문에 줄거리의 흐름이 산만하다. 그래서 바이스는 합창을 통해 주제를 요약해 준다. 예를 들면 제2부 1단계의 합창을 보면 쉽게 알 수 있다.

나라에서 가장 큰 사업은 / 군대이다 / 군대의 고정 자본은 / 천4백억 달러에 달한다 / 매년 / 평화 시기에 / 4백억 달러가 지출된다 / 군대는 4 백만 노동자들을 / 고용한다

Im Staat das größte Unternehmen / ist das Militär / Sein fixes Kapital beträgt / hundertvierzig Milliarden Dollar / Jährlich gibt es aus / in Friedenszeiten / vierzig Milliarden Dollar / Vier Millionen Arbeiter / hält es beschäftigt[47]

여기서 합창은 제2부의 1단계에서 벌어지는 전체의 주제를 요약한다. 이 단계에서는 미국의 베트남 침략 지원을 위한 미국의 국무부 비밀회담과 아이젠하워대통령의 연설, 상원토론과 국가안전위원회의 비밀회담이 개최된다. 이들의 회담 내용은 미국의 베트남 침략에 대한 것이며, 미국의 베트남 침략의 궁극적인 목적은 사업의 일환임을 드러내게 한다. 그러므로 이 단계의 마지막 부분에서 이를 합창으로 요약한다. 제2부 2단계의 중간부분에 등장하는 합창도 이러한

---

47) Ebd., S. 190.

기능을 잘 대변해 준다.

> 미국정부는 / 언제든지 / 그렇게 말할 수 있다 / 여기에는 하나의 소요가 / 공산주의자들 / 에 의해 야기된다 / 그럴 경우 미국 / 정부는 규사적 개입 시에도 / 말할 수 있다 / 여기서 / 공산주의자들에 의해 / 주도된 / 하나의 반란은 / 진압되었다

> So kann die Regierung / der Vereinigten Staaten / bei jeder Gelegenheit sagen / Hier ist eine Unruhe / hervorgerufen durch / Kommunisten / Dann kann die Regierung / der Vereinigten Staaten / bei militärischen Eingreifen sagen / Hier ist ein Aufstand / niederzuschlagen / der geführt wird von / Kommunisten[48]

여기서 합창은 1954년 5월 워싱턴의 국가안전위원회 회의에서 아이젠하워 대통령, 맨스필드 상원의원과 상원의 지도자인 노우랜드, 그리고 덜레스가 벌이는 회담내용의 주제를 요약한다. 이들은 제네바회담이 프랑스와 서구의 패배를 상징하며 서방세력의 주도권을 획득하기 위해서는 제네바회담에서 유리한 입장표명과 더불어 궁극적으로는 동남아시아에서의 세력을 확보해야 한다고 주장한다. 그러면서 미국의 침략은 제국주의 침략이 아니라 냉전체제의 이데올로기 대결을 위해 공산주의 침략을 방어하는 데 있음을 강조한다. 이러한 내용의 주제를 합창을 통해 요약하고 있는 것이다. 그러므로 제2부의 합창은 제1부의 합창과 내용 면에서도 차이를 나타낸다.

제1부의 합창이 주로 베트남 민족의 의지를 반영해 주는 민족의 대변자(Repräsentant des Volkes)의 역할로서 파악되는 반면, 제2부에

---

48) Ebd., S. 198.

서의 합창은 여러 정치가와 장교들의 인용된 고백에서 드러나는 미국의 전망에 대한 반대 입장을 요구하는 역할을 한다.

특히 제2부의 10단계 합창은 『베트남 토론』의 제2부를 전반적으로 요약하는 기능을 한다. 배우들이 두 그룹으로 나눠 모두 흰옷을 입고 등장해 서로 대립된 주장을 한다. 합창 1은 제국주의 사회체제를 대변하고, 합창 2는 이 체제의 폐해를 고발한다. 그리고 이 장면의 마지막 부분에서 두 합창단에 의해 상하원이 동의함으로써 미국의 베트남 침략은 대통령의 전권으로 언제든지 가능하다는 내용이 노래로 전달된다.

> 의회의 양원은 / 대통령에게 승인한다 / 그리고 그에게 / 자유의 수호를 위해 / 그가 긴급하다고 판단하는 / 모든 조치를 취할 수 있는 / 전권을 그에게 부여한다
>
> Beide Häuser des Kongreß / stimmen zu dem Präsidenten / und erteilen ihm die Vollmacht / alle Schritte einzuleiten / die für dringlich er erachtet / Zur Verteidigung der Freiheit[49]

여기서 합창은 사실 제2부의 주제문이다. 미국의 베트남 침략은 주변국들의 이해도 필요하지만 최종적으로 미국 의회의 동의를 얻지 못하면 미국의 베트남 침략은 불가능하다. 그러므로 베트남 침략을 최종적으로 승인하는 미국 의회의 동의에 대한 내용을 합창을 통해 표현한다. 이 때문에 그동안 미국과 주변국들 사이에서 논의된 논쟁은 미국의 베트남 침략의 의도와 목적을 고발하며 비판하고 있는 것이다. 사실 이러한 내용의 합창은 이미 1단계 중간부분에서도 등장한다.

---

49) Ebd., S. 260.

그렇지만 대통령이 자유의 수호를 위해 / 긴급하다고 판단하는 / 모든 조치를 취하도록 하는 / 대통령의 전권이 / 의회로부터 승인될 / 날은 불가피하다

　　Doch unausweichlich ist der Tag / an dem erteilt wird vom Kongreß / Vollmacht an den Präsidenten / alle Schritte einzuleiten / die fur dringlich er erachtet / zur Verteidigung der Freiheit[50]

　　사실 제2부에서는 주로 미국의 베트남 침략을 폭로하는 핵심적인 주제들을 합창을 통해 노래한다. 이는 2단계에서 등장하는 미국의 베트남 침략이 군사적인 목적보다는 사업의 일환이고 미국의 베트남 개입이 공산주의자들에 대한 방어의 일환이라는 내용의 합창도 이러한 기능을 한다.

　　바이스는 물론 이 작품에서 작가의 대변적인 기능의 합창을 사용하기도 한다. 이 작품의 제2부 11단계에서 등장하는 합창이 바로 이러한 기능을 한다. 이미 인용한 바 있는 '우리들은 알고 있다 / (……) / 투쟁은 계속된다(Wir wissen / (……) / Der Karmpf geht weiter)'란 결론 합창은 미국의 침략을 대비해 베트남인들의 다짐을 언급하고 있는 작가의 대변적인 의미를 가진다. 이는 바이스가 이 작품에서 제시하고자 하는 희망사항이며 반드시 관철되리라는 의지를 표현하고 있는 것이다. 그래서 이 합창은 작가의 대변적인 역할을 한다.[51]

　　『허수아비』에서도 작품의 마지막 부분에 작가의 의지를 표현하는 합창을 도입하고 있다.: '그리고 더 많은 것이 올 것이다 / (……) 가까이 있는 해방을 / 조심스럽게 계획하면서(Und mehr werden kommen /

---

50) Ebd., S. 108.
51) Vgl. Gero von Wilpert: a. a. O., S. 137.

(……) sorgfältig planend / die Befreiung / die nah ist)'란 이 작품의 결론 합창도 작가의 의지를 반영한다. 그러므로 바이스는 기록극에서 합창을 다양하게 사용하고 있음을 알 수 있다.

합창은 원래 "노래 또는 대화적 강연에서 목소리들의 화음에 의해 통일을 형성하는 동일한 종류의 인간들의 요약(Zusammenfassung gleichartiger Personen, die durch Zusammenklang ihrer Stimmen bei Gesang oder Sprechvortrag eine Einheit bilden.)"[52]으로 "드라마에서 가장 오래된 서정적인 형태의 삽입물(die älteste lyrische Einlage im Drama)"[53]이다.

그러나 합창이 문학에 도입되면서 드라마의 주인공에 대립적으로 나타나거나 사건의 흐름에 관여하기도 하며, 심지어는 사건진행의 과정을 단절시키는 기능을 한다.[54] 특히 서사극에서는 합창이 줄거리 흐름을 단절시켜 거리감을 야기하는 기능을 한다.

그러나 바이스의 기록극에서 합창은 서사극에서처럼 줄거리를 단절시켜 관객으로 하여금 기이화 효과를 야기하기보다는 오히려 줄거리를 요약하거나 명료화해 관객으로 하여금 내용의 파악을 쉽게 하는 것이다. 이러한 기능의 합창은 『허수아비』와 『베트남 토론』에서 동일하게 나타난다. 물론 이러한 합창은 『허수아비』에서 더욱 뚜렷이 나타난다. 이 작품에서는 주제문을 강조하는 기능의 합창이 사용되는데, 이 합창들이 바로 이러한 기능을 하는 대표적인 것이다.

실제로 장면 1에서 식민지배자들에 의해 불리는 "신, 조국과 가족 (Gott Vaterland und Familie)"[55]과 "루지타니엔은 분리되지 않고 영

---

52) Gero von Wilpert: a. a. O., S. 136.
53) Peter Pütz: Die Zeit im Drama, Zur Technik dramatischer Spannung. Göttingen 1970, S. 142.
54) Vgl. ebd.

원하다(Lusitanien ist unteilbar und ewig)",[56] 그리고 장면 2에서 나타나는 "5백 년 이래로 / 우리에게 속하는 / 해외지방에서(In den seit 5 Jahrhunderten / zu uns gehörenden / überseeischen Provinzen)"[57] 구절의 합창은 포르투갈의 아프리카 식민지배의 당연성과 식민지배의 역사를 강조하는 주제문을 강조한 합창들이다.

그리고 장면 8에서 아프리카인들에 의해 불리는 "그들은 대서양 동맹에서 / 계약에 따른 충실한 파트너이기 때문이다 (Denn sie waren jaalle laut Kontrakt / getreue Partner im Atlantischen Pakt)"[58]라는 구절의 합창도 주제문를 강조한다. 이들 합창은 특히 여러 번 반복해서 불림으로써 관객으로 하여금 기이화 효과를 야기하기보다는 오히려 거리감을 좁혀주면서 주제의 전달을 용이하게 한다. 이러한 형식의 합창은 이 작품의 질문과 대답의 놀이에서도 동일하게 도입됨으로써 의미파악과 주제를 부각시키고 있다고 할 수 있다.

장면 3과 장면 5에 등장하는 합창이 그 대표적인 예이다. 특히 장면 5에 등장하는 '아나의 노래'에서는 합창과 배우와의 사이에서 질문과 대답 형식을 통해 아나의 비참한 생활을 부각시킨다. 이러한 합창은 줄거리의 흐름을 완만하게 하면서도 합창을 통해 연극구조의 변화를 준다. 그러므로 서사극에서 나타나는 거리화의 기능은 바이스의 기록극에서는 도외시되고 있다고 할 수 있다.

합창의 구성에 있어서도 일정한 인물 구성의 법칙을 찾을 수 없다. 합창의 구성은 그때그때 상황에 따라 적당한 인원들로 구성된다. 『허수아비』에서의 합창은 『수사』에서처럼 식민지배자들(1, 2, 3장면

---

55) Peter Weiss: Stücke Ⅱ / 1, S. 12.
56) Ebd.
57) Ebd., S. 17.
58) Ebd., S. 56.

의 합창)과 아프리카인들(나머지 장면의 합창)의 합창으로 대별되어 나타난다. 그러나 『베트남 토론』의 제1부에서는 7단계를 제외한 전체 합창이 베트남 민중들의 합창으로 나타나며 제2부에서는 미국 제국주의자들에 의해 주로 합창된다. 그러므로 바이스는 합창도 판토마임처럼 다양한 기능으로 사용하고 있음을 알 수 있다.

VI

바이스 기록극의
작품 구조

1. 작품의 구상

바이스는 표현기법에서 서사극의 요소는 물론 전통적인 드라마의 요소를 동시에 수용하기도 했다. 그러나 그는 작품의 구조에 있어서는 전통적인 드라마의 형식을 포기한다. 일반적으로 전통적인 드라마는 3막극 또는 5막극의 형식을 취하지만 바이스의 기록극에서는 노래 또는 장면을 나열시키는 서사적인 구조를 지닌다. 『수사』, 『허수아비』와 『베트남 토론』 모두가 이러한 구조형식을 취한다. 이는 바이스의 기록극의 특징 가운데 하나이다. 그러나 그것은 무엇보다 단테의 『신곡(La Divina-Commedia)』을 모방한 데서 비롯된다.

바이스는 기록극을 『신곡(神曲)』을 토대로 구성하였으며, 이를 현시대와 연관시켜 표현하려고 했다. 실제로 바이스는 기록극을 쓰기에 앞서 중세와 르네상스시대에 가장 중요한 교훈적인 문학이었던 『신곡』을 연구했고,[1] 이를 토대로 하나의 '세계극(Das Welttheater)'을

---

1) 『마라/사드』의 3번째 원고도 천국과 연옥의 33개 노래와 유사하게 33장으로 나누고 있다.(Vgl. H. Rischbieter: Peter Weiss, Hannover 1967, S.

구상하려고 하였다.

> 나는 세계극을 계획했다. 그러나 형식에 대해서는 불분명했다. 소재를 집중시킬 수 있는 하나의 모델을, 다시 말하면 하나의 가능성을 추구했다. 거기에는 페스트가 묘사되었고 기근, 내세 그리고 지상적인 지배가 묘사되었다. 권력자는 언제나 거기에 있었다. (……) 탄압하는 자들과 고통을 받는 자들이 항상 거기에 있었다.

> Ich plante ein Welttheater. War mir aber über die Form noch nicht klär. Suchte nach einem Modell, nach einer Möglichkeit, den Stoff zu konzentrieren. Da wurde die Pest geschildert, die Hungersnot, das Jenseits und die irdische Herrschaft. Immer wieder waren die Immer waren die Machthabenenden da, (……) Immer wieder Unterdrücker da und die Leidtragenden.[2]

바이스는 사실 기록극을 발표하기에 앞서 『신곡 3부작에 대한 연습 Vorübung zum dreiteiligen Drama divina comedia』과 『단테에 관한 대화 Gespräch über Dante』를 썼었다. 그는 이 두 작품에서 단테의 『신곡』의 '세 부분의 구성'의 도움으로 "비정형적인 것(Unförmliche)"[3]을 서열화하려고 하였다. 그는 이를 위해 먼저 『신곡 3부작에 대한 연습』에서 단테의 『신곡』을 토대로 한 작품의 가능성을 실험하게 된다.

그러나 그는 이 작품에서 단테가 베르길(Vergil: B.C.70~19)을 동행한 것과는 달리 이탈리아의 화가이자 건축가인 지오토(Giotto: 1266~1337)를 동행한다. 그것은 무엇보다 지오토가 단테와 동시대의

---

67. Vgl. Manfred Haiduk: a. a. O., S. 119.)
2) Peter Weiss: Gespräch über Dante, a. a. O., S. 142.
3) Peter Weiss: Vorübung zum dreiteiligen Drama Divina Commedia, in: Ders.: Rapporte, a. a. O., S. 136.

인물이고 "문학과 회화예술의 두 갱신자(die beiden Erneuerer der Künste des Schreibens und Malens)"[4]로 간주했기 때문이다. 그는 두 사람의 만남에서 "그들을 둘러싼 세계의 현실성(die Aktualität der sie umgebenden Welt)"[5]을 그려낼 수 있다고 판단했던 것이다. 그래서 바이스는 지옥을 순례하기에 앞서 먼저 지오토에 관한 연구를 시작한다. 그 결과 바이스는 지오토가 확실하게 파악될 수 없는 모든 것을 불신하며 모든 상상적인 것을 배제하는 인물로 묘사한다.[6] 그런 뒤 바이스는 단테로 하여금 지오토와 함께 지옥을 순례하게 한다. 그러나 바이스는 단테의 세계와 현실의 세계와는 상당한 거리감이 있음을 발견하게 된다.

속죄자와 구원된 자, 축복받은 자를 위한 체류지의 이러한 분류인 / 단테의 개념들은 나에게 무엇을 제공할 수 있는가? / 이 모든 것은 나 자신의 세계와 / 대립된다. 나의 세계에는 다만 유일한 현시점과 현 지점만이 존재한다.

Was konnten mir Dantes Begriffe geben, / diese Einteilungen in Aufenthaltsorte für Büßende, Erlöste / und selig Belohnte? Dies alles war meiner eigenen Welt / entgegengesetzt. In meiner Welt gab es nur das einmalige / Hier und Jetzt.[7]

결국 바이스는 단테의 지옥, 연옥 그리고 천국의 개념을 현실에 맞게 새롭게 정의를 내린다. 그는 현실의 지옥(Inferno)은 '범법자들

---

4) Ebd., S. 128.
5) Ebd., S. 130.
6) Ebd., S. 125.
7) Ebd., S. 132.

이 오늘날 생존자들인 우리들 사이에 머무르면서 자신들의 행위에 대해 처벌받지 않은 채 악한 행동을 계속하고 있는 곳'으로 정의하였으며,[8] 연옥은 "불신과 과오, 실패한 노력이 있는 곳(die Gegend des Zweifelns, des Irrens, der mißglückten / Bemühungen)"[9]인 동시에 "변덕과 영원한 분열이 있는 곳(die Gegend des Wankelmuts und des ewigen Zwiespalts)"[10]이라고 주장하였다. 그리고 천국은 "더 이상 보답에 관하여 논의되지 않고, 참아낸 고통만이 평가되는 오늘(Heute, / da von Belohnung nicht mehr die Rede ist, und allein / das bestandene Leiden gewertet wird.)"[11]로 단정하였다.

그러나 이러한 정의를 내렸음에도 불구하고 바이스는 세계극을 위한 구체적인 실행으로 옮기지 못한다. 그래서 그는 다시 『단테에 관한 대화』에서 세계극을 구상하려고 시도한다.

이 작품에서는 『신곡 3부작에 대한 연습』에서와는 달리 작가 A와 대화자 B를 등장시켜 질문과 대답형식을 통해 단테와 대화를 한다. 작가 A는 자신의 계획과 의견을 피력하고 대화자 B는 작가에 대한 의문점들을 제기하는 형식으로 대화를 이끌어 나간다. 그러나 이들의 대화에서도 바이스는 『신곡 3부작에 대한 연습』에서처럼 단테의 세계와 현실의 세계와의 차이점이 존재함을 인식한다.

특히 바이스는 선과 악, 지옥과 천국, 그리고 처벌과 보답이 있는 단테의 "도덕적인 규범에 따라 분류된 세계체제(Ein Weltsystem, aufgeteilt nach moralischen Normen.)"[12]가 현실에서는 찾아볼 수 없는 이상적인

---

8) Vgl. ebd., S. 137.
9) Ebd.
10) Ebd.
11) Ebd., S. 138.
12) Peter Weiss: Gespräch über Dante, in: Ders.: Rapporte, a. a. O., S. 142.

세계상임을 깨닫는다. 그러나 바이스는 여기서 단테의 세계를 현실과의 관련 속에서 수용할 수 있다는 확신을 갖게 되었고[13] 이에 따라 단테의 지옥, 연옥 그리고 천국에 대한 개념을 『신곡 3부작에 대한 연습』에서보다 더욱 구체적으로 정의한다.

바이스는 이 작품에서 지옥에 대해서는 "그곳은 마비이다. 그것은 어떠한 지속적인 발전이 존재하지 않고 변화에 대한 어떤 생각도 배제된 장소이다.(das ist die Lähmung, das ist der Ort, an dem es keine Weiterentwicklung gibt, an dem jeder Gedanke an Veränderung ausgeschlossen ist.)"[14]라고 정의하였다. 연옥은 "그들은 적대적인 행위들에 대하여 입장을 표명할 자유를 가지고 있다. 지속적인 경계심과 노력으로 그들은 진술인들의 제국을 붕괴하는 일을 시작할 수 있다.(Sie haben die Freiheit, Stellung zu den Feindlichkeiten zu nehmen. Mit einer ständigen Wachsamkeit und Anstrengung können sie daran gehen, das Reich ihrer Aussager zu untergraben.)"[15]고 주장하였다. 그리고 천국은 "아직까지도 해방을 기다리는 죽은 자들(die Seligen (……), die immer noch auf ihre Befreiung warten.)"[16]의 장소로 정의하였다.

그러나 그는 단테의 지옥, 연옥 그리고 천국에 대한 개념을 새롭게 정의를 내렸음에도 불구하고 당초 계획했던 하나의 작품을 통해 이들을 표현하는 것을 포기한다.[17] 즉 그는 일종의 브레히트의 『제3

13) Vgl. ebd., S. 144.
14) Ebd., S. 149.
15) Ebd., S. 166.
16) Ebd., S. 168.
17) Vgl. Karl−Heinz Hartmann: Peter Weiss: Die Ermittlung, in: Harro Müller−Michaels(Hrsg.): Deutsche Dramen. Interpretationen zu Werken. Von der Aufklärung bis zur Gegenwart, Hamburg 1993, S. 164.

제국의 장면들(Szenen aus dem Dritten Reich)』처럼 한 작품 속에 단테의 지옥, 연옥 그리고 천국을 그려내려고 했던 계획을 단념하게 되었다.

그것은 무엇보다『수사』에 뒤이어 발표된 계급투쟁을 주제로 하는 『허수아비』와『베트남 토론』의 소재들을 접하면서 비롯되었다고 할 수 있다.[18] 바이스는 단테의 세계에서처럼 어떤 도덕적인 전제에 기인하는 것이 아니라 착취와 착취당하는 것, 힘과 억압, 고문자와 희생자들의 경제적인 전제에 기인하는 현실의 체계가 더 중요하다고 판단했기 때문이다.[19] 결국 바이스는 기록극인『수사』,『허수아비』 그리고『베트남 토론』을 통해 단테의 세 개념의 세계상을 개별적으로 표현하게 되었다.

물론 바이스가 세 기록극에서 단테의 지옥, 연옥 그리고 천국의 개념을 어느 작품을 통해 개별적으로 구성했는지에 대해서는 불분명하다. 이 점은 비평가들 사이에서 많은 논란이 된다.

브라운(Kahlheinz Braun)은 바이스가『수사』를『신곡』의 연옥부분으로 구상해 독자적인 드라마로 형상화하였으며,[20] 잘로흐는 지옥의 부분으로『수사』를 구상했다고 주장한다.[21] 그는 특히 연옥을 "폭풍이 치고 야수적이지만 희망이 가득 찬 장소로서(als Stürmischen, brutalen, aber hoffnungsvollen Ort)"[22] 해석하면서 단테의 연옥부분의 많은 요소

---

18) Vgl. M. Haiduk: Peter Weiss' Gesang vom Lusitanischen Popanz, in: Peter Weiss mit Materialien, a. a. O., S. 77.
   Vgl. Irene Heidelberger – Leonard: Der Stellenwert der Divina Comedia in der Werkgeschichte von Peter Weiss, in: Orbis Literarum 44('89), S. 259.
19) Vgl. M. Durzak: a. a. O., S, 292.
20) Vgl. K. Braun: Schaubude – Irrenhaus – Auschwitz, in: Peter Weiss mit Materilaien, a. a. O., S. 141.
21) Vgl. Erika Salloch: a. a. O., S. 49.
22) Ebd., S. 50.

가『허수아비』에서 나타나고 있으며, 천국의 부분은『수사』의 마지막 노래인 "화장로의 노래"가 이에 해당된다고 주장한다. 이에 반해 쉬미츠는 단테의 지옥부분은『수사』가, 연옥부분은『허수아비』가, 천국부분은『베트남 토론』의 제1부만이 해당한다고 주장한다.

특히 그는 바이스가 내린 지옥의 정의를 '착취와 억압자들이 절대적으로 지배를 하는 곳'으로 해석하였으며, 연옥은 억압자에 대한 저항의 가능성이 존재하는 곳으로 해석하였다.[23] 그리고 천국은 죽은 후의 어떤 삶도 인내하는 고통에 대한 어떤 보답도 없는 '억압을 당하는 자와 고통을 받는 자들의 묘사(eine Schilderung der Unterdrückten und Gepeinigten)"[24]로 보았다. 그러나 바이스가 정의한 단테의 세 개념을 종합적으로 검토해 보면 바이스는 오히려『수사』를 지옥편에 그리고『허수아비』를 천국편에,『베트남 토론』을 연옥편으로 구성하고 있음을 알 수 있다.

바이스는 지옥이 '발전과 변화에 대한 생각이 배제된 장소'로서 그리고 연옥은 '적대행위에 대하여 입장을 취할 수 있는 장소'로서, 천국은 '항상 해방을 기다리는 자들의 장소'로서 정의한다. 코헨(Robert Cohen) 또한 지옥은 힘센 자, 지배자, 착취자, 억압자, 고문자들의 장소이고, 천국은 항상 해방을 기다리는 성스러운 자와 희생자들의 장소이며, 연옥은 오늘날의 투쟁의 장소이자 회의와 모순들의 장소라고 해석하였다.[25]

그는 특히 바이스의 에세이들을 종합해 볼 때 이와 같은 개념해

---

23) Vgl. Ingeborg Schmitz: a. a. O., S. 70.
24) Vgl. ebd.
   Vgl. Peter Weiss: Gespräch über Dante, in: Ders.: Rapporte, a. a. O., S. 168.
25) Vgl. Robert Cohen: Peter Weiss in seiner Zeit, a. a. O., S. 139.

석이 보다 분명히 정의되고 있다고 강조하였다. 그러므로 바이스는 현시대의 지옥, 천국 그리고 연옥을 『수사』와 『허수아비』, 『베트남 토론』에서 표현하고 있다고 할 수 있다.

2. 작품의 구조

1) 상승구조(『Die Ermittlung』)

이미 언급했듯이 바이스가 단테의 『신곡』을 모방해서 처음으로 구상한 작품이 『수사』이다. 바이스는 이 작품의 아우슈비츠 사건을 접하면서 단테의 『신곡』을 생각하였고 이를 세계극의 일환으로 드라마화하려고 했다. 그러나 바이스는 기록극을 연달아 발표하면서 이러한 계획을 포기하였으며, 『수사』를 단테의 『신곡』의 한 부분인 지옥 부분으로 구상하였다.

바이스는 단테의 지옥을 '힘센 자와 지배자, 착취자, 고문자의 장소'로서 간주했으며, 이들이 어떤 죄책감이나 책임감을 느끼지 않고 살아가고 있는 곳으로 여겼다. 바이스의 『수사』는 바로 이러한 착취자와 지배자의 세계를 그려낸다.

『수사』의 아우슈비츠 사건은 3백만 명의 유대인이 살인공장에서 학살된 역사상 유래를 찾아보기 힘든 대사건이다. 바이스는 『수사』에서 이러한 학살의 만행을 단테의 지옥과 연결시킨다.[26] 실제로 『수사』는 단테의 『신곡』을 모범으로 삼고, 그 구조를 가장 잘 반영한 작품이다. 단테의 『신곡』은 지옥, 연옥 그리고 천국의 세 부분으로 나뉘고 각 부분은 33장으로 구성된다. 여기에 서문을 포함해 전체가 100장으로 되어 있다. 『수사』는 전체 11개의 노래(Gesang)로 구성되어 있으며, 다시 각 노래는 세 부분으로 나누어 진다. 그러므로 전체가 33장면으로 구성된다. 이는 단테의 지옥, 연옥, 천국 가운데 한 부분과 일치한다.

전체의 노래는 '승강장의 노래(Gesang von der Rampe)'와 '수용소의 노래(Gesang vom Lager)', '그네의 노래(Gesang von Schaukel)', '생존가능성의 노래(Gesang von der Möglichkeit des überlebens)', '릴리 토플러의 종말의 노래(Gesang vom Ende der Lili Tofler)', '하급 친위대원 슈타르크의 노래(Gesang vom Unterscharführer Stark)', '검은 벽의 노래(Gesang von der Schwarzen Wand)', '페놀의 노래(Gesang vom Phenol)', '벙커블록의 노래(Gesang vom Bunkerblock)', '독가스 치클론 B의 노래(Gesang vom Zyklon B)', '화장로의 노래(Gesang von den Feueröfen)'로 구성된다.

각 노래는 사건의 주제에 따라 나뉘고, 다시 각 노래의 세 부분은 이들 주제에 따른 사건의 확장형식으로 펼쳐진다. 이와 함께 이 작품은 승강장에서부터 화장로까지의 11개 정류장의 잔인한 길로 이어지면서 전체적으로는 상승구조를 지닌다.[27] 하이둑이 지적한 것처럼 기록 자료와는 반대로 각 노래의 논리적인 분류는 강제 수용자들의 고통의 길을 일직선적인 표현으로 이끈다.[28]

물론 단테의 지옥의 한가운데는 영원한 얼음이 존재하지만 바이스

---

26) Ebd., S. 290.
27) Vgl. Ernst Wendt: a. a. O., S. 17.
   Vgl. Karlheinz Braun: a. a. O., S. 151.
28) Vgl. M. Haiduk: a. a. O., S. 133.

의 지옥 한가운데는 불이 존재한다.[29] 그러나 전체 강제 수용자들의 진술은 수용소 도착에서부터 자신들의 분리, 개별고문과 조직적이지만 기계적이지 않은 학살을 거처 어떤 흔적을 남기지 않는 가스실과 화장로에서 수천 명의 학살까지로 상승힌다.

첫 번째 장면인 '승강장의 노래'에서는 강제 수용자들(Häftlinge)의 승강장 도착과 이들의 분류과정이 묘사된다. 옛 병영수용소까지 2㎞ 떨어져 있는 승강장에는 60개 이상의 차량이 연결되어 있는 열차가 매일 한 번씩 도착하고 각 차량마다 가득 실린 강제 수용자들은 수용소에서 짐작처럼 내팽개쳐진다. 이들은 가족들을 찾기 위해 한바탕 소란을 일으키지만, 이에 아랑곳하지 않고 이들은 작업자와 비작업자로 분류된다. 이들 가운데 늙은 부인들과 아이들은 비작업자로, 나머지는 작업자로 분류된다. 여기서부터 강제 수용자들의 운명이 암시된다.

두 번째 장면인 '수용소의 노래'에서는 분류된 강제 수용자들의 수용소 생활이 그려진다. 이들은 분류되기 직전에 신체 부위에 문신이 새겨진 뒤 생활용품을 지급받아 블록별로 수용된다. 이들의 생활 또한 비참하게 묘사된다. 이들은 6명이 사용하는 좁은 간이침대와 세면장, 화장실이 시설의 전부인 임시막사에서 썩은 짚더미와 천 조각을 이불과 화장지로 대용할 정도이다. 더구나 이들은 빵 조각과 1/3이 물인 수프로 끼니를 때우는 등 정량에 훨씬 못 미치는 식사를 하며 중노동을 해야 하기 때문에 3~4개월밖에 살지 못하는 상황이 묘사된다.

세 번째 장면인 '그네의 노래'에서는 이러한 비참한 생활 속에서 벌어지는 수용된 자들의 범죄행위에 대한 처벌이 서술된다. 밀고자

---

29) Vgl. Robert Cohen: a. a. O., S. 147.

와 절도자, 명령불복종자는 정치분과의 심문을 받게 되고 심문 시에
는 구타와 혹독한 고문을 당하게 된다. 특히 이 장면의 제목이 암시
하듯이 고문기구인 '그네'를 통한 강제 수용자들의 심문은 비인간적
인 고문의 극단성을 드러낸다.

네 번째 장면인 '생존가능성의 노래'에서는 노래의 제목과는 달리
강제 수용자들의 생존 가능성의 희박함이 그려진다. 이 노래에서는
특히 수용소의 탈출을 시도하는 이들의 공개처형 상황과 부인막사의
젊은 처녀들을 대상으로 한 의학실험은 수용소 내에서 생존가능성이
거의 없음을 보여준다.

다섯 번째 장면인 '릴리 토플러의 종말의 노래'에서는 강제 수용
자들의 이러한 운명을 릴리 토플러라는 개인의 운명을 통해 그려낸
다. 수용소에서 편지를 밀거래하다가 적발된 릴리 토플러는 심한 고
문을 당하고 끝내는 보거(Boger)에 의해 살해된다. 그러나 그녀의 죽
음은 결국은 모든 강제 수용자들이 릴리 토플러처럼 죽게 됨을 암시
한다.

여섯 번째 장면인 '하급 친위대원 슈타르크의 노래'에서는 강제
수용자들의 이러한 죽음이 수용소 직원들에 의해 살해되는 내용이
언급된다. 특히 이들의 담당자 가운데 한 사람인 슈타르크의 학살행
위가 묘사된다. 그는 권총을 훔친 세 모자(母子)를 살해하는 것을
시작으로 은신자들을 수색해 살해하고 전범자들과 전쟁포로들을 막
사 11에서 집단 총살한다. 이 노래에서부터는 수용소 직원에 의한
강제 수용자들의 죽음과 학살의 강도가 본격적으로 높아진다.

일곱 번째 장면인 '검은 벽의 노래'에서는 총살현장인 검은 벽에
서의 학살행위가 묘사된다. 하급 친위대원인 슈타르크를 포함한 보
거, 쉴라게(Schlage) 그리고 카둑(Kaduk)이 검은 벽과 세면장에서 수

용된 자들을 집단 총살하는 과정은 이들의 학살의 잔인성을 드러낸다.

여덟 번째 노래인 '페놀의 노래'에서는 페놀주사에 의한 강제 수용자들의 학살을 그린다. 이 장면에서는 무엇보다 페놀주사 후 강제 수용자들의 시체가 부위별로 절단되는 등 산인한 실인행위가 묘사됨으로써 이들의 운명은 마치 "고양이와 같은 목숨(ein Leben wie eine Katze)"[30]으로 그려진다.

아홉 번째 장면인 '벙커블록의 노래'에서도 강제 수용자들의 집단 학살행위가 묘사된다. 특히 이 장면에서는 창문 없는 지하 벙커블록에서 집단 학살되는 행위가 묘사된다. 그러므로 이 노래에서는 강제 수용자들의 죽음이 개별적인 학살이 아니라 집단적인 대량학살이 그려진다. 실제로 증인 9는 감방에 갇힌 39명의 강제 수용자들 가운데 23명이 공기에 질식돼 숨진 사건을 언급함으로써 이러한 사실을 단적으로 지적해 준다.

열 번째 장면인 '독가스 치클론 B의 노래'에서도 수용된 자들의 집단학살이 계속 묘사된다. 여기서는 앞장의 공기질식을 통한 죽음이 아니라, 독가스인 치클론 B에 의한 대량 학살이 그려진다. 더구나 이 장면에서는 밀폐된 공간에서 수천 명의 강제 수용자들이 독살된 뒤 시체들의 소각을 위해 화물차에 실려 운반되는 과정까지 묘사됨으로써 이들의 운명의 비참함이 그려진다.

마지막 장면인 '화장로의 노래'에서는 이러한 학살된 자들의 시체가 화장터의 화장로에서 소각되는 과정이 묘사된다. 그러므로 이 작품은 수용된 자들의 수용소 도착에서부터 수용소 생활, 고문과 죽음, 대량학살, 시체의 소각에 이르기까지 개별적인 장면에서 장면으로 극 전체는 상승적인 구조를 지니게 된다. 특히 이들의 죽음이 개별적인

---

30) Peter Weiss: Stücke I, S. 386.

죽음에서 집단적인 학살로 묘사됨으로써 살인의 강도가 상승적으로 그려진다.

물론 이 작품의 구조에 대해 비평가들의 의견이 모두 일치하는 것은 아니다. 벤트, 두르작과 하이둑과 같은 비평가들은 이 작품을 상승구조로 보고 있는 반면,31) 잘로흐와 포이크만(H. Peuckmann) 등은 원형구조로 간주한다.32) 특히 이들 가운데 잘로흐는 이 작품의 노래들이 그네, 검은 벽, 벙커블록, 페놀 그리고 독가스 치클론 B 등의 콜라지가 이루어지고 있는 바이스의 산문인 『나의 마을』에서 이미 그려졌다고 언급한다. 동시에 그는 두 작품 모두에서 시작되는 장면인 '승강장의 노래'에서부터 화장터가 지적되고 마지막 장면인 '화장로의 노래'에서 강제 수용자들이 들어온 선로와 열차로 되돌아가는 원형구조를 지닌다고 주장한다.

블루머는 기본적으로 잘로흐의 의견을 따르고 있지만 그의 주장에 한 걸음 더 나아가 작품의 내용이 나선형으로 확장된다면서 나선형 구조를 지닌다고 주장한다.33) 그는 특히 각 노래가 3부분으로 나뉘는 점에 있어서도 첫 번째 부분에서는 수용소의 구조를, 두 번째 부분에서는 개별범죄를 그리고 세 번째 부분에서는 학살의 완벽한 기구를 묘사한다고 주장한다.34)

그러나 그의 주장은 다소 무리한 점이 없지 않다. 작품의 내용을

---

31) Vgl. E. Wendt: a. a. O., S. 17.
   Vgl. Manfred Durzak: Dürrenmatt, Frisch, Weiss. a. a. O., S. 290.
   Vgl. Jürgen Schlunk: Auschwitz and Its Function in Peter Weiss' Search for Identity, in: German Studies Review 10('87), S. 25.
   Vgl. M. Haiduk: a. a. O., S. 133.
32) Vgl. H. Peuckmann: Peter Weiss. Die Ermittlung, a. a. O., S. 193.
   Vgl. E. Salloch: a. a. O., S. 75.
33) Vgl. A. Blumer: a. a. O., S. 153.
34) Vgl. ebd., S. 151.

분석해 보더라도 수용소의 구조묘사는 첫 번째 부분에서만 언급되는 것은 아니다. 예를 들어 '검은 벽의 노래'에서는 첫 번째 부분과 세 번째 부분에서 검은 벽, 막사 11과 세면장이 묘사된다. 그리고 '페놀의 노래'에서도 세 번째 부분에서 의사 방이 묘사된다. 그기 이 작품에 대해 나선형구조라고 한 것도 상승구조와 원형구조를 절충한 것이다.

잘로흐 또한 마지막 노래의 시작부분에서 강제 수용자들이 수용소로 들어온 선로와 열차에 관한 언급으로 원형구조라고 주장하지만 마지막 장면은 사실 전체 노래의 종결과 함께 주제를 제시하는 기능을 한다. 이 노래는 시작 부분에서 도착한 강제 수용자들이 "사이렌 소리와 함께(Mit einer Sirene)"[35] 화장터로 가는 것이 암시되긴 하지만 화장터에 도착한 이들이 가스실로 옮겨져 대량 학살된 뒤 화장터에서 소각되는 과정이 중심이 된다. 그래서 바이스는 노래의 끝부분에서 증인 3을 통해 작품의 주제를 제시한다.

> 나는 증오심을 갖지 않고 말한다 / 나는 누구에게도 / 보복할 생각을 가슴에 품지 않고 있다 / 나는 개별 피고인들 앞에서 / 무관심하게 서 있다 / 그리고 그들이 / 다른 수백만 명의 / 지지 없이는 / 그들이 자신들의 일을 수행할 수 없다는 것을 / 생각해 보게 한다

> Ich spreche frei von Haß / Ich hege gegen niemanden den Wunsch / nach Rache / Ich stehe gleichgültig / vor den einzelnen Angeklagten / und gebe nur zu bedenken / daß sie ihr Handwerk / nicht hatten ausführen können / ohne die Unterstützung / von Millionen anderen[36]

---

35) Peter Weiss: Stücke Ⅰ, S. 429.
36) Ebd., S. 444.

이는 바로 바이스가 이 작품을 상승구조 속에 작품에 관한 작가의 메시지를 분명히 전달하고자 함에 그 목적이 있음을 말해준다. 그러므로 이 작품이 상승구조를 지니고 있다는 주장이 더 많은 설득력을 얻게 된다.

작품 전체의 내용의 흐름을 볼 때에도 첫 번째 장면인 '승강장의 노래'에서부터 다섯 번째 장면인 '릴리 토플러의 종말의 노래'까지는 강제 수용자들의 수용소 생활과 더불어 개별적인 살인이 상승적으로 그려지며, 여섯 번째 장면인 '하급 친위대원 슈타르크의 노래'에서부터 열 번째 장면인 '독가스 치클론 B의 노래'까지는 친위대원들을 중심으로 강제 수용자들이 집단적으로 학살되는 행위가 그려지는 것이다.[37] 그러므로 이 작품에서는 '릴리 토플러의 종말의 노래'와 '하급 친위대원 슈타르크의 노래'를 통해 강제 수용자들과 친위대원들의 행위가 대비적으로 묘사된다. 다시 말해 이 두 노래의 전반부는 강제 수용자들의 행위가 전면에서 그려지고 후반부에서는 친위대원들의 행위가 전면에 등장한다. 그러면서 바이스는 강제 수용자들의 죽음을 개별적인 죽음에서 집단적인 죽음으로의 상승을 이끈다.

이 두 장면은 더구나 작품 전체의 노래들이 공간적인 장소를 노래의 제목으로 채택한 것과는 달리 개인의 이름을 노래의 제목으로 선택해 서로 대비적으로 구성된다. 특히 '릴리 토플러의 종말의 노래'가 강제 수용자들을 대변하는 인물로 그려지는 반면, '하급 친위대인 슈타르크의 노래'에서는 슈타르크가 친위대원들을 대변하는 인물로 그려지는 것이다.

바이스는 이를 통해 강제 수용자들의 죽음 자체를 묘사하는 데 의미를 두는 것이 아니라 이들의 죽음이 왜 일어나야만 했는가를 밝

---

37) Vgl. M. Durzak: Dürrenmatt, Frisch. Weiss, a. a. O., S. 291.

히는 데 목적을 둔다. 사실 바이스는 강제수용소의 운영이 자본주의
의 결과로 빚어진 사건으로 본다. 즉 바이스는 국가 사회주의(나치)
와 아우슈비츠의 범죄를 자본주의 체제와 착취사회의 산물로서 표현
하려고 했다. 마르크스주의적 문예학자 슈마허(Ernst Schumacher)가
지적한 것처럼 자본주의가 나치즘의 모체이며 강제수용소의 직접적인
원인으로 본다.[38]

바이스는 『수사』의 첫 노래에서부터 이러한 사실을 고발한다. 이
미 강제 수용자들이 도착하고 있는 상황이 묘사되는 '승강장의 노
래'에서부터 수용소 체제의 유지를 가능하게 한 자본주의 산업체의
이름을 거론하며, 이 산업체들이 결국은 이들의 노동력을 이용해 운
영되고 있음을 드러낸다.: "그것은 이게 파르벤/크루프회사와 지멘
스회사의/지사들이었다.(Es waren Niederlassungen/der IG Farben/
der Krupp-und Siemenswerke)"[39] 이들 산업체는 바로 나치시대의
독일의 군수산업체들이다. 이 산업체들이 바로 강제 수용자들의 노
동력 착취에 의해 운영되고 수용소 체제의 유지에 일조하고 있음을
드러낸다.

'릴리 토플러의 종말의 노래'에서도 '수용소 당국과 산업체 사이의
복에 겨운 밀착관계(die segensreiche Freundschaft zwischen der La-
gerverwaltung und der Industrie)"[40]가 적나라하게 폭로된다. 이 노래
에서는 독일 군수산업체들이 수용소 부근에 설립될 때부터 이미 강
제 수용자들의 노동력 이용이 고려되었음을 폭로하는 등 이들의 "착

---

38) Vgl. Ernst Schumacher: "Die Ermittlung" Von Peter Weiss. Über die
    szenische Darstellbarkeit der Hölle auf Erden, in: Sinn und Form 1965,
    H. 3, S. 930ff.
39) Peter Weiss: Stücke Ⅰ, S. 263.
40) Ebd., S. 351.

취의 체계(das System der Ausbeutung)"[41]가 보다 극명하게 드러난다. 강제 수용자들은 하루 11시간의 일을 하고, 전문노동자(Facharbeiter)의 경우는 하루 4마르크, 비숙련노동자는 3마르크의 임금을 받는다. 그러나 이들의 임금은 자신들에게 지급되는 것이 아니라 수용소 당국에 지불되고 있음이 폭로된다. 따라서 강제 수용자들의 노동은 대가가 없는 노동으로 묘사된다. 더구나 이들의 이러한 노동으로 수용소 당국과 산업체와의 관계는 더욱 밀착되고 강제 수용자들의 "무한한 인간소모를 통해(durch unbegrenzten Menschenverschleiß)"[42] 산업체의 생산력은 기하급수적으로 증가하게 된다.

그러나 이들의 노동력은 여기에서 그치는 것이 아니라 다시 자신들의 학살에 기여하게 된다. 특히 바이스는 '독가스 치클론 B의 노래'에서 강제 수용자들의 대량학살에 사용되는 독가스 치클론 B가 바로 이들 산업체에서 만들어진 생산물임을 지적함으로써 이 같은 사실을 고발한다.

마지막 노래에서도 강제 수용자들의 시체를 소각하는 화장로 제조회사인 토프운트 죄네(Topf und Söhne)가 시체소각을 통해 전쟁 후 새로운 특허권을 획득한 사실을 묘사함으로써 이들의 노동력이 이들 산업체의 기술발전에까지 기여하고 있음을 드러낸다. 이들 내용 또한 작품의 전개와 함께 상승구조를 취한다. 바이스는 이미 '릴리 토플러의 종말의 노래'에서 이들의 착취가 단죄가 되지 않은 채 오늘날도 계속되고 있음을 지적하기도 했다.

---

41) Ebd., S. 352.
42) Ebd.

우리 다시 한번 생각해 봅시다 / 이 재벌들의 후계자들이 오늘날 / 엄
청난 흑자를 내고 / 그것이 / 새로운 팽창단계에 / 와 있다는 사실을

Lassen Sie uns noch mal bedenken / daß die Nachfolger dieser
Konzerne heute / zu glanzvollen Abschlußen kommen / und daß sie sich
wie es heißt / in einer neuen Expansionsphase befinden[43]

결국 바이스는 아우슈비츠 사건이 "일정한 사회체제, 바로 자본주
의적 체제의 산물로서(als Produkt eines bestimmten Gesellschaf-
tssystems, eben des Kapitalistischen)"[44] 발생했음을 드러내고 있는
것이다. 바이스는 이미 이 작품이 공연되기 전에 이러한 사실을 직
접 표명하기도 했다.

작품은 현실적인 폭파력을 결여하지 않고 있다. 작품의 대부분은
유대인 말살에 있어서 독일의 대기업의 역할을 다루고 있다. 나는 가
스실을 위한 고객으로서 판명된 자본주의를 낙인찍으려고 한다.

Das Stück entbehrt nicht der aktuellen Sprengkraft. Ein Großteil davon
behandelt die Rolle der deutschen Großindustrie bei der Judenausröttung.
Ich will den Kapitalismus brandmarken, der sich sogar als Kundschaft
für Gaskammern hergibt.[45]

바이스는 심지어 이 사건을 다루면서 작품 속에서 유대인 학살이
나 아우슈비츠를 암시하는 어떤 구절이나 단어를 일체 사용하지 않

---

43) Ebd., S. 352.
44) E. Schumacher: Die Ermittlung von Peter Weiss: a. a. O, S. 944.
45) Zit. nach L. Marcuse: Was ermittelte Peter Weiss?, in: Kürbiskern(1966),
    H. 2, S. 87.

는다. 작품의 제목에 있어서도 이러한 암시를 찾아볼 수 없다.

작품의 제목은 이 사건과는 무관하게 나타난다. 특히 '11개 노래의 오라토리움(Oratorium in 11 Gesängen)'이란 부제목을 지니고 있어 성악극을 연상시킨다.[46] 그러므로 바이스는 아도르노(Theodor W. Adorno)가 "아우슈비츠 사건 이후 시를 쓰는 것을 야만적이다(nach Auschwitz ein Gedicht zu schreiben, ist barbarisch.)"[47]라고 주장한 것과는 달리 이 작품에서 단테의 『신곡』을 토대로 수용된 자들이 겪는 고통의 과정을 상승구조로 표현하면서 아우슈비츠의 사건을 야기한 근본적인 원인을 밝혀낸다.

2) 원형구조(『Popanz』)

『허수아비』도 『수사』와 동일하게 전체가 11개의 장면으로 구성된다. 그러나 『수사』와는 달리 장면마다 제목을 지니지 않고, 각 장면도 세 부분으로 나뉘어 있지 않다. 특히 전체 작품이 2막으로 나뉜 것이 『수사』와의 구성상 다른 점이다. 그러므로 단테의 『신곡』의 구조형식을 벗어나 있지만 바이스가 작품의 제목에서 '노래(Gesang)'를 사용함으로써 단테의 『신곡』과 연관짓고 있다.

포르투갈의 아프리카 식민정책과 억압을 당하고 있는 아프리카인의 저항을 내용으로 하고 있는 이 작품은 『수사』의 상승구조와는 달리 원형구조를 이룬다. 각 장면의 무대는 동일한 장소에서 행해지는

---

46) Vgl. Erika Salloch: a. a. O., S. 44.
47) Theodor W. Adorno: "Kultur und Gesellschaft"(1949), in: Ders.: Prismen, Frankfurt am Main 1987, S. 26.

것이 아니라 포르투갈에서 아프리카로, 아프리카에서 다시 포르투갈로 교체되어 나타난다. 특히 『수사』에서처럼 장면이 독립적으로 분리되는 것이 아니라 내용과 표현형식에서 장면과 장면이 꾸준히 이어진다.[48]

내용상의 연결은 장면 1과 장면 2, 장면 3과 장면 4, 장면 4와 장면 5(우화적 내용의 결합)에서 나타나며 표현형식상의 연결은 장면 5와 장면 6, 장면 6과 장면 7에서 이뤄진다. 그러므로 이 작품은 장면과 장면이 서로 연결돼 하나의 고리를 형성하며 작품 전체적으로는 원형을 이룬다.

특히 장면 1과 장면 11은 포르투갈이라는 동일한 무대에서 행해지고 있을 뿐만 아니라 작품의 상징적인 인물인 허수아비를 장면 1에서 구성하고 마지막 장면인 장면 11에서는 허수아비를 해체함으로써 작품의 시작과 마지막을 연결시킨다. 그리고 제2막에서부터 장면 9까지의 무대가 아프리카에서 장면 10과 11에서는 다시 루지타니엔으로 되돌아옴으로써 포르투갈을 축으로 앙골라와 모잠비크를 포함하는 원형이 완성된다.[49] 이러한 원형 구조 속에서 포르투갈의 식민지 배자와 억압당하는 자의 대결과 함께 포르투갈의 식민정책과 식민지배의 실상을 고발한다.

장면 1에서는 허수아비의 구성과 소개, 현재의 포르투갈의 상황과 식민지배의 기본 노선이 표현된다. 장면의 시작 부분에서부터 화자에 의해 온갖 험담이 열거되는 가운데 허수아비가 구성된다. 허수아비는 "신의 복음을 / 지상에 유포하는 / 것이 루지타니엔의 과제이다 (Es ist Lusitaniens Aufgabe / die gottliche Botschaft / auf Erden zu

---

48) Vgl. H. Rischbieter: Peter Weiss, a. a. O., S. 83.

49) Vgl. H. Rischbieter: Gesang von Lusitanischen Popanz, a. a. O., S. 11.

verbreiten)"[50]라고 역설하면서 자신은 신의 명령을 지닌 인물임을 강조한다.

특히 그는 포르투갈의 앙골라와 모잠비크의 식민지배도 "문명적인 사명(zivilsatorische Mission)"[51]의 일환임을 주장한다. 한편 포르투갈에서는 프롤레타리아계급의 노동착취 행위가 그려지고 이들 프롤레타리아계급과 아프리카 주민들이 저항세력에 의해 선동되고 있음도 그려진다.

장면 2에서는 '문명적인 포교'의 일환으로 행해진 포르투갈의 아프리카 식민지배의 역사가 다루어진다. 5백 년 전 포르투갈 장군 디에고 까오(Diego Cao)가 부하들을 이끌고 아프리카로 건너와 선교의 목적으로 아프리카의 까빈다(Cabinda)와 루안다(Luanda), 꾸네네(Cunene)에 보루를 설치한다. 그러나 그는 원래의 의도와는 달리 주민들의 농토를 탈취하고 주민들의 유괴를 일삼는다. 그로 인해 주민들의 저항이 끊이지 않게 되고, 결국엔 이러한 포르투갈의 식민지배가 아프리카 지역에 "소위 말하는 암흑(das sogenannte Dunkel)"[52]을 야기한 원인이 되었음을 지적한다.

장면 3에서는 포르투갈의 식민지배의 합리화, 그리고 동화자와 비동화자의 이야기를 다룬다. 특히 바이스는 포르투갈의 아프리카 식민지배의 역사가 5백 년이 되지만 식민지배에 동화한 아프리카인은 1%에 불과하고 99%는 비동화자로 살아가고 있음을 폭로한다. 더구나 포르투갈은 비동화자들을 유인하기 위해 비동화자들에게 일정한 규정에 따라 경작권을 부여하는 유화정책을 펴지만 이러한 정책 또

---

50) Peter Weiss: Stücke Ⅱ/1, S. 10.
51) Ebd., S. 17.
52) Ebd., S. 21.

한 식민술책에 불과함을 드러낸다.

　장면 4에서는 포르투갈의 이러한 식민술책의 기만성이 폭로된다. 비동화자들은 식민지배자들로부터 소작권을 획득해 농장을 운영하지만 노동력의 조달문제로 어려움을 겪게 된다. 이들은 노동력의 조달을 위해 식민 지배자를 찾아가지만 문제해결은 고사하고 매질을 당하고 쫓겨나고 만다. 그러므로 이들은 경작권을 얻긴 했지만 무용지물에 불과하고 궁극적으로는 포르투갈의 식민술책에 체념하며 살아가게 된다. 바이스는 이러한 삶을 한 흑인 여성을 통해 묘사한다.

　　나는 최근에 한 흑인 여자를 거기서 보았다 / 그녀의 두 아이가 죽었다 / 그녀는 눈물을 흘리지 않았다 / 평상시처럼 / 그녀는 다음날 일을 했다 / 그녀는 자신의 아이들을 잊어버렸다

　　Sah ich da kürzlich eine Schwarze / Waren ihre 2 Kinder gestorben / Weinte nicht einmal / Arbeitete am nächsten Tag / wie gewöhnlich / Hatte ihre Kinder / vergessen[53])

　비동화자의 삶은 이처럼 비참하고 체념적이다. 이들은 가족들과 헤어진 채 하루 14시간의 중노동과 저임금에 시달리고, 심지어 가족이 그리워 찾아 나서지만 체류 허가증을 지참하지 않았다는 이유로 고문을 당하기도 한다.

　장면 5에서도 흑인 노동자들과 백인 노동자들의 차별과 함께 흑인 노동자들의 비참한 삶이 그려진다. 흑인노동자들은 백인 노동자들에 비해 1/6밖에 되지 않는 임금을 받는 단순한 노동력의 제공자로서 묘사된다. 그들은 노동력만을 제공하는 '말(Pferd)'과 '황소(Ochsen)'

---

53) Ebd., S. 29.

에 비유됨으로써 인간 이하의 대접을 받고 있음을 드러낸다.

특히 이 장면에서 등장하는 아나(Ana)의 이야기는 이러한 사실을 구체적으로 드러낸다. 하녀로 일하는 그녀가 하루 12시간 이상의 노동을 하지만 주인의 명령을 거절했다는 이유로 감옥에 갇히고 마는 그녀의 삶과 운명은 결국 아프리카 흑인 노동자들의 삶과 운명을 대변해 주는 것이다.

제2부가 시작되는 장면 6에서는 포르투갈의 식민지배 이래로 주민들의 생활상이 전혀 변화되지 않고 있음을 고발한다. 포르투갈의 식민지배 이래 앙골라 주민들 가운데 식민지배의 동화자가 100명 중 한 명이었듯이, 100명의 아프리카인 가운데 읽고 쓸 줄 아는 문명자는 한 사람에 불과하다. 더욱이 1백50만 명의 아이들 가운데 정식으로 대학에 진학하는 자는 2명에 불과하다고 이적한다. 이는 결국 5백년간의 "끊임없는 문명적 사명의 대가(der Lohn einer unermüdlichen zivilisatorischen Mission)"[54]가 전혀 보잘 것 없음을 폭로한다.

한편 아프리카 주민들은 자신들의 삶의 질을 개선하기 위해 자치행정과 흑인들만을 위한 학교설립을 식민당국에게 청원한다. 하지만 이러한 청원은 식민당국에 의해 무산되고 오히려 청원서를 제출한 사람들이 구속당한다. 이는 결국 포르투갈의 식민술책이 예전이나 지금이나 여전함을 드러낸다.

장면 7에서는 포르투갈의 식민착취의 실상을 폭로하고 있다. 특히 앙골라의 주 생산물들인 다이아몬드, 석유, 철광석, 커피 등이 서방세계의 회사들에 의해 독점되고 이들 생산물은 모두 앙골라의 주민들의 노동착취를 바탕으로 이루어지고 있음을 언급함으로써 포르투갈의 식민지배가 서방국가들의 경제적인 이익에서 비롯되고 있음을

---

54) Ebd., S. 43.

폭로한다.

장면 8에서도 나토국가들의 경제적인 착취의 고발과 함께 주민들의 봉기가 그려진다. 아프리카인들의 생산물이 결국 유럽인들의 부의 축적용으로 사용되며 이러한 서방국들의 경제적인 이익은 앙골라 주민의 착취에 재환원되고 있음을 폭로힌다.

> 너희들은 너희들의 노동으로 / 유럽의 부를 / 이루게 했다 / 너희들의 철강으로 / 유럽은 이제 너희들을 대항해 / 무장하고 있다

> Mit eurer Arbeit / habt ihr Europas Reichtum / begründet / Mit euerem Eisen / bewaffnet sich Europa jetzt / gegen euch[55]

이는 『수사』에서 강제 수용자들의 노동력을 바탕으로 운영되는 회사들이 독가스를 제조해 강제 수용자들의 학살에 사용하는 상황과 동일하게 나타난다. 그러나 앙골라에 대한 서방국들의 이러한 경제적인 착취는 아프리카인들의 봉기를 야기하는 원인이 된다. 이들은 토지의 경작권과 주택소유, 학교설립 등을 요구하며 교도소와 경찰서를 습격한다.

그러나 주민들의 봉기는 서방세계의 지지 속에 포르투갈의 군대에 의해 무력으로 진압된다. 이에 허수아비는 "신의 도움으로(mit Gottes Hilfe)"[56] 중대한 위기를 극복했다고 자위한다. 그러나 바이스는 주민들의 봉기를 아프리카의 포르투갈에 대한 독립투쟁의 시작으로 표현한다.

---

55) Ebd., S. 50.
56) Ebd., S. 58.

이날은 1961년 3월 15일이다 / 너희들은 이 날짜를 인식하라 / 우리의 독립을 위한 투쟁이 / 시작되었다

Dies ist der 15. März 1961 / Merkt euch das Datum / Der Kampf um unsere Selbstständigkeit / hat begonnen[57]

장면 9에서는 포르투갈의 아프리카식민지배를 공식적으로 지지하는 국가들과 포르투갈과의 밀접한 관계가 폭로된다. 특히 포르투갈의 식민지배를 지지하는 외국의 법무장관을 등장시켜 아프리카 식민지배에 대한 정당성을 피력하게 한다. 그는 아프리카 지역을 방문해 "인종들 사이에 / 평등권이 / 수 세기 이래로 여기에 지배하고 있다(Seit Jahrhunderten herrscht hier / die Gleichberechtigung / zwischen den Rassen)"[58]고 주장하며 어떤 소요나 봉기가 없는 "평화의 섬(Inselndes Friedens)"[59]임을 역설한다. 그러나 모잠비크의 남자들이 남아프리카와 로데지엔(Rodesien), 까땅가(Kantanga) 등지의 광산으로 끌려가 노동을 하고 이들의 임금 가운데 절반은 당국에 의해 착취되는 상황이 묘사된다. 이를 통해 포르투갈 정부에 의한 모잠비크 주민들의 노동착취의 실상을 드러냄으로써 외국 법무장관의 주장이 한낱 허위에 불과함을 폭로한다.

장면 10에서는 포르투갈의 식민지배가 동맹국과의 경제적인 이익의 결속하에서 이루어지고 있음을 폭로한다. 장면 9와 유사하게 포르투갈의 실질적인 금전적인 파트너인 외국 은행장을 등장시켜 포르투갈의 아프리카 식민지배가 포르투갈과 외국 은행장과의 거래관계에서 비롯되고 있음을 고발한다. 특히 포르투갈은 외국 은행장의 금

---

57) Ebd., S. 53.
58) Ebd., S. 59.
59) Ebd.

전적인 지원에 대한 고마움의 표시로 전투기지와 군수산업을 할애하는 등 포르투갈의 식민지배는 이들 국가들과의 철저한 돈거래에서 비롯되고 있음을 드러낸다.

장면 11에서는 포르투갈 내의 정치적인 불안상황과 허수아비의 파괴를 그린다. 포르투갈에서는 식민지배에 대한 아프리카 주민들의 저항만큼이나 프롤레타리아계급의 저항이 거세고 포르투갈 정부는 이들 저항세력들을 투옥시켜 매일 밤 고문을 한다. 그러나 이들의 투쟁은 날로 격렬해진다.

바이스는 이들의 저항을 포르투갈의 식민지배에 대한 아프리카인들의 당연한 저항으로 표현하며, 결국 "식민과 국내정치적 억압으로부터 해방의 상징(Sinnbild für die Befreiung von kolonialer und innenpolitischer Unterdrückung)"[60]인 '허수아비'를 파괴함으로써 포르투갈의 아프리카 식민지배의 종식을 암시한다.

결국 바이스는 처음엔 포르투갈의 식민지배를 시작으로 식민지배의 과정과 실상, 그리고 식민지배의 종식을 암시하는 내용이 하나의 원을 형성하게 한다. 그러면서 그는 포르투갈의 아프리카 식민지배가 포르투갈과 나토국들 간의 정치적, 경제적인 결속하에서 이루어지고 있음을 고발한다. 특히 제2막의 장면 7, 장면 8과 장면 9에서는 이러한 사실을 적나라하게 드러낸다.

장면 7에서는 앙골라의 주 생산물을 독점하는 나토국 소속의 회사명을 일일이 열거함으로써 포르투갈의 아프리카 식민지배의 실체를 분명하게 드러낸다. 장면 8과 9에서는 나토국의 법무장관과 은행장을 등장시켜 포르투갈과 나토국가 간의 정치적 경제적 결속을 명확히 폭로한다.

---

60) M. Haiduk: Peter Weiss' Gesang vom Lusitanischen Popanz, a. a. O., S. 82.

그러나 바이스는 이 작품의 내용적 구성에서는 『수사』와 동일한 형식을 취한다. 이미 언급했지만 바이스는 『수사』에서 첫 번째 노래에서부터 다섯 번째 노래까지, 그리고 여섯 번째 노래에서부터 열 번째 노래까지 양분해 내용의 흐름을 전개하였다. 즉 전반부에서는 수용된 자들의 고통이 전면에 나타난 반면, 후반부에서는 수용소 친위대원들의 학살행위가 작품의 전면에 부각되어 나타난다. 『허수아비』에서도 이러한 구성형식을 취하고 있는 것이다.

이 작품에서는 제1막과 제2막이 내용적으로도 서로 대비된다. 제1막에서는 포르투갈의 아프리카 주민들의 착취와 아프리카 주민들의 고통이 작품의 전면에 나타나며, 제2막에서는 포르투갈의 아프리카 식민지배의 실체와 아프리카 주민들의 저항이 작품의 전면에 등장한다. 그러나 바이스는 『수사』와는 달리 내용의 상승을 추구하는 것이 아니라 내용의 꾸준한 연결을 통해 처음과 끝이 일치되는 원형구조를 만들어 낸다.

바이스는 이를 통해 포르투갈의 식민지배와 이를 지지하는 북대서양 조약기구의 가입국들에 대하여 비판을 가한다. 그러나 바이스는 아프리카 주민들의 저항이 해방으로 이어지고 있음을 드러낸다. 특히 마지막 장면에서 식민지배의 상징적인 '허수아비'의 파괴와 함께 이러한 바이스의 의지가 분명히 드러난다. 그러므로 바이스는 포르투갈의 아프리카 식민지배가 영구적으로 가능한 것이 아니라 주민들의 저항이 곧 해방으로 이어질 것임을 암시한다. 이러한 해방에 대한 암시는 바이스가 단테의 천국의 개념을 의식해 이 작품을 썼음을 알 수 있다.

바이스는 단테의 천국을 '항상 해방을 기다리는 성스러운 자와 희생자들의 장소'로 여겼다. 때문에 바이스는 『수사』에서처럼 억압자와 착취자들의 묘사가 아니라 아프리카인들의 저항이 곧 해방이 다가오고 있음을 암시하게 한다. 이는 곧 단테의 천국의 개념을 새롭게 정의한 내용과 일치한다. 단테가 보답이 이루어지는 곳을 천국이라고 간주했다면, 이 시대의 천국은 저항에 대한 보답이 해방임을 암시한다. 더구나 바이스는 이 작품 전체를 음악극으로 구성해 이러한 암시를 강하게 한다. 이는 이 작품의 제목과 '2막으로 음악이 있는 연극(Stück mit Musik in 2 Akten)'이란 부제목에서도 잘 드러난다.

바이스는 이 작품의 서문에서도 극 전체가 음악이 토대를 이루고 있음을 밝힌다.

> 무대의 가장자리일지라도 가능하면 3명 또는 4명의 악사들이 배우들을 지원한다. 그들이 때때로 배우들과 함께 무대에서 움직이면 효과적이다. 그들의 악기들은 아코디언, 하모니카, 기타, 피리 그리고 탬버린으로 하기를 제안한다.

> 3 oder 4 Musikanten unterstützen die Spieler. wenn möglich sichtbar am Rand der Bühne. Vorteilhaft ist es, wenn sie sich zuweilen auf der Bühne mit den Spielern bewegen. Ihre Instrumente sind vorschlagsweise Ziehharmonika, Mundharmonika, Gitarre, Flöte, Handtrommel.[61]

이 작품에서는 실제로 음악이 전면에 등장한다. 바이스는 아리아를 비롯해 거리가수의 노래(Bänkellied)와 후렴구(Refrain), 돌림노래(Kanon) 등 다양한 음악적인 요소들을 사용한다. 특히 이들 노래가 합창과 연관되어 나타남으로써 전체 작품을 음악화한다.[62]

예를 들면 장면 4에서는 합창과 돌림노래가 연이어 나타나며, 장

---

61) Peter Weiss: Stücke Ⅱ / 1, S. 8.
62) Vgl. Manfred Haiduk: Peter Weiss' Gesang vom Lusitanischen Popanz, a. a. O., S. 79f.

면 10에서는 배우 1이 마이크로폰으로 먼저 노래를 부르고 이어서 배우 2, 배우 3 그리고 배우 4가 후렴을 한다.

특히 이 장면에서는 이와 함께 "세계의 다른 모든 것보다 / 그는 금전과의 거래를 더 높이 평가하기 때문이다.(Denn höher als alles andere in der Welt / schätzt er seinen Umgang mit Geld)"[63]란 후렴귀를 5회 반복해 사용함으로써 전체 장면이 일종의 돌림노래를 연상시킨다. 더구나 바이스는 합창의 사용에 있어서도 선창자(Vorsänger)를 포함해 구성함으로써 음악적 효과를 상승시킨다.

바이스는 『수사』에서도 물론 음악을 사용한다. 『수사』의 부제목인 '11개 노래의 오라토리움(Oratorium in 11 Gesängen)' 또한 『허수아비』와 마찬가지로 음악이 사용되고 있음을 암시한다.

그러나 바이스는 『수사』에서 오라토리움[64]을 사용해 수용된 자들의 고통과 억압을 수난이 아니라 객관적인 사실로 고찰할 수 있도록 하는 데 기여한다. 그러므로 음악이 『수사』에서는 정적으로 표현되고 있는 반면, 『허수아비』에서는 동적으로 나타난다. 『허수아비』에서는 무엇보다 배우들이 교대하며 노래를 주고받는 등 극의 분위기를 활동적으로 만든다. 바이스는 전체 작품을 원형구조로 만들면서 다양한 음악적인 요소를 사용해 단테의 천국의 개념을 표현하고 있는 것이다.

---

63) Peter Weiss: Stücke Ⅱ / 1, S. 63.
64) 오라토리움은 정적이고 비드라마적이며 주로 비활동적인 특성을 가지는 일종의 오페라형식의 영적인 음악(ein opernartiges Musikwerk)이다.(Vgl. E. Schumacher: Die Ermittlung von Peter Weiss, a. a. O., S. 937. Vgl. Heinrich Peuckmann: Peter Weiss. Die Ermittlung. Ein Unterrichteinheit, in: Sammlung 3('86), S. 193.)

3) 반복구조(『Viet Nam Diskurs』)

『베트남 토론』은 정복과 투쟁으로 점철되고 있는 베트남의 전체 역사를 다룬다. 작품 전체는 1부와 2부로 나누고 있으며 각 부는 다시 11단계로 분류한다. 각 부를 다시 11단계로 나눈 것은 『수사』와 『허수아비』가 취한 분류형식을 취하였기 때문이다. 그러나 『허수아비』에서처럼 각 단계별로 제목을 붙이지 않는다.

작품의 제목에서 이미 암시하고 있듯이 제1부는 '베트남의 선사시대와 오래 지속되는 해방전쟁의 진행과정(die Vorgeschichte und den Verlauf des lang andauernden Befreiungskrieges in Viet Nam)'을 다루고 있으며, 제2부는 '혁명의 토대를 파괴시키려는 미국의 시도(die Versuche der Vereinigten Staaten von Amerika, die Grundlagen der Revolution zu vernichten)'를 내용으로 한다.

시기적으로 볼 때 제1부는 베트남의 역사가 시작된 기원전(B.C.) 500년경부터 호치민에 의해 1945년 베트남 민주공화국의 독립이 선포된 후 1년까지의 약 2천5백 년의 역사를 다루며, 제2부는 1954년부터 1964년까지 10년의 기간을 다룬다. 그러므로 제1부와 제2부를 시기적으로 구분할 때 완전한 불균형을 이룬다.

제2부에서 다루어지는 10년의 기간은 제1부의 한 단계에서 다루어지는 기간보다 더 짧다. 물론 제1부의 각 단계에서 다루고 있는 기간도 각각 달리 나타난다. 제1부 1단계의 경우 약 5백 년간의 베트남의 초기 역사를 다루고 있지만 11단계의 경우는 2년의 기간을 다룬다. 이와 같이 단계별로 역사적인 기간을 달리 구분한 것은 바이스의 베트남에 대한 역사적 발전에 따른 인식에 기인한 것이다.[65]

---

65) Vgl. M. Durzak: a. a. O., S. 313.

바이스는 제1부에서 베트남의 역사를 정복과 투쟁의 연속으로 보고 있으며, 제2부에서 집중적으로 논의되고 있는 미국의 베트남 지배도 이러한 역사인식에서 비롯되고 있다고 판단한다.

실제로 베트남의 역사는 계급투쟁의 역사였다. 선사 시대 때부터 중국의 침입을 받기 시작한 베트남은 제국이 성립되기까지 중국 왕조들의 변천과 함께 나라를 정복당했고, 16세기 초에는 서방세력인 포르투갈과 네덜란드의 간섭을 받기 시작했다. 19세기 초에 프랑스의 간섭을 받기 시작한 베트남은 1931년에 완전히 프랑스 식민지가 되었으며, 1940년 인도지나전쟁으로 인해 일본의 지배를 받다가 2차 세계 대전이 연합군의 승리로 끝나자 연합국의 중심세력인 미국의 지배를 받게 된다.

바이스는 이러한 베트남의 역사를 작품에 그대로 수용한다. 그러나 바이스는 『수사』의 상승구조나 『허수아비』의 원형구조와는 달리 『베트남 토론』에서는 반복구조형식을 취한다. 작품의 내용이 줄거리의 흐름과 함께 상승하거나 각 단계의 연결이 하나의 고리를 형성해 원을 이루는 것이 아니라 실제 베트남 역사의 과정처럼 '항상 다시(Immer wieder)' 되풀이되는 반복구조를 취한다. 그러므로 제1부에서는 정복과 해방투쟁이 그리고 제2부에서는 미국의 베트남 침략을 위한 전술이 반복적으로 그려진다. 전체적인 내용을 볼 때에도 베트남 주민들의 저항이 전면에 나타나는 것이 아니라 고통이 전면에 나타난다.

제1부의 1단계에서는 중국 농부군인들의 침입과 베트 락(Viet Lac) 건설, 중국 진(Tsin)왕조의 남하정책과 남 베트(Nam Viet)건설, 그리고 남베트 군주들의 저항이 전개되며, 2단계에서는 남베트의 봉건영주들의 주민들 감시와 착취, 중국의 침입자들에 의한 안 남(An Nam) 제국의 건설, 그리고 이들에 의한 착취와 주민들의 저항이 그려진다.

그러나 주민들의 저항은 결국 침략자들에 의해 말살되고 만다.

3단계에서는 안 남의 황제에 의해 주민들이 이용당하는 상황이 묘사된다. 황제는 남쪽지방을 위협하는 참파제국과의 전투를 위해 전쟁참가자의 진급과 농토 분할을 약속하며 주민들의 무징을 강요한다. 주민늘의 참여로 전쟁에서 승리를 히지만 약속을 어기고 메콩까지 진군해야 한다며 계속적인 전투를 강요한다.

4단계에서는 지금까지의 세습적인 지배자가 아닌, 주민출신의 지배자인 레 로이(Le Loi)황제가 등장한다. 그러나 그 또한 기존의 지배자들처럼 주민들에 대한 착취를 일삼게 되고 심지어 호화로운 생활과 향락을 일삼는다. 이로 인해 그는 결국 주민들에 의해 살해된다. 그가 제거되자 군주들 간의 왕위쟁탈전이 벌어지고 베트남은 남북으로 분리된다. 남쪽지방은 느웬(Nguyen)군주가, 북쪽지방은 찡(Trinh)군주가 지배한다. 이들 군주들은 각각 서방의 침략세력인 포르투갈과 네덜란드의 지지를 받으며 전쟁을 치루고 결국엔 외세의 도움을 받지 않은 주민의 선봉자인 다이 선(Tay Son)이 베트남 제국을 통일하게 된다.

5단계에서는 프랑스의 베트남 지배를 위한 전략이 폭로된다. 베트남을 간섭하기 시작한 프랑스가 느웬(Nguyen)군주의 잔재세력과 결탁하여 다이 선의 정권을 붕괴시키고자 한다. 특히 프랑스는 그의 정권을 타도하기 위해 병력의 투입과 무기의 지원을 약속하고 그 대가로 베트남의 일부 섬에 대한 통치권과 무역권을 획득하게 된다.

6단계에서는 프랑스의 지배로 주민들의 저항이 제기되자 프랑스는 자신들의 대변자인 지아 롱(Gia Lon)을 황제로 등극시키고 그를 통해 베트남의 지배에 유리한 법안을 선포하게 한다. 그리고 새로운 법안으로 주민들에 대한 착취를 강요하게 된다. 이에 주민들은 프랑스의 선교사들을 죽이는 등 저항을 한다. 그러나 주민들의 저항은 프랑스에 의해 무력으로 진압되고 결국엔 프랑스의 병력을 주둔하도록 하는 구실을 만들고 만다.

7단계에서는 프랑스의 지배가 본격화되자 고관들이 프랑스의 지배에 반대하며 반란을 일으킨다. 이에 프랑스는 또 다시 무력으로 진압하고 내륙까지 침공을 한다. 주민들의 소요를 근절하기 위해 무기소유 금지와 통행금지를 실시하며 주민들의 노동착취를 강요한다. 주민들은 프랑스의 횡포가 심해지자 산으로 들어가 무장을 한다. 그러자 프랑스는 테러방지를 위해 군대를 투입하고 주민들을 더욱 철저히 감시하게 된다. 그로 인해 주민들의 불만이 증폭되고 결국 프랑스는 유화책으로 술과 아편을 주민들에게 판매하는 등 식민술책을 펼치게 된다.

8단계에서도 베트남 주민들의 착취가 계속 이어진다. 그러나 이 단계에서는 프랑스의 베트남 주민들의 착취에 대한 극단적인 상황이 그려진다. 프랑스는 자신들의 유럽전쟁에 베트남의 주민들을 참가시킨다. 이로 인해 프랑스는 전쟁에서 승리하지만 베트남 병사들에게 보상은 고사하고 프랑스에 거주시키며 공장 등지에서 중노동을 시킨다.

9단계에서는 이러한 프랑스의 이율배반적인 행동에 대한 베트남인들의 투쟁이 구체적으로 묘사된다. 특히 베트남 지하혁명조직의 결성을 통해 그동안의 수동적인 투쟁에서 능동적인 투쟁의지로 표현된다. 이들은 지지기반을 얻기 위해 조직적으로 주민들을 계몽시키고 프랑스의 식민지배에 대한 "전체 국민의 저항(ein Widerstand des ganzen Volkes)"[66]을 시도한다.

10단계에서도 이들 혁명 조직의 투쟁이 계속된다. 그러나 이 장면에서는 인도지나전쟁으로 프랑스가 패배해 베트남을 떠나게 된다.

---

66) Peter Weiss: Stücke Ⅱ/1, S. 150.

이러한 틈을 이용해 일본이 베트남을 지배하게 되고 베트남 주민들은 일본에 대항해 투쟁을 한다. 특히 이들은 베트남의 해방을 위한 위원회를 조직해 베트 민(Viet Minh)의 군대를 중심으로 무력투쟁과 함께 정치투쟁을 전개한다.

11단계에서는 이러한 베트남인들의 **투쟁을** 토대로 임시정부인 베트남 해방국가위원회(Das Nationale Komitee zur Befreiung Viet Nams)가 조직되고 2차대전의 패배로 일본이 베트남에서 물러나자 베트남 해방국가위원회는 해방운동의장인 호치민(Ho Chi Minh)의 주도하에 베트남 민주공화국(die Demokratische Republik Viet Nam)의 건설을 선포하게 된다. 그러므로 베트남에서는 수 세기 동안 존속되었던 군주제가 붕괴되고 새로운 공화국이 탄생하게 된다. 그러나 2차 세계 대전에서 연합군이 승리를 하자 베트남은 다시 프랑스의 지배하에 있게 된다.

이와 같이 제1부는 정복과 투쟁의 반복으로 이어진다. 특히 1단계에서 4단계까지는 베트남국가가 탄생되기까지의 정복과 투쟁의 역사를 그리며, 5단계에서부터 8단계까지는 프랑스 식민지배의 착취와 베트남인들의 저항이 반복적으로 그려진다.

9단계에서 11단계까지는 시대적인 상황과 함께 베트남인의 혁명운동에 의한 베트남 민주공화국이 건설되기까지의 과정을 그린다. 그러나 베트남 민주공화국의 탄생은 자신들의 힘에 의해 성취되었다기보다 시대적 사건에 의해 프랑스와 일본의 식민지배가 종식되었음을 드러냄으로써 베트남의 역사적 운명을 그려낸다.

제2부에서도 마찬가지이다. 바이스는 제2부에서 베트남의 운명이 미국의 제국주의에 의해 연속 지배되고 있음과 더불어 미국의 제국주의를 근본적으로 비판한다. 특히 바이스는 미국의 베트남 침략이 미국의 경제적 이익에서 비롯되고 있음을 지적한다.

이미 1단계에서부터 이러한 사실이 잘 드러난다. 여기서 미국의 국무성 비밀회담과 아이젠하워 연설, 상원토론, 국가안전위원회 비밀회의의 회담내용이 열거된다. 이들 회담을 통해 미국의 베트남 침략의 근본적인 목적이 경제적 이익 추구에 있음을 드러낸다. 특히 이들 회담 가운데 국무장관회의에서 베트남이 아시아 최고의 지하자원 생산국이라는 국무성의 모르튼(Thruston Morton)의 보고와 아이젠하우어 대통령의 전시경제가 실업자해소에 기여한다는 연설은 미국의 베트남 침략이 '사업'의 일환으로 간주하고 있음을 폭로한다.

2단계에서는 미국의 베트남 침공을 위한 주변국가로부터 지지를 얻는 과정이 묘사된다. 미국은 영국과 프랑스에서 외무장관회의를 개최하며 영국의 협조를 요청한다. 그러나 영국은 미국의 베트남 침략에 대해 미온적인 입장을 보인다. 영국은 베트남 침략은 철저한 계획이 요구되어야 한다며 전쟁개입을 원치 않는다. 그러나 이어서 개최되는 국가안전위원회 회의에서 아이젠하워는 프랑스의 최후의 전략지였던 디엔 비엔 푸(Dien Bien Phu)가 함락된 것은 프랑스와 미국의 패배를 의미하는 만큼 베트남 침략은 반드시 성취되어야 함을 주장한다. 그리고 그 일환으로 친미성향을 지닌 디엠을 중심으로 베트남에 친미적 정부를 구성하는 것이 급선무라며 베트남의 정부구성을 계획한다. 특히 여기서 디엠이 미국의 첩보기관인 CIA에 의해 미리 교육된 인물로 묘사됨으로써 미국의 베트남 침략이 철저한 계획 속에서 이루어지고 있음을 드러낸다.

3단계에서는 백악관회의에서의 베트남 침략에 대한 영국의 최종적인 지지요구와 프랑스의 외무장관실 회담에서 제네바협상에서의 유리한 위치를 확보하기 위한 전략이 논의되고, 마지막 부분에서는 제네바협정이 체결되었음이 표명된다.

4단계에서는 제네바 협정이 체결된 후 남베트남에서의 친미적 정부인 디엠정권의 실질적인 구축문제가 미국 고문들 사이에서 논의된다. 특히 이들은 북베트남 난민들을 선동해 디엠정권의 홍보활동에 이용하되 궁극적으로는 소유의 증가를 목적으로 하는 자본주의의 체제우위를 주민들에게 인식시켜야 한다고 주장한다.

5단계에서는 북베트남의 실상과 함께 공동분배·공동경작을 추구하는 사회주의 체제가 그려진다. 특히 이 장면에서는 미국대통령이 디엠에게 친서를 보냄으로써 디엠과 미국의 유착관계가 폭로된다.: "당신 디엠씨 / 정부의 우두머리로서 / 우리의 원조와 / 결부된 / 조건들을 / 준수해야만 한다(Sie Herr Diem / als Chef der Regierung / müssen sich an / die Bedingungen halten / die verknüpft sind / mit unser Hilfe)."[67] 이는 결국 디엠의 정권이 미국의 꼭두각시 노릇을 하고 있음을 폭로하고 있는 것이다. 그러므로 디엠은 미국의 '조건들'을 이행하기 위해 체제를 위협하는 베트 민(Viet Minh)의 잔류조직들을 소탕하게 된다. 그러나 이들 불순세력에 의해 디엠정권의 실체가 폭로된다. 특히 디엠 정권이 제네바협정에서 합의된 남북동시선거를 거부하는 것이 미국과의 합의에서 비롯되고 있음을 폭로한다.

6단계에서는 북베트남인들에 의해 남베트남의 제네바협정준수가 촉구되고 미국의 지배 후의 베트남의 상황이 언급된다. 특히 베트남에 대한 미국의 원조 대부분이 군사적인 목적으로 사용되었기 때문에 미국의 남베트남 지배 후 상황이 더욱 악화되었음이 언급되고, 남베트남이 제네바협정을 준수하지 않는 것은 북베트남의 사회주의에 비해 체제의 우위를 확보하는 데 자신이 없음을 폭로한다. 하지만 디엠의 미국방문을 통해 미국과 디엠과의 관계가 더욱 돈독해지고 있

---

67) Ebd., S. 222.

음을 드러낸다.

7단계에서는 미국과의 협의하에 국가소요를 근절하기 위해 새로운 법률이 선포되고 방어마을과 방공호의 구축과 함께 북베트남에 대한 공격준비를 시작하는 상황이 묘사된다. 북베트남인들은 남베트남에서 소요로 인해 수십만 명에 달하는 남베트남인들이 학살되거나 감옥에 갇혀 있다고 폭로하며 제네바협정의 준수를 요구한다. 그러면서 이들은 사회주의 체제만이 전체 베트남의 진정한 해방의 토대를 구축할 수 있다며 미국의 침략에 대비해야 한다고 피력한다.

8단계에서 미국은 대중들로부터 지지를 받지 못하고 있는 디엠정권의 유지에 어려움이 있음을 확인하고 의회의 동의를 얻어 북베트남의 공격을 서둘러야 한다는 미국의 전략이 폭로된다. 특히 남베트남에서 독재정권의 붕괴와 정치범의 석방, 점령세력의 추방 등에 대한 주민들의 요구가 날로 증가하고 있기 때문에 베트남의 침략이 시급한 과제라고 주장한다. 그러나 이 시점에 맞춰 북베트남에서는 남베트남을 제국주의로부터 해방시키기 위한 민족전선이 형성된다.

9단계에서 미국에서 새로운 집권세력인 케네디정권의 등장과 함께 미국의 북베트남 공격에 대한 계획이 구체적으로 언급된다. 특히 미국은 게릴라전을 전개하고 있는 북베트남을 침략하기 위해 단계적으로 전투계획을 수립하고 백서까지 작성한다. 더구나 북베트남의 침공을 위해 북베트남의 게릴라들을 자극해 공격을 유도한 뒤 전쟁을 수행해야 한다고 언급함으로써 미국의 베트남 침략의 교활한 전술을 드러낸다. 게다가 디엠이 케네디 대통령의 초청을 받게 되는 사실이 묘사됨으로써 미국의 베트남 침략전쟁은 정권교체 후에도 일관되게 유지되고 있음을 드러낸다.

10단계에서는 존슨 대통령으로 정권이 바뀌면서 지금까지의 미국의 베트남 침략 계획에 대한 미국의회의 승인이 이루어지고, 마지막 장면인 11단계에서는 의회의 동의를 얻은 미국의 공격에 대한 북베트남인들의 전투준비 상황이 그려진다.

너희들은 최악의 상황을 / 대비하라 / 적은 우리의 나라에서 / 건설된 모든 것을 / 황폐화하려고 / 할 것이다 / 적은 우리나라의 / 모든 생명체를 / 전멸시키려고 / 시도할 것이다

Bereitet euch vor / auf das Schlimmste / Der Feind wird versuchen / alles Erbaute / in unserem Land / zu verwüsten / Der Feind wird versuchen / alles Lebendige / in unserem Land / zu vernichten[68]

제2부에서는 제1부처럼 각 단계별로 역사적인 발전시기가 구분되어 묘사되기보다는 미국의 베트남 침략에 관한 회의와 정책내용이 일관되게 펼쳐진다. 특히 제2부에서 나타나고 있는 미국의 베트남 침략논쟁은 제1부의 11단계에서 나타나고 있는 프랑스의 베트남 지배의 연장선상에서 연결된다.

『베트남 토론』에서는 『허수아비』처럼 시작과 끝이 연결되는 것이 아니라 침략과 정복으로 점철되는 베트남 전체 역사의 역사적인 사건들이 '항상 다시' 반복된다. 즉 제1부에서는 베트남의 정복과 투쟁의 역사가, 제2부에서는 미국의 베트남 침략에 관한 토론이 반복되고 있는 것이다.

특히 제2부에서는 미국의 베트남 침략정책이 아이젠하워 대통령, 케네디 대통령 그리고 존슨 대통령에 이르기까지 일관되고 있음을 나타낸다. 이는 제1부의 초창기 중국과 프랑스에 의해 반복되고 있는 베트

---

68) Ebd., S. 262.

남 침략과 정복과도 유사성을 드러낸다. 그리고 전체적으로 볼 때에는 침략과 정복으로 점철되고 있는 베트남의 수난의 역사를 단테의 『신곡』의 연옥부분과 관련시킨다.

바이스는 연옥을 '오늘날의 투쟁의 장소인 동시에 회의와 모순의 장소'로 규정짓고 있으며 베트남의 역사가 바로 이와 연관됨을 제시하고 있다. 더구나 바이스는 「베트남 토론」의 결론부분에서 『허수아비』에서 '해방(Befreiung)'이란 단어를 사용한 것과는 달리 '투쟁'이란 단어를 사용함으로써 '투쟁의 장소'인 단테의 연옥과 연결시키고 있는 것이다. 또한 『베트남 토론』은 『허수아비』처럼 음악극이 아니라 베트남 전체의 역사를 축약해 일종의 역사교과서란 느낌을 준다.

연극적인 요소도 『허수아비』에 비해 상대적으로 적게 사용된다. 제1부에서는 판토마임과 주해가 많은 공간을 차지하고 있어 미학적으로 단조롭고 제2부에서는 오직 대화의 연속으로 이어져 줄거리의 흐름이 정적이며 거의 신체적 동작이나 감정적 호소가 없을 정도로 무미건조하다.[69]

물론 작품의 제목 또한 예외는 아니다. 작품의 제목이 일반 드라마보다는 상당히 길다. 그리고 『마라 / 사드』처럼 제목이 작품의 내용을 요약해 함축적으로 표현하는 것이 아니라 작품의 외적인 요약만을 표현한다.[70] 그러므로 바이스는 『베트남 토론』에서 전체 내용을 단테의 연옥부분과 연관시키면서 반복구조를 통해 베트남의 전체 역사적인 운명을 그려내고 있다고 할 수 있다.

---

69) Vgl. Franz P. Haberl: Peter Weiss's documentary Theater, in: Books abroad 43 ('69), S. 362.
70) Vgl. M. Durzak: a. a. O., S. 306.

VII

바이스 기록극의
무대 상연

바이스는 기록극의 구조를 기존의 드라마와는 달리 구성하였다. 이러한 경향은 무대 구성에서도 동일하게 나타난다. 바이스는 무대 구성에 있어서 시대의 방대한 소재를 취하는 기록극의 내용에 비해 무대를 단순하게 만든다. 이는 무대 구성에서부터 배우들의 의상과 동작까지 그대로 실현된다.

『수사』의 무대는 원래 아우슈비츠 유대인 학살사건을 재판하는 프랑크푸르트 법정이고 『허수아비』는 포르투갈과 앙골라가 무대이다. 『베트남 토론』은 베트남이 무대이다. 그러나 바이스는 작품의 상연에 있어서 실제적인 무대를 재구성하는 것을 목표로 하지 않았으며 오히려 무대를 단순화시키려고 했다.

바이스는 『수사』에서 이미 "드라마 상연에 있어서 수용소에 관한 심문이 행해진 법정을 재구성하려는 시도가 있어서는 안 된다.(Bei der Aufführung dieses Dramas soll nicht der Versuch unternommen werden, den Gerichtshof, vor dem die Verhandlungen über das Lager geführt wurden, zu rekonstruieren.)"[1]고 밝히고 있다. 이는 바이스가 무대 구성을 실제적인 프랑크푸르트재판을 재현하는 것이 아니라 자

---

1) Peter Weiss: Stücke Ⅰ, S. 259.

신의 드라마적인 의도에 따라 무대를 구성하고 있음을 말해준다. 이 작품의 실제 무대는 프랑크푸르트에서 2년간 4백 명 이상의 증인들이 출두해 진술한 거대한 법정현장이다. 그러나 바이스는 18명의 피고인과 9명의 증인만을 무대공간에 등장시키고 증인석과 피고인석, 판사, 검사, 변호사석을 동일한 공간에 배치시킴으로써 무대를 극단적으로 단순화시킨다.

『허수아비』와 『베트남 토론』에서도 마찬가지이다. 『허수아비』의 무대는 무대공간을 경계 짓는 "두세 개의 거친 판자벽(Ein paar grobe Bretter –wände)"[2])과 무대의 오른편 절반에 세워지는 허수아비의 인물이 구성의 전부다. 『베트남 토론』은 "무대의 전체 뒷벽 앞에 길쭉한 언덕(Vor der gesamten Rückwand der Bühne eine schmale erhöhte Ebene.)"[3])과 "양 측면에는 각각 하나의 길쭉한 흰색의 연단(An den beiden Seitenwänden je ein langgestrecktes weißes Podest)"[4])이 무대구성의 전부이다. 그러므로 이 작품들에서 수많은 역사적인 사건이 벌어지고 있음에도 불구하고 무대를 매우 단순하게 구성하고 있음을 알 수 있다.

특히 『베트남 토론』에서는 무대의 연단을 조립식으로 구성해 실용성도 함께 추구한다. 이 조립식 연단은 제1부에서는 연단으로 사용되지만 제2부(6단계)에서는 회의용 탁자용으로 사용된다.

무대 구성의 단순화는 물론 인물들의 의상과 소도구의 사용에 있어서도 이어진다. 바이스는 기록극에서 배우들의 의상과 소도구를 매우 절제하여 사용한다. 이들의 의상이 장식적이거나 화려하지 않고 "일상적(alltäglich)"[5])이다. 『수사』에서 피고인과 증인들은 일상적인

---

2) Peter Weiss: Stücke Ⅱ / 1, S. 8.
3) Ebd., S. 76.
4) Ebd.
5) Ebd., S. 8.

옷 또는 수용복들을 입고 등장하며 『허수아비』에서도 아프리카 주민들은 일반적인 의상을 사용하고 있다. 『베트남 토론』에서도 마찬가지다. 특히 이 작품에서는 수많은 역사적인 인물들이 등장하기 때문에 배우들의 의상을 절제하기가 어렵다.

그러나 바이스는 흑백기법을 통해 지배자와 피지배자들을 구분한다. 즉 그는 베트남 역사의 고대와 중기(중세) 그리고 중국의 봉건주의 시대의 모든 인물들은 동일한 형태의 검은 옷을 입게 하고 제국주의 식민세력과 그들의 추종자들 및 대변자들은 동일한 형태의 흰옷을 입게 함으로써 인물들의 의상을 단순화시킨다.[6]

소도구의 사용에 있어서는 더욱더 절약적이다. 『수사』에서는 소도구를 일체 사용하지 않으며, 『허수아비』와 『베트남 토론』에서는 필요한 것만으로 절제되어 사용된다. 『허수아비』에서는 열대지방 헬멧과 십자가상, 주교모자, 막대기, 자루 등이 사용되며 『베트남 토론』에서는 헬멧과 방패, 무기, 망토, 장식물이 활용된다. 이러한 소도구는 배우들의 의상을 장식하기 위해 사용되는 것이 아니라 인물들의 역할 교체를 위해 사용된다. 그러므로 바이스는 인물들의 역할 교체를 의상과 장식물들의 치장을 통해서가 아니라 단순한 상징적인 소도구를 사용해 실행한다.[7] 이는 바로 바이스가 관객으로 하여금 환상을 버리게 하기 위함이다. 특히 소도구의 사용 과정을 관객들에게 보여주게 함으로써 관객의 환상을 제거한다.

『허수아비』에서는 실제로 허수아비의 인물이 무대에서 직접 만들어지는 과정을 관객들에게 보여준다. 배우들은 온갖 험담을 하며 허수아비에게 연미복조끼와 원통, 넓은 훈장의 수를 매단다. 그리고 그

---

6) Vgl. ebd., S. 76.
7) Vgl. M. Haiduk: a. a. O., S. 211.

들은 인물들의 역할 교체를 위한 소도구로 사용되는 십자가상이나 방망이 등을 매달아 놓고 필요할 때 이를 사용한다.

예를 들면 이 작품의 장면 4에서 소작농이 노동력이 필요해 마을의 수장인 데 뽀스토를 찾아간다. 그러나 그는 노동력을 조달해주기는커녕 오히려 자기 집에 찾아왔다는 이유로 매질을 한다. 이때 그가 허수아비에 매달린 방망이를 가지고 소작농을 구타한다. 이는 데 뽀스토와 허수아비의 관계를 연결시키고 보여주는 무대를 구성한다. 이렇게 예술생산의 제작방법이 관객들에게 투시되기 때문에 반(反)환상적임은 물론 현실이 시야로 들어오게 된다.

이러한 반환상적인 요소는 『베트남 토론』에서 인물들의 움직임에서도 나타난다. 이 작품에서 바이스는 인물의 움직임을 도식적으로 단순화시킨다. 모든 등장인물들을 N, NO, O, SO, SW, W 그리고 NW방향에서 움직이게 한다. 특히 "제1부의 무대에서 이들 인물들의 지리학적 방향은 실제적인 지리적 관계와 일치한다.(Hierbei entsprechen im Ersten Teil die geographischen Richtungen auf der Bühne weitgehehend den realen geographischen Verhältnissen.)"[8] 즉 중국 제국은 북쪽, 푸난과 참파는 남쪽, 베트남은 한가운데의 위치를 차지한다. 이러한 위치에 따라 배우들을 움직이게 함으로써 관객들에게 혼란을 방지하게 한다.

실제로 바이스는 『베트남 토론』의 서문에서 작품의 상연에 있어서 극단적인 단순함이 중요하며 가장(假裝)의 포기와 절제된 개개 무대장치의 제한은 배우들의 말과 제스처를 관객들이 인식하는 데 필요한 핵심이 되어야 한다고 피력하기도 했다.[9]

---

8) Peter Weiss: Stücke II / 1, S. 76.
9) Vgl. ebd., S. 77.

이와 같이 무대구성의 단순함과 의상과 소도구의 절제된 사용은 기록극의 사실성을 전달하기 위해 관객들로 하여금 환상적인 것을 배제하기 위함이다.

물론 무대조명에 있어서도 반환상적인 특징이 드러난다. 바이스는 『수사』와 『허수아비』, 『베트남 토론』 모두에서 무대조명을 밝게 유지하게 한다. 『베트남 토론』에서는 무대조명뿐만 아니라 무대공간 또한 흰색으로 유지하게 한다. 그러므로 이러한 무대 구성은 결국 환상적인 요소를 제거함과 동시에 양식화와 객관화는 물론 명료화를 추구하고 있는 것이다.[10] 그러나 무엇보다도 바이스가 작품의 상연에 있어서 중요하게 여긴 것은 필름의 사용이다. 이를 통해 기록극의 핵심이 되는 사건의 명료화와 실제화를 추구한다.

바이스는 『수사』뿐만 아니라 『허수아비』, 『베트남 토론』을 상연할 때 상황의 인식을 구체화하기 위해 필름을 사용하였다. 특히 『수사』의 상연에서는 아우슈비츠 강제수용소의 현장모습을 담은 필름을 작품의 줄거리의 전개와 함께 보여주었으며 피고인들의 실제 사진을 무대의 뒷부분에 배치하기도 했다. 『허수아비』와 『베트남 토론』에서도 앙골라와 베트남에서의 식민정책의 실상을 필름으로 보여주기도 했다. 그러므로 필름을 통해 관객들에게 사건의 실제적인 모습을 생생하게 보여줌으로써 기록극의 내용의 현실화와 함께 객관적인 판단을 제공하게 하였다.

사실 기록극이 사실적인 기록의 자료를 토대로 쓰이지만 언어적인 표현만으로는 전체의 내용을 수용하기에는 한계가 있다. 그러므로 필름을 통해 실제의 사건을 보다 구체적이고 생생하게 보여주게 된다. 피스카토르는 이미 1920년대 자신의 기록극 상연에서 필름을 사

---

10) Vgl. M. Haiduk: a. a. O., S. 211.

용하였으며, 그 효과에 대해 적고 있다.

필름의 사용으로 인한 결정적인 효과는 모든 이론적인 토론을 떠나 정치적이고 사회적인 관계를 보여주려 힐 때, 즉 내용과 관련해서 적합했을 뿐만 아니라 (……) 형식과 관련해서도 적합했다는 사실을 보여주었다. 필름과 공연장면의 교체에서 발생되는 놀라움의 요소는 매우 효과적이었다. 게다가 필름과 공연장면이 서로 관련된 극적인 긴장은 훨씬 더 강했다.

Die durchschlagende Wirkung, die die Verwendung des Films hatte, zeigte, daß sie jenseits aller theoretischen Erörterungen nicht nur richtig war, wenn es sich um die Sichtbarmachung politischer und gesellschaftlicher Zusammenhänge handelte, also in Bezug auf den Inhalt, sondern richtig, (……) auch in Bezug auf die Form. Das Überraschungsmoment, das sich aus dem Wechsel von Film und Spielszene ergab, war sehr wirkungsvoll. Aber noch stärker war die dramatische Spannung, die Film und Spielszene voneinander bezogen.[11]

기록극에 있어서 필름의 사용은 사실의 전달은 물론 극적인 효과를 나타내는 중요한 수단이 된다. 그러나 바이스는 피스카토르가 작품의 상연에서 필름을 위주로 상연한 것과는 달리 필름의 사용에 있어서도 절제적이었다. 바이스는 인물의 사진이나 사건의 현장을 소개하는 데 그쳤으며, 이는 바로 그가 무대상연에 있어서 의상이나 소도구의 절약적인 사용을 통해 관객으로 하여금 객관적인 판단으로 이끌게 하고 있는 점과 일치한다.

---

11) Erwin Piscator: Das dokumentarische Theater(1929), in: M. Brauneck (Hrsg.): Theater im 20 Jahrhundert. Programmschriften, Stilperioden, Reformmodelle, Hamburg 1989, S. 270.

바이스는 사실 『베트남 토론』의 제2부에서도 필름을 부분적으로 사용한다. 여기서 바이스는 등장인물들의 실제 사진을 사용한다. 이러한 인물들의 사진은 관객으로 하여금 등장인물이 허구의 인물이 아니라 실제의 인물임을 의식하게 만든다. 특히 이들의 사진과 함께 확성기를 통해 인물들의 소개와 회담시간, 장소 등을 언급하게 함으로써 무대에서 표현되는 것의 현실관계를 드러내게 한다.

확성기는 물론 『베트남 토론』의 제2부에서도 다양하게 사용되고 있다. 미국과 프랑스, 영국과의 회담이 연속으로 전개되고 있는 이 부분에서는 회담의 개최장소와 시간의 언급에서는 물론 지문에서도 확성기를 대용한다. 특히 1단계의 아이젠하워 대통령의 텔레비전(TV)연설의 지문과 9단계의 디엠과 케네디 대통령과의 만남에서 이뤄지는 대사 전체도 확성기를 사용해 언급한다. 그러므로 바이스는 확성기의 사용을 통해 드라마의 구성에 변화를 줄 뿐만 아니라 드라마의 서사화에도 기여한다.

확성기의 사용은 더구나 『베트남 토론』에서만 국한된 것은 아니다. 『허수아비』의 장면 8에서도 사용한다. 앙골라 주민들의 독립투쟁이 전개되고 있는 이 장면에서는 천여 명에 달하는 벤고(Bengo)와 이꼴로(Icolo)마을의 사람들이 까떼떼(Catete)로 쳐들어와 지도자의 석방을 요구하자 2백 명의 군인들이 이들을 무력으로 진압한다. 그리고 루안다 경찰청과 감옥이 습격되고 꾸안자(Cuanza)지방과 루안다(Luanda)지방에서는 소요가 발생한다. 로비또(Lobito)와 모싸메데스(Mocamedes)의 항구 노동자들도 파업을 하고 뀌마(Cuima)의 광산 노동자들도 채굴을 중단하는 등 앙골라 주민들이 적극적인 투쟁을 벌인다.

바이스는 이런 내용을 바로 확성기를 사용해 언급하게 한다. 특히 주민들과 군인들의 투쟁장면에서는 필름에서 사용되는 동작인 고속도 촬영 움직임(Zeitlupenbewegung)까지 보여주게 된다. 그러므로 바이스는 이 작품에서도 『베트남 토론』에서처럼 필름기법과 확성기를 동시에 사용해 드라마의 서사화에 기여한다고 할 수 있다. 물론 『수사』에서도 필름기법의 사용흔적을 감지할 수 있다. 이 작품에서는 앞서 지적한 바 있지만 언어표현에서 나타나고 있는 것이다. 그러므로 바이스는 쫀디(Peter Szondi)가 지적했듯이 필름을 드라마의 기술적인 재생이 아니라 드라마적인 서사적 예술형태로 사용하고 있음을 알 수 있다.[12]

특히 바이스는 기록극을 쓰기 직전에 행했던 영화제작의 경험을 토대로 필름기법을 작품과 무대의 상연에 도입해 문학적인 표현형태로 승화시키고 있는 것이다.[13] 따라서 바이스는 무대장치와 의상, 소도구의 절제적인 사용과 함께 반환상적인 무대구성을 추구하고 있으며, 여기에 확성기와 필름을 사용해 작품의 현실화와 드라마의 서사화에 기여한다.

---

12) Vgl. Peter Szondi: Theorie des modernen Dramas(1880~1950), Frankfurt am Main 1973, S. 113.
13) 사실 바이스는 자신의 기록극의 상연에 있어서도 직접 연출하기도 했다. 호흐후트나 키프하르트와는 달리 바이스는 직접 무대감독을 하거나 평생의 동반자였던 부인 카밀라로 하여금 무대구성을 하도록 하였다.

VIII

바이스 기록극의
미학적 수용

바이스의 기록극은 1965년 10월 17일 『수사』를 시작으로 『허수아비』, 『베트남 토론』이 약 14개월의 간격으로 초연되었다.[1] 이 작품들이 상연될 당시 독일에서는 물론 다른 나라에서도 상당한 반향을 불러일으켰다. 『수사』는 베를린, 에센, 쾰른 등 독일의 14개 무대에서 동시에 공연됨으로써 독일의 연극사상 유례를 찾아보기 드문 이변을 낳았으며, 『허수아비』와 『베트남 토론』은 당시 국제적인 관심사였던 제3세계 문제를 드라마작품으로 제기함으로써 국제적인 이목이 집중되었다.

특히 『베트남 토론』이 상연되었을 때 극작가인 슈트라우스(Botho Strauß)는 "시즌의 가장 감동적인 극사건의 하나(einer der spektakulärsten Theaterereignis der Saison)"[2]라고 언급하기도 했다.

---

1) 『수사』는 1965년 10월 17일에 초연되었으며 『허수아비』는 1967년 1월 20일에 초연되었다. 그리고 『베트남 토론』은 1968년 3월 28일에 초연되었다. 『수사』는 1965년 10월 19일에는 양 독일에서 무려 14개 극장에서 공연되었다. 즉 베를린(Berlin)과 에센(Essen), 쾰른(Köln), 뮌헨(München), 로스톡(Rostock)과 포츠담(Potsdam)에서 공연되었으며, 베를린과 코트부스(Cottbus), 드레스덴(Dresden), 게라(Gera), 로이나(Leuna), 마이니겐(Meinigen), 노이슈트렐리쯔(Neustrelitz), 바이마르(Weimar) 그리고 런던(London)에서 낭독되었다.(Vgl. M. Haiduk: a. a. O., S. 151. Vgl. Peter Weiss. Gesang von der Schaukel, in: Der Spiegel, Nr. 43(20.10.1965), S. 152.)

그러나 바이스의 기록극에 대한 미학적인 측면에서의 비평은 제한적으로 나타난다. 많은 비평가들이 바이스의 기록극을 비평하기는 했지만 작품의 형식과 극적 수단의 미학적인 가치에 대해서는 절제적으로 언급한다.

특히 비평가들 가운데 옌스(Walter Jens), 슈마허(Ernst Schumacher), 리쉬비터(Henning Rischbieter), 카미스(Youris Khamis)와 하이둑(Manfred Haiduk) 등이 바이스의 기록극의 미학적 가치에 대해 비교적 긍정적인 반응을 보인 반면, 카이저(Joachim Kaiser)와 케스팅(Marianne Kesting), 바움가르트(Rainhard Baumgart), 야코비(Joannes Jacobi), 두르작(Manfred Durzak) 등은 부정적인 시각을 보이고 있다. 물론 이들의 비평 또한 천편일률적인 것은 아니며 작품에 따라 달리 나타난다.

바이스의 기록극 가운데 첫 작품인 『수사』에 대해서는 미학적인 측면보다는 작품의 정치적인 효과와 작가의 사회비판적이고 정치참여적인 경향에서 바라보는 비평가들이 많다. 뮐러(Fred Müller)[3])와 두르작 등과 같은 비평가들은 이 작품에서 바이스의 현실비판과 정치적인 발전이 제시되고 있다고 주장한다. 특히 두르작은 바이스의 정치적인 발전의 연장선상에서 이 작품을 평가한다.

> 여기서 사실과 진술들을 말하게 함으로써 바이스의 정치적인 인과관계가 드러나게 된다. 유대 민족의 유랑적 운명이 드라마적인 비가에서 한탄하는 대신에 (……), 바이스는 여기서 아우슈비츠가 가장 극단적인 결과로서 정치적인 착종들을 간접적으로 보여준다. 정치적인 평가는 개별적으로 전혀 다를 수 있고 바이스의 입장을 비판과 교정

---

2) Botho Strauß: Vietnam und Bühne, in: Theater 1968, S. 40.
3) Vgl. Fred Müller: Peter Weiss. Drei Dramen, a. a. O., S. 83.

의 대상으로 만든다.

Hier wird ein politisches Kausalitätverhältnis von Weiss aufgedeckt, indem er Fakten und Aussagen sprechen läßt. Anstatt in einer dramatischem Elegie das Ahasverschicksal des jüdischen Volkes literalisch zu beklagen (……), werden hier von Weiss indirekt die politischen Verwicklungen sichtbar gemacht, als deren extremste Konsequenz Auschwitz erscheint. Die politische Bewertung mag dabei im einzelnen durchaus differieren und Weiss's Stellungnahme zum Gegenstand der Kritik und Korrektur machen.[4]

그러나 뮌헨의 극비평가 카이저(Joachim Kaiser)와 발저는 작품의 소재선택에서부터 미학적인 측면을 지닐 수 없음을 강조한다. 카이저는 "아우슈비츠는 (……) 극테두리를 벗어나며, 미학적인 무대조건 하에서 결코 소모될 수 없다.(Auschwiz (……) sprengt den Theaterrahmen, ist unter ästhetischen Bühnenvoraussetzung schlechthin nicht konsumierbar.)"[5]고 주장했으며, 발저는 바이스가 『수사』를 단테의 지옥과 연관시켜 집필한다는 사실을 알고는 아우슈비츠를 단테의 지옥과 비교하는 것은 뻔뻔스러움이라고 했다.[6]

하지만 벤트(Ernst Wendt)와 옌스와 뇌씨히(Manfred Nössig)는 『수사』에 대해 긍정적인 평가를 내린다. 벤트는 아우슈비츠 강제 수용자들의 고통의 현실이 보여질 수 있을 정도로 프랑크푸르트재판의 진술을 집중시키는 작품의 구성을 취하고 있다고 주장한다.[7] 옌스도

---

4) M. Durzak: a. a. O., S. 294.
5) Joachim Kaiser: Auschwitz auf dem Theater?, in: Der Spiegel. Nr. 43 (20.10.1965), S. 155.
6) Vgl. M. Walser: Unser Auschwitz, in: Kursbuch 1(1965), S. 190.
7) Vgl. Ernst Wendt: Was wird ermittelt?, in: Theater heute 12 / 65, S. 17.

이 작품을 높은 예술적인 이해로 정확하게 구상된 그림들의 연속으로 구성되었다고 주장한다.

바이스는 수천 장의 기록 자료와 모순과 반복, 고정된 미사여구와 판에 박힌 늦한 표현들, 고통의 목록과 공포의 리스트들, 통계자료와 지형학들로부터 드라마를 만들어냈다.

Weiss hat aus Tausenden von Aktenseiten, aus Widersprüchen und Wiederholungen, aus fixierten Floskeln und stereotypen Wendungen, aus Leidenskatalogen und Schreckenslisten, aus Statististiken und Topographien ein Drama gemacht.[8]

그는 특히 바이스가 이러한 조각들의 구성을 통해 "미학적인 카테고리로 판단될 수 있는, 그리고 문학적인 비판에 접근할 수 있는 작품상의 장점(die Starken (……) des mit ästhetischen Kategorien zu beurteilenden, der literarischen Kritik zuganglichen Stückes.)"[9]을 형상화했다고 주장한다. 뇌씨히 또한 이 작품이 아우슈비츠 사건의 단순한 고발이 아니라 예술적이고 극적인 특징을 지니고 있다고 주장한다.

바이스는 그러나 아우슈비츠의 희생자들을 위한 어떤 미사를 올리는 것이 아니라 3부분으로 나뉘는 11개의 노래 형태 속에서 사회적인 구조들을 단계적으로 폭로케 하는 놀라운 미학적인 구조를 구상하였다.

Weiss zelebriert aber gerade kcine Messe für die Opfer von Au-

---

8) Walter Jens: Die Ermittlung in Westberlin, in: Volker Canaris: Über Peter Weiss, a. a. O., S. 93
9) Ebd., S. 94.

schwitz, sondern er entwirft eine überraschende ästhetische Struktur, die in der Form von elf dreiteiligen Gesängen schrittweise Enthüllungen gesellschaftlicher Strukturen ermöglicht.[10)]

『수사』에 대한 미학적인 평가는 비평가들에 따라 단면적으로 나타나고 있으며, 작품에 대한 기록극으로서의 특성보다는 정치적인 발전과 현실폭로의 문제에 초점이 맞추어진다.

『허수아비』에서는 『수사』와는 달리 비평가들의 지적이 다소 구체적으로 제시된다. 물론 『허수아비』도 작품의 미학적인 측면이 고려되기보다는 『수사』에서처럼 정치적인 기능이 예술적인 기능보다 우위를 점한다고 주장하는 비평가들이 많다. 특히 자레이카(Rüdiger Sareika), 칼(Rolf-Peter Carl)과 야코비와 같은 비평가들은 이 작품을 기록극으로 간주하기보다는 선동극(Agitprop-Theater)으로 간주한다.

자레이카는 "단순한 사건진행의 구조와 파고드는 언어, 선과 악의 뚜렷한 구별 그리고 손쉽게 이길 수 있는 것으로 보이는 상대방의 묘사(einfacher Handlungsaufbau, eindringliche Sprache, eingängige Unterscheidung zwischen Gut und Böse und die Darstellung eines Gegners, der als leicht besiegbar erscheint.)"[11)]등에서 선동극의 본질적인 특징을 나타내고 있다고 주장하며, 칼도 정치적인 평론 형식을 지닌 선동극이라고 피력한다.[12)] 야코비 역시 바이스가 기록극을 쓴

---

10) Manfred Nössig: Ermittlung zur "Ermittlung", in: Theater der Zeit 1966, S. 4.
11) Rüdiger Sareika: Peter Weiss' Engagement für die Drittewelt' Lusitanischer Popanz und Viet Nam Diskurs, in: R. Gerlach: Peter Weiss, a. a. O., S. 257.
12) Vgl. Rolf-Peter Carl: Dokumentarisches Theater, in: Manfred Durzak(Hrsg.):

것이 아니라 선동극을 썼다고 주장한다.

바이스는 선동극을 썼다. 무대는 정치적인 선동을 위해 사용되었다. 예술이 아니라 선전이 의도되었다. 상세히 명시된 프로그램 책자를 통독하기 위히어 일찍이 극장에 온 자는 이 작업의 목적에 관한 의미를 충분히 알게 될 것이다.

Peter Weiss schrieb Agitprop—Theater. Die Bühne wird zur politischen Agitation verwendet, Kunst ist nicht beabsichtigt, sondern Propaganda. Über Sinn um Zweck des Unternehmens ist hinreichend unterrichtet, wer frühzeitig genug ins Theater kommt, um das ausführlich dokumentierende Programmheft durchzulesen.[13]

물론 데메츠와 바움가르트와 같은 비평가들도 작품의 객관성에 대해 의문을 제기한다. 데메츠는 이 작품에서 정치적인 논쟁만이 표현되었다고 말하며[14] 바움가르트도 이 작품이 포르투갈의 식민지배에 대항하는 억압당하고 착취당하는 자들을 위한 당파성을 강조한 나머지 객관성을 상실했다고 주장하였다.[15] 케스팅도 역시 형태가 복잡한 반면에 정치적인 해석이 일방적으로 단순화되었다고 강조하였다.[16]

그러나 리쉬비터, 투름, 에른스트 슈마허, 하이둑은 『허수아비』를 긍정적으로 평가한다. 리쉬비터는 이 작품이 드라마인지의 문제를

die deutsche Literatur der Gegenwart(1971), S. 115.

13) Joannes Jacobi: Berlin fand sich selbst, in: Die Zeit(20.10.1967), S. 23.

14) Vgl. Peter Demetz: Die süße Anarchie. Skizzen zur deutschen Literatur seit 1945, Frankfurt am Main, Berlin, Wien 1970, S. 52.

15) Vgl. Reinhard Baumgart: in die Moral entwischt?. Der Weg des politischen Stückeschreibers Peter Weiss, in: Text und Kritik 37(1973), S. 52.

16) Vgl. Marianne Kesting: Panorama des zeitgenössischen Teaters, a. a. O., S. 338.

제기하는 것을 떠나 작품이 예술적인 형태로 구성되었음을 주장하
며17) 투름은 이 작품이 프롤레타리아적 혁명극의 전통을 이어받으면
서도 아우슈비츠를 소재로 더 높은 시적 단계로 끌어올렸다고 피력
했다.18) 카미스는 이 작품의 미학적인 특징을 보다 구체적으로 지적
한다.

바이스는 다양성 속에서 역사적인 과정을 표현함으로써 직접적이고
객관적인 형태에서의 기록적인 작업을 보여준다. (……) 그는 정치를
커뮤니케이션 수단의 일반적인 값싼 논리의 영역으로부터 개인적인,
정신적인 계몽의 영역으로 전환시켰다. 이러한 기법으로 바이스는 기
록적인 재료의 건조함과 현실의 문학적인 가공 사이의 균형을 실현시
켰다. 그는 혁명적인 책임감으로 가득 찬 작가의 정신과 의식과의 전
체성에서 세계를 본다.

Durch die Darstellung des historischen Prozesses in seiner Vielfalt zeigt
Weiss seine dokumentarische Arbeit in einer direkten, objekten Form.
(……) Er transformiert die Politik aus dem Bereich der allgemeinen
billigen Logik der Kommunikationsmittel auf Ebene der privaten, geistigen
Aufklärung. Mit dieser Technik realisiert Peter Weiss ein Gleichgewicht
zwischen der Trockenheit des dokumentarischen Stoffes und der
dichterischen Verarbeitung der Realität. Er sieht die Welt in ihrer Totalität
mit dem Geist und Bewußtsein eines revolutionären, verantwortungsvollen
Dichters.19)

---

17) Vgl. H. Rischbieter: Peter Weiss, Hannover 1967, S. 85f.
18) Brigitte Thurm: Gesellschsftliche Relevanz und künstlerische Subjektivität,
    zur Subjekt-Objekt-Problematik in den Drama von Peter Weiss, in:
    Weimarer Beiträge 1969, H. 5, S. 1097.
19) Yousri Khamis: Der Popanz zwischen Kairo / Bagdad / Damaskus, a. a.
    O., S. 107.

기록극이란 무엇인가

그는 특히 이 작품이 관객들로 하여금 일종의 카타르시스를 느끼게 해준다고 주장한다. 이처럼 비평가들은 『수사』보다 『허수아비』에 대해 더 높은 미학적인 평가를 내리고 있음을 알 수 있다. 특히 『허수아비』에 대해선 미학적인 문제를 구체적으로 언급하고 있는 깃이다. 그러나 이 두 작품에 비해 『베트남 토론』에서는 미학적인 평가보다는 장르문제를 제기하는 비평가들이 많다. 리쉬비터, 하이둑, 슈마허가 대표적이다. 이들은 대개 이 작품을 학문적인 극의 범례(ein Beispiel für wissenschaftliches Theater)로서 간주한다.

리쉬비터는 일반 드라마의 우화 대신에 역사적인 과정을 무대에서 실현하려고 한 학문적인 극으로 간주하며[20] 하이둑은 바이스가 문학적인 전통과 토론을 결합시킨 만큼 장르의 선택이 현명했다고 주장한다.[21]

슈마허 또한 "베트남의 전쟁과 같은 사건이 극문학의 대상이 될 수 있느냐?(kann ein solches Geschehen wie der Krieg in Vietnam Gegenstand der Dramatik?)라는 질문을 제기하면서도 바이스가 『베트남 토론』에서 "역사의 (……) 이해와 표현을 위해 생각할 수 있는 한에 있어서 포괄적이고 아직도 더 구체화될 수 있는 형태(die denkbar umfassende und noch konkretisierbare Form für Erfassung und Darstellung (dieses Dramas) der Geschichte)"[22]를 추구하고 있다고 주장한다. 그는 특히 가장 좋은 의미에서의 정치극이라고 주장하면서 이 작품을 긍정적으로 평가한다.

---

20) Vgl. H. Rischbieter: Peter Weiss dramatisiert Vietnam, a. a. O., S. 6.
21) Vgl. M. Haiduk: a. a. O., S. 175.
22) E. Schumacher: Vietnam−Diskurs in Rostock, in: Volker Canaris: Über Peter Weiss, a. a. O., S. 106.

텔레비전과 영화, 또한 신문에 의해 꾸준히 제공된 베트남의 오늘날 현실의 상들을 접하게 되고, 그로 인해 전쟁의 규모와 무시무시함을 상상할 수 있는 상태에서 저자가 이러한 현실을 직접 극적인 상속으로 가져오려고 시도한 것이 아니라, 전 세계를 위한 혁명적인 의미에서 베트남전쟁을 설명하는 데 도움이 되는 사실들의 전달에 제한시키고 있는 것은 기뻐할 일이다.

Die Bilder der heutigen Wirklichkeit Vietnams durch Fernsehen und Film, auch durch die Zeitung ständig vor Augen, dadurch befähigt, sich das Ausmaß und Unmaß des Krieges vorzustellen, ist man froh, daß der Autor nicht versucht, diese Wirklichkeit unmittelbar ins theatralische Bild bringen zu wollen, sondern sich auf die Vermittlung von Fakten beschränkt, die diesem Krieg in Vietnam in seiner revolutionären Bedeutung für die gesamte Welt erklären hilft.[23]

두르작은 이들과는 달리 이 작품에 대해 부정적인 시각을 보인다. 그는 작품의 제목뿐만 아니라 표현양식에 있어서도 미학적인 가치의 실현이 실패했음을 지적한다.

단지 무대에서 보여지는 사건의 형태상의 이유에서부터 나타난 축약과 부족은 표현된 역사의 흐름의 강인함으로 이끈다. 제목은 (……) 내용에 대한 일종의 속기문자를 표현한다. (……) 이미 이러한 관점하에서 베트남 토론에는 주제의 미학적인 표현으로부터 생겨나는 내적인 긴장의 많은 부분이 상실되었다. 정치적인 분명함은 주제의 취급에 있어서 상당히 선전구호적이다. 동시에 이와 함께 언어 표현에 있어서 모종의 단조로움이 연결되어 있다.

---

23) Ebd., S. 110f.

Lediglich die aus formalen Gründen gebotene Verkürzung und Verknappung des Geschehens, das ja auf der Bühne überschaubar werden, führt zu einer Intensivierung des dargebotenen Geschichtsablaufes. Der Titel (······) stellt eine Art Stenogramm des Inhalts dar (······) Schon unter diesem Aspekt wird deutlich, daß dem Viet Nam Diskurs viel an innerer Spannung, die aus der ästhetischen Präsentation des Themas erwächst, verloren geht. Die politische Eindeutigkeit bleibt so bei der Behandlung des Themas ständig plakativ gegenwärtig, gekoppelt ist damit zugleich eine gewisse Monotonie in der sprachlichen Darbietung.[24]

『수사』, 『허수아비』 그리고 『베트남 토론』에 대한 비평은 장르나 형식문제에 국한돼 단면적으로 나타난다. 물론 이러한 경향은 바이스의 작품이 당시 민감한 정치적인 문제를 주제로 선택했기 때문이기도 하다. 사실 바이스의 기록극은 냉전의 이데올로기에 의해 일방적으로 매도되기도 했다.

『수사』는 전 독일에서 상연되었지만 독일의 나치에 대한 과거청산을 문제 삼고 있다는 이유로 일부 지역에서는 내용이 삭제되거나 축약되기도 했다. 구서독지역이었던 쾰른(Köln)과 에센(Essen)에서는 아우슈비츠 산업에 관해 보고한 작품의 대부분의 내용이 축약되어 상연되었다.

구동독지역이었던 할레(Halle)에서도 서독을 비난하는 홍보물들이 공연장에 배치되었으며, 당시 언론에서는 서독에 대한 반켐페인을 전개하기도 했다.[25] 심지어 서독에서는 저널리스트이자 동독망명자인 잔더(Hans-Dietrich Sander)는 <디 벨트(Die Welt)>에 자신의 정

---

24) M. Durzak: a. a. O., S. 306f.
25) Vgl. Thomas von Vegesack: Dokumentation zur Ermittlung, In: Kürbiskern(1966), H. 2, S. 83.

치적인 선입견으로 이 작품을 썼다고 혹평하기도 했다.

그는 특히 공산주의로 전향한 바이스가 이 작품을 과거의 극복을 위해 쓴 것이 아니라 동독의 선전을 위해 서독을 공격하고자 썼다고 주장하였다.[26]

『허수아비』 또한 마찬가지였다. 이 작품은 원래 바이스가 서독에서 상연하려고 했다. 그러나 포르투갈의 앙골라에 대한 식민정책이 독일과의 밀접한 관계를 폭로하고 있다는 이유로 독일에서의 초연이 이루어지지 못했다.[27] 그래서 바이스는 스웨덴어로 작품을 번역해 스톡홀름에서 초연을 했다. 스웨덴에서 초연되었을 때에도 포르투갈 정부로부터 엄청난 항의를 받았다. 포르투갈의 외무부는 이 작품의 공연을 계기로 바이스와 스웨덴 정부에 대해 정치적인 무지에서 비롯된 무책임함의 소치라고 비난하였다.[28]

그러나 『베트남 토론』은 이들 작품들과는 달리 이데올로기적인 편견에 의해서 비평되지 않는다. 이는 무엇보다 독일에 대한 비판보다 미국의 베트남 침략 전쟁을 비판하고 있기 때문이다.

그러나 이들 작품이 정치적인 편견 또는 일방적인 이데올로기적인 경향에서 비판되기는 했지만 기록극이 추구하는 정치적인 의견 형성이나 국민의식의 고양에는 커다란 기여를 했다고 할 수 있다.

---

26) Zit. nach Der Spiegel. Nr. 43(20. 10. 1965), S. 155.
27) 『허수아비』의 독일 공연은 1967년 10월 6일 서베를린의 샤우뷔네(Schau-bühne am halleschen Ufer)에서 파릴라(Karl Paryla)에 의해 처음으로 연출되었고 동독에서의 첫 상연은 1967년 12월 19일 로스톡의 민중극장에서 이루어졌다. 『베트남 토론』은 1968년 3월 20일 프랑크푸르트에서 부크비츠(Harry Buckwitz) 감독에 의해 공연되었고 동독에서는 1968년 3월 31일 로스톡의 민중극장에서 페르텐(Hanns Anselm Perten) 감독에 의해 이루어졌다.
28) Vgl. H. Rischbieter: Gesang vom Lusitanischen Popanz, In: Theater heute 3 / 67, S. 9.

아우슈비츠 수용소사건은 실제로 바이스의 『수사』를 통해 관객들이 독일 역사에 대한 올바른 인식을 하게 되었으며, 『허수아비』와 『베트남 토론』 또한 관객들로 하여금 제3세계에 대한 문제를 환기시키는 계기가 되었다. 실제로 쉐블레(Günther Schäble)는 『허수아비』에 대해 이 같이 평가한다.

사람들이 저자의 의도가 실현되었는지의 여부를 숙고할 때, 작품은 어떤 취약함을 지니지 않는다. 경우가 그러하기 때문이다. 나는 아무튼 이 극으로부터 동화체계, 착취의 엄청난 수의 희생자들, 그리고 앙골라에서의 상황들에 관한 정보들을 얻을 수 있다고 생각한다.

Das Stück hat keinerlei Schwachen, wenn man überlegt, ob die Absicht des Authors verwirklicht wurde, denn das ist der Fall. Ich glaube mich von ihm informiert über das Assimiladosystem, über ungefahre Zahl der Opfer der Ausbeutung, über die Zustände in Angola überhaupt.[29]

하이둑도 『베트남 토론』에 대해 동일한 평가를 한다. 그는 특히 바이스의 작품이 매스 미디어의 왜곡보도를 교정해 줄 정도로 많은 기여를 하고 있다고 주장한다.

그럼에도 불구하고 관객들에 대한 베트남 토론의 영향이 평가절하되어서는 안 된다. 그것(작품)은 대중들이 커뮤니케이션의 수단에 의해 베트남 전쟁의 왜곡된 상을 소유하고 있을 때 이러한 상을 교정해 주는 데 도움을 준다. (……) 작품은 역사인식을 전달할 뿐만 아니라 역사의식을 발전시키는 데 도움을 준다. (……) 수단들은 대중들의 미

---

29) Günther Schäble: Kein Stück für Rezensenten, in: Theater heute 68 / 1, S. 38f.

학적인 교양을 증진하고 자유롭고 이데올로기에 종속된 환상적인 유
회를 전혀 허용함이 없이 환상을 일깨우기에 적합하다.

Dennoch soll die Wirkung auch des Viet Nam Diskurses auf
Zuschauer nicht unterschätzt werden. Er hilft besonders dort, wo das
Publikum durch die Kommunikationsmittel ein entstelltes Bild des
Vietnamkrieges besitzt, eine Korrektur dieses Bildes herbeiführen.
(……) Das Stück vermittelt nicht nur Geschichtskenntniss, sondern hilft
ein Geschichtsbewußtsein zu entwickeln. (……) Die Mitteln sind
geeignet, die ästhetische Bildung des Publikums zu fördern, seine
Phantasie zu wecken, ohne dabei ein freies, ideologieabhängiges Spiel
der Phantasie zulassen.[30]

물론 바이스 또한 이덴(Peter Iden)과의 인터뷰에서 『베트남 토론』
이 의도한 것이 무엇인지를 직접 밝히기도 했다.

우리들은 여기서 역사적인, 학문적인 극을 보여주려고 시도한다.
(……) 우리들은 무대에서 대(大)역사적인 흐름을 표현하려고 한다.
(……) 우리들은 이 작품을 보는 대중들이 작품으로부터 결론을 끄집
어내고, 스스로 탐구하고, 스스로 깨닫고, 스스로 보다 많은 지식을
얻고, 신문과 방송, 텔레비전으로부터 대부분 등한시된 것을 추후로
알려고 하게 되기를 바란다. 이러한 방법으로 우리들은 대중들에게
충격을 주기를 원한다.

Wir versuchen hier ein historisches, wissenschaftliches Theater zu
spielen (……) Wir versuchen auf der Bühne einen großen historischen
Verlauf darzustellen (……) Was wir erhoffen, ist: daß das Publikum,

---

30) Manfred Haiduk: a. a. O., S. 192.

das dieses Stück sieht, seine Schlüsse daraus zieht und dazu kommt, selbst nachzuforschen, sich selbst zu unterrichten, sich selbst mehr Kenntnisse zu verschaffen, das nachzuholen, was von Presse, Rundfunk, Fernsehen zum ganz großen Teil versäumt worden ist. Auf diese Weise wollen wir dem Publikum Impulse geben.[31]

바이스가 이들 작품을 통해 자신이 의도한 목표를 어느 정도 성취했음을 부인하기 어렵다. 실제로 이들 작품은 독일의 올바른 역사적인 고찰과 함께 민주주의 발전에 기여했으며 앙골라와 베트남 독립에도 기여한 바도 없지 않다.

바이스가 『수사』를 발표한 뒤 베를린에서 발생한 대규모 학생데모는 독일의 민주주의 발전에 결정적인 역할을 했음을 부인할 수 없다. 그리고 『허수아비』를 집필한 지 거의 10년 만인 1974년 4월 포르투갈에서 파시스트정권이 무너졌으며 그해 9월 기네아와 모잠비크의 독립이 약속되었다. 앙골라는 1975년 1월 31일 해방운동이 종지부를 찍었다.

베트남 역시 1974년 미국 침략 전쟁의 포기로 남북이 통일하는 성과를 이룩하게 되었다. 그러므로 바이스의 기록극은 비평가들이 미학적인 평가를 하지 않더라도 기록극이 의도하는 사실의 전달과 정치적 역사적인 인식을 통한 현실변화를 성취했음을 알게 된다.

이들 세 작품 가운데에는 물론 『허수아비』가 비교적 미학적 가치를 지니고 있는 것으로 판단된다.[32] 『허수아비』는 『수사』와 『베트남토론』에 비해 다양한 극적인 수단을 사용하고 있을 뿐만 아니라 극

---

31) Vgl. Peter Iden: Vietnam auf der Bühne, in: Die Zeit. Nr. 12(22. 3. 1968), S. 17.
32) 뮐러는 이 작품을 동시대 기록극의 전형적인 범례로서 간주하고 있다.(Vgl. Fred Müller: Peter Weiss. Drei Dramen, a. a. O., S. 96.)

의 효과 면에서 효율성을 띤다. 이 작품에서는 음악을 토대로 다양한 언어의 사용과 판토마임과 그림자극, 합창 등 다양한 표현수단들이 사용된다.

그러나 『수사』와 『베트남 토론』에서는 이러한 요소들이 제한적으로 사용되고 있다. 특히 재판형식을 취하는 『수사』에서는 이러한 요소들이 일체 사용되지 않고 있는 것이다. 물론 『수사』와 『베트남 토론』이 극작품으로서의 가치를 상실했다고는 할 수 없다.

『수사』의 경우 이미 지적한 바와 같이 아우슈비츠강제수용소의 유태인 수난사를 비판적인 모델로 만들어 객관적인 사실을 전달하는 데 기여했다고 할 수 있으며, 『베트남 토론』 또한 베트남의 연대기를 드라마화함으로써 새로운 문학적인 시도를 마련했다고 할 수 있다.[33]

그러나 바이스의 기록극은 『베트남 토론』에서 한계가 보여진다. 이 작품에서 방대한 양의 베트남 역사를 무대에 올리기란 쉽지 않았을 뿐만 아니라 극적인 표현 방법에 있어서도 제약이 있었기 때문이다.

특히 엄청난 양의 대화는 극적인 변형의 가능성을 허용하지 않고 있으며 성공적인 공연이 되지 않을 때에는 관객들에게 권태감을 야기하여 극작품으로서의 존재가치여부에 대한 의문이 제기되기 때문이다. 그러나 바이스의 기록극은 현실의 정확한 전달과 계몽기능을 수행했다는 사실에 더 큰 의의를 둘 수 있으며, 시대적 중요한 사건을 작품화해 기록극이란 새로운 장르를 만들어낸 그의 노력도 높이 평가되어야 한다.

---

33) 자레이카는 『허수아비』를 『베트남 토론』의 운지연습(Fingerübung)으로 간주하고 있다.(Vgl. Rüdiger Sareika: Peter Weiss' Engagement für die 'Drittewelt' Lusitanischer Popanz und Viet Nam Diskurs, a. a. O., S. 257.)

참고문헌(Literaturverzeichnis)

1) 1차문헌(Primä rliteratur)

Weiss, Peter: Fluchtpunkt. Roman, Frankfurt am Main 1965.

Ders.: Frankfurter Auszüge, in: Kursbuch 1(1965), S. 152－188.

Weiss, Peter / Hans Magnus Enzensberger: Eine Kontroverse, in: Kursbuch 6(1966), S. 165－176.

Weiss, Peter: Diskurs über die Vorgeschichte und den Verlauf des lang andauernden Befreiungskrieges in Viet Nam als Beispiel für die Notwendigkeit des bewaffneten Kampfes des Unterdrückten gegen ihre Unterdrücker sowie über die Versuche der Vereinigten Staaten von Amerika die Grundlagen der Revolution zu vernichten, Berlin 1968.

Ders.: Rapporte(Avandgarde Film. Meine Ortschaft. Vorübung zum dreiteiligen Drama Divina Commedia. Gespräch über Dante. Laokoon oder über die Grenzen der Sprache. usw.), Frankfurt am Main 1968.

Ders.: Rapporte 2(10 Arbeitetspunkte eines Authors in der geteilten Welt. Antwort auf eine Kritik zur Stockholmer Aufführung der Ermittlung. "Vietnam!". Antwort auf Kritiken zum "Vietnam" Ansatz. Notizen zum dokumentarischen Theater. usw.), Frankfurt am Main 1974.

Ders.: Gesang vom Lusitanischen Popanz. Mit Materialien, Frankfurt am Main 1974.

Ders.: Stücke Ⅰ(Der Turm. Der Versicherung. Nacht mit Gästen. Mockinpott. Marat / Sade), Frankfurt am Main 1976.

Ders.: Stücke II / 1 (Gesang vom Lusitanischen Popnaz. Vietnam Diskurs), Frankfurt am Main 1977.

Ders.: Stücke II / 2 (Hölderlin. Trotzki im Exil. Der Prozeß.), Frankfurt am Main 1976.

Ders.: Rede in englischer Sprache gehalten an der Princeton University USA am 25. April 1966, unter dem Titel: I come out of my Hiding place, in: Volker Canaris(Hrsg.): über Peter Weiss, Frankfurt am Main 1976, S. 9-14.

Ders.: Materialien zu Peter Weiss' Marat / Sade, Frankfurt am Main 1981.

Ders.: Notizbücher 1960~1971. Bd. 1, Frankfurt am Main 1982.

Ders.: Notizbücher 1960~1971. Bd. 2, Frankfurt am Main 1982.

Ders.: Wurzeln, in: Die Horen 2(1982), H. 2, S. 185-187.

Die Bundesrepublik ist ein Morast. Spiegel-Interview mit Dramatiker Peter Weiss. In: Rainer Gerlach / Mittias Richter(Hrsg.): Peter Weiss im Gespräch, Frankfurt am Main 1986, S. 143-148.

Ders.: Die Ermittlung. Oratorium in 11 Gesängen, Frankfurt am Main 1991.

2) 2차문헌(Sekundärliteratur)

김광요: 독일희곡사, 서울(명지사) 1989.

송윤엽: 독일 기록극에 관한 고찰, 실린 곳: 한국외국어대학교 논문집 제25(1992), 219-253면.

Adorno, Theodor W.: "Kultur und Gesellschaft"(1949), in: Ders.: Prismen, Frankfurt am Main 1987, S. 7−26.

Arnold, Heinz Ludwig: "Ihre Stimmen leben in mir", in: Text und Kritik 37(1973), S. 39−48.

Alvarez, A: Dramatiker ohne Alternativen. Ein Gespräch mit Peter Weiss, in: Theater(1965), S. 89.

Barton, Brian: Das Dokumentartheater, Stuttgart 1978.

Baumgart, Reinhad: in die Moral entwischt? Der Weg des politischen Stücke−Schreibers Peter Weiss, in: Text und Kritik 37(1973), S. 47−57.

Ders.: Ein Skizzenbuch. spätgotisch, in: Volker Canaris(Hrsg.): über Peter Weiss, Frankfurt am Main 1976. S. 54−57.

Bengtsson, F: Filmzensur ist Diktatur. über die Freiheit der Kunst und ihren Freiheitsbedarf mit einem Beispiele aus dem Filmschaffen von Peter Weiss, in: Horen 33(1988), H. 1. S. 75−89.

Best. Otto F.: Peter Weiss. Vom existentialischen Dramen zum marxistischen Welttheater. Eine kritische Bilanz, München 1971.

Ders.: Peter Weiss, Bern 1971.

Blumer, Arnold: Das dokumentarische Theater der sechziger Jahre in der Bundesrepublik Deutschland, Hain 1977.

Brandes, Ute: Zitat und Montage in der neueren DDR−Prosa, Frankfurt am Main 1984.

Braun, Kahlheinz: Schaubude−Irrenhaus−Auschwitz. Überlegungen zum Theater des Peter Weiss, in: Materialien zu Peter Weiss' 'Marat / Sade', Frankfurt am Main 1981. S. 136−155.

Brauneck, Manfred: Politisches Theater−Episches Theater−Dokumentartheater, in: Ders.: Theater im 20 Jahrhundert. Programmschriften, Stilperioden, Reformmodelle, Hamburg 1986, S. 309−314.

Buch, Hans Christoph: Im Schatten kleiner Talente, in: Literatur Konkret

7(1982 / 83), S. 25 − 28.

Buselmeier, Michael / Karini Buselmeier: Zur Dialektik der Wirklichkeit. Dokumentarische Fernsehsendungen, in: Text und Kritik 37(1973), S. 96 − 119.

Chaumont, Jean − Michel: Der Stellenwert der "Ermittlung" im Gedächtnis von Auschwitz, in: Irene Heidelberger − Leonard(Hrsg.): Peter Weiss, Opladen 1994, S. 77 − 131.

Carl, Rolf − Peter: Dokumentarisches Theater, in: Manfred Durzak(Hrsg.): Die deutsche Literatur der Gegenwart. Aspekte und Tendenze, Stuttgart 1971, S. 102 − 131.

Cohen, Robert: Peter Weiss in seiner Zeit. Leben und Werk, Stuttgart 1992.

Ders.: Versuch über Peter Weiss' Gesang vom Lusitanischen Popanz: Enzensberger. Fanon. Antilopen − Mann, in: Literatur für Leser('91), H. 4, S. 225 − 236.

Demetz, Peter: Die süsse Anarchie. Skizzen zur deutschen Literatur seit 1945, Frankfurt am Main, Berlin, Wien 1970.

Durzak, Manfred: Dürrenmatt, Frisch, Weiss, deutsches Drama der Gegenwart zwischen Kritik und Utopie, Stuttgart 1972.

Enzensberger, Hans Magnus: Peter Weiss und andere, in: Kursbuch 6(1966). S. 171 − 176.

Farocki, Harun: Gespräch mit Peter Weiss, in: Rainer Gerlach(Hrsg.): Peter Weiss. Frankfurt am Main 1984, S. 119 − 128.

Fiebach, Joachim: Marginalien zu einem deutschen Oratorium, in: Kürbiskern('66), H. 2, S. 96 − 99.

Geier, Hainz / Herman Haarman: Aspekte des Dramas. Eine Einführung in die Theatergeschichte und Dramenanalyse, Opladen 1996.

Gerlach, Ingeborg: Die ferne Utopie. Studien zu Peter Weiss' "Ästhetik des Widerstands", Aachen 1991.

Gerlach, Rainer: Isolation und Befreiung zum literarischen Frühstück von Peter Weiss, in: Ders.(Hrsg.): Peter Weiss, Frankfurt am Main 1984, S. 147−181.

Ginsburg, Lew: Selbstdarstellung und Selbstentlarvung des Peter Weiss, in: Volker Canaris(Hrsg.): über Peter Weiss, Frankfurt am Main 1976. S. 136−140.

Greiner, Bernhard: Welttheater als Montage. Heidelberg 1977.

Grundniß der deutschen Geschichten. Zentralinstitut für der Akademie der Wissenschaft der DDR, Berlin 1979.

G. Wahrig, Deutsches Wörterbuch, Güteraloh: Bertelsmann Lexikonverlag 1968.

Hädecke, Wolfgang: Zur 'Ermittlung' von Peter Weiss, in: Neue Rundschau 1966(1977), S. 165−169.

Haberl, Franz P.: Peter Weiss's documentary Theater, in: Books abroad 43(1969). S. 359−362.

Hage, Volker: Collagen in der deutsche Literatur. Zur Praxis und Theorie eines Schreibverfahrens, Frankfurt am Main 1984.

Haiduk, Manfred: Der Dramatiker Peter Weiss, Berlin 1969.

Ders.: Peter Weiss' Gesang vom Lusitanischen Popanz, in: Peter Weiss: Gesang vom Lusitanischen Popanz. Mit Materialien, Frankfurt am Main 1974, S. 77−82.

Hartmann, Karl−Heinz: Peter Weiss: Die Ermittlung, in: Harro Müller− Miachels(Hrsg.): Deutsche Dramen. Interpretationen zu Werken. Von der Aufklärung bis zur Gegenwart, Hamburg 1982, S. 163−182.

Hecht, Werner(Hrsg.): Brecht−Dialog 1968. Politik auf dem Theater. Dokumentation 9 bis 16. Februar 1968, München 1969.

Heidelberger−Leonard, Irene: Der Stellenwert der Divina Commedia in der Werkgeschichte von Peter Weiss, in: Orbis Literaraum 44(1989), S. 252−266.

Heinrichs, Hans─Jürgen: Dokumentarische Literatur─die Sache selbst?, in: Ludwig Arnold / Stephan Reinhardt(Hrsg.): Text und Kritik (Dokumentartheater) 1973, S. 13─34.

Heissenbüttel, Helmut: Welche Sprache spricht das Theater?, in: Theater 1966, S. 83─85.

Hermand, Jost: Wirklichkeit als Kunst, Pop, Dokumentation und Reportage, in: Basis 2(1971), S. 33─52.

Hey, Richard: Drei Entwürfe für ein Vollkommenes Theater, in: Akzente 13(1966), S. 227─229.

Hierkisch─Pichard, Sepp: ─in den Vorraumen eines Gesamtkunstwerks. Anmerkungen zum Zusammenhang zwischen schriftstellerischem, filmischem und bildkünstlerischem Werk bei Peter Weiss, in: Kürbiskern(1985), H. 2, S. 116─127.

Hierkisch, Sepp: Zwischen surrealistischem Protest und kritischem Engagement, in: Text und Kritik 37(1973), S. 22─38.

Hilton, Iran: Peter Weiss. A Search for Affinities, London 1970.

Hilzinger, Klaus Harro: Die Dramaturgie des dokumentarischen Theaters, Tübingen 1976.

Hinck, Walter: von Brecht zu Handke─Deutsche Dramatik der sechziger Jahren, in: Universities 7(1969), S. 689─701.

Hochhuth, Rolf: Historische Streiflichter, in: Ders.: der Stellvertreter. Hamburg 1967.

Ders.: Die Soldaten, Hamburg 1967.

Hohoff, M.: Dramatische Figuration bei Peter Weiss, in: Ders.: Gegen die Zeit Theologie. Literatur. Politik, Stuttgart 1970.

Honzesa, Nordert: Peter Weiss and das dokumentarische Theater, in: Kwartalnik Neofil 19(1972), S. 389─401.

Horlemann, Jürgen / Peter Gäng: Vietnam. Genesis eines Konflikt. Frankfurt am Main 1970.

Howald, Stephan: Peter Weiss zur Einführung, Hamburg 1994.

Huder, Walter: Das dokumentarisches Theater als Ziel der literarischen Dokumentation, in: Ders.: von Rilke bis Cocteau: 33 Texte zu Literatur und Theater im zwanziger Jahrhundert, Berlin 1992, S. 382 – 396.

Iden, Peter: Vietnam auf der Bühne. Ein Interview mit Peter Weiss und Harry Buckwitz, in: Die Zeit. Nr. 12(22. 3. 1968), S. 17.

Ders.: Peter Weiss – ein Dramatiker von Weltrang?. in: Volker Canaris (Hrsg.): Über Peter Weiss, Frankfurt am Main 1976, S. 58 – 63.

Jäger, Manfred: Der Symphathisant im Getriebe. Literaten der DDR und Peter Weiss – eine wechselseitige Herausforderung, in: Ders.: Sozialiteraten, 1973. S. 180 – 196.

Jacobi, Joannes: Berlin fand sich selbst, in: Die Zeit(20. 10. 1967), S. 23.

Jenny, Urs: Ein Wochenende in Stockholm, in: Theater heute 5('66), S. 26 – 29.

Ders.: Fern von Weiss, in: Theater heute 8('68), S. 37.

Jens, Walter: Die Ermittlung in Westberlin, In: Volker Canaris(Hrsg.): Über Peter Weiss. Frankfurt am Main 1976. S. 92 – 96.

Jung, Werner: Ästhetik und Poetik in Peter Weiss' Notizbüchern, in: Horen 29(1984), H. 1. S. 134 – 137.

Kamla, Thomas A.: Remobilisation from the Left: Peter Weiss' Viet Nam Discourse, in: Modern drama 18('75), PP.337 – 348.

Kässens, Wend / Miachel Töteberg: Gespräch mit Peter Weiss. Über "die Ästhetik des Widerstands", in: Sammlung 2, Frankfurt am Main 1979. S. 222 – 228.

Karnick, Manfred: Peter Weiss' dramatische Collagen. Vom Trauerspiel zur Agitation. in: Rainer Gerlach(Hrsg.): Peter Weiss, Frankfurt am Main 1984, S. 208 – 248.

Kesting, Marianne: Parorama des zeitgenössischen Theaters, München

1969.

Ders.: Das deutsche Drama seit Ende des zweiten Krieges Parabeldrama in der Nachfolge Brechts, in: M. Durzak(Hrsg.): Die deutsche Literatur der Gegenwart, Hamburg 1971, S. 100−130.

Khamis, Yousri: Der Popanz zwischen Kairo / Bagdad / Damaskus. in: Peter Weiss: Gesang vom Lusitanischen Popanz. Mit Materialien, Frankfurt am Main 1974, S. 101−108.

Kim, Hyeong Shik: Peter Weiss' "Viet Nam Diskurs". Möglichkeiten und Formen eines Engagement für die dritte Welt, Frankfurt am Main, Berlin, Bern 1992.

Kipphardt, Heinar: Kern und Sinn aus Dokumenten. Zum Verhähltnis des Stückes: "In der Sache J. Robert Ppenheimer" zu dem Dokumenten, in: Theater heute 11('64), S. 63.

Klotzer, Volker: Geschlossene und offene Form im Drama, München 1969.

Kramer, Michael: Pantomime. 40 Spielstücke für Gruppen, Berlin 1982.

Kroebner, Thomas: Tendenzen der deutsche Literatur seit 1945, Stuttgart 1971.

Langbein, Hermann: Der Auschwitzprozeß: eine Dokumentation, Wien 1965.

Lukács, Georg: Reporte oder Gestaltung?. Kritische Bemerkungen anläßlich des Romans von Ottowalt, in: Linkskurve 4(1932), S. 23−30.

Marceau, Marcel: die Weltkunst der Pantomime. Nach Gesprächen aufgezeichnet von Herbert Järing, Frankfurt am Main 1989.

Marcuse, L.: Was ermittelt Peter Weiss?, in: Kürbiskern(1966), H. 2, S. 84−89.

Mason, Gregory: documentary drama from the Revue to the Tribunal, in: Modern Review 20('77), PP.263−277.

Mayer, Hans: Rede auf Peter Weiss, in: Text und Kritik 37(1973), S. 11−15.

Meckel, Christoph: "eine Provokation, die sich nicht erschöpft". Laudation für Peter Weiss, in: Horen 27(1982). S. 108−112.

Melchinger, Siegfried: Von Sophokles bis Brecht. Das politische Theater− Voraussetzungen seiner Gegenwart, in: Theater 1965, S. 42−46.

Ders.: Hochhuths neue provokation: Luftkriegist Verbrechen, in: Theater heute 8 / 2(1967), S. 6−11.

Menz, Egon: Probenbericht vom "Diskurs über Viet Nam", in: Theater heute 1968, S. 12−14.

Meyer, Stephan: Kunst als Widerstand. Zum Verhältnis von Erzählen und ästhetischer Reflexion in Peter Weiss' "Die Ästhetik des Widerstands", Tübingen 1989.

Mittenzwei, Werner: Revolution und Reform im westdeutschen Drama, in: Sinn und Form 23(1971), S. 109−154.

Motekat, Helmut: Das zeitgenössische deutsche Drama, Stuttgart, Berlin, Köln, Mainz 1977.

Müller, Fred: Peter Weiss. Drei Dramen. Interpretation, München 1973.

Müller, Gerd: Methapher für die Wirklichkeit zu drei Werken von Peter Weiss, in: Moderna Sprak 61(1967). S. 43−47.

Müller, Karl−Josef: Haltlose Reflexion. Über die Grenzen der Kunst in Peter Weiss' Roman Die Ästhetik des Widerstands, Würzburg 1992.

Naumann, Bernd: Auschwitz: Bericht über die Strafsache gegen Mulka u. a. vor dem Schwurgericht Frankfurt, Frankfurt am Main 1965.

Nössig, Manfred: Ermittlung zur "Ermittlung", in: Theater der Zeit 1964, S. 4−7.

Nussbaum, Laureen: The German documentary theater of the Sixties: A Stereopsis of contemporary History, in: German Studies Review 4, H. 2(1981), PP.237−255.

Oesterle, Kurt: Das mythische Muster Untersuchungen zur Peter Weiss' Grundlegung einer Ästhetik des Widerstands, Tübingen 1989.

Palmstierna−Weiss, Gunilla: Rede bei der Verleihung des Georg−Bü-
chner−Preises an Peter Weiss, in: Moderna Sprak 116(1982), S.
339−344.

Perry, R. C.: Historical Authenticy and dramatic Form. Hochhuth's 'Der
Stellvertreter' and Weiss' 'Die Ermittlung', in: the Modern Language
Review 64('69), PP.828−829.

Peuckmann, Heinrich: Peter Weiss: Die Ermittlung. eine Unterrichtseinheit,
in: Sammlung 3(1980), S. 190−200.

Pfister, M.: Das Drama. Theorie und Analyse, München 1994.

Piscator, Erwin: Das politische Theater, Hamburg 1979.

Ders.: Grundlinien der soziologischen Dramaturgie(1920), in: M. Brauneck
(Hrsg.): Theater im 20 Jahrhundert. Programmschriften, Stilperioden,
Reformmodelle, Hamburg 1989, S. 100−130.

Ders.: Das dokumentarische Theater(1929), in: M. Brauneck(Hrsg.): The-
ater im 20 Jahrhundert. Programmschriften, Stilperioden, Reformmo-
delle, Hamburg 1989, S. 150−200.

Polacco, Giorgio: Unterentwickelte Länder und revolutionäre Welt. Eine
Begegnung mit Peter Weiss, in: Peter Weiss: Gesang vom
Lusitanischen Popanz. Mit Materialien, Frankfurt am Main 1974, S.
87−92.

Popp, Helmut: Strukturelemente des Dramas, München 1980.

Pütz, Peter: Die Zeit im Drama. Zur Technik dramatischer Spannung,
Göttingen 1970.

Raddatz, Fritz J.: Peter Weiss, in: Ders.: die Nachgeboren. 1983. S. 228−
253.

Reich, Bernd: Bemerkungen zum Dokumentartheater, in: Theater der Zeit
24(1968), S. 12−14.

Reich−Ranicki, Marcel: Peter Weiss. Poet und Ermittler 1916∼1982, in:
Rainer Gerlach(Hrsg.): Peter Weiss, Frankfurt am Main 1984, S.

7−11.

Rey, William H.: Kein Ort, Nirgends, Der heimatlose Sozialismus des
　　Peter Weiss, in: Orbis Litteraum 41(1986), S. 66−90.

Rischbieter, H.: Peter Weiss dramatisiert Vietnam, in: Theaer heute 1967,
　　H. 3, S. 6−7.

Ders.: "Gesang vom Lusitanischen Popanz", in: Volker Canaris(Hrsg.):
　　Über Peter Weiss, Frankfurt am Main 1976, S. 97−105.

Ders.: Peter Weiss, Hannover 1967.

Ders.: Theater und Politik. Möglichkeiten in der Gegenwart, in: Theater
　　1965, S. 47−49.

Ders.: Gesang vom Lusitanischen Popanz, in: Theater heute 3('67), S.
　　9−12.

Ders.: Realität, Poesie, Politik, in: Theater heute 11('67), S. 8−17.

Ders.: Spielformen des politischen Theaters, in: Theater heute 1968, S.
　　8−14.

Rühle, Günther: Das dokumentarische Drama und die deutsche Gese-
　　llschaft, in: Jahrbuch 1966, Heidelberg 1967, S. 39−73.

Salloch, Erika: Peter Weiss' Die Ermittlung. zur struktur des Dokumen−
　　tartheater. Frankfurt am Main 1972.

Sarang, Michael: Zur Technik der Dokumentation, in: Text und Kritik
　　37(1973), S. 35−48.

Sareika, Rüdiger: Peter Weiss' Engagement für die Drittewelt' Lusi-
　　tanischer Popanz und Vietnam Diskurs, in: Rainer Gerlach(Hrsg.):
　　Peter Weiss, Frankfurt am Main 1984, S. 249−267.

Schäble, Günther: Kein Stück für Rezenten, in: Theater heute 68 / 1, S.
　　38−40.

Schlunk, Jürgen: Auschwitz and Its Function in Peter Weiss' Search for
　　Identity, in: German Studies Review 10(1987), S. 11−30.

Schnell, Ralf: Notizen zum Dokumentartheater, in: Die Literatur der

Bundesrepublik, Autoren, Geschichte, Literaturbetrieb, Stuttgart 1986, S. 194−200.

Schmitz, Ingeborg: Dokumentartheater bei Peter Weiss. von der "Ermittlung" zu "Hölderlin", Frankfurt am Main 1981.

Schulz, Genia: Die Ästhetik des Widerstands. Versionen des Indirektem in Peter Wiess' Roman, Stuttgart 1986.

Schumacher, Ernst: Die Ermittlung von Peter Weiss. über die szenische Darstellbarkeit der Hölle auf Erden, in: Sinn und Form(1965), H. 3, S. 930−947.

Ders.: Vietnam−Diskurs in Rostock, in: Volker Canaris(Hrsg.): Über Peter Weiss, Frankfurt am Main 1976, S. 106−111.

Ders.: "Die Ermittlung" von Peter Weiss, in: Peter Weiss: die Ermittlung, Frankfurt am Main 1991, S. 211−232.

Ders.: "Gesang vom Lusitanischen Popanz", in: Peter Weiss: Gesang vom Lusitanischen Popanz. Mit Materialien, Frankfurt am Main 1974, S. 83−86.

Söller, Alfons: Peter Weiss und die Deutschen. Die Entstehung einer politischer Ästhetik wider die Verdrängung, Opladen 1988.

Sterchi, Paul: Begegnung mit einem Theaterstück von Peter Weiss in Honduras, in: Text und Kritik 37(1973), S. 66−69.

Strauß, Botho: Versuch, ästhetische und politische Ereignisse zusammen− zudenken. Neues Theater 1967~1970, in: Theater heute 1(1970), S. 61−68.

Ders.: Vietnam und Bühne., in: Theater 1968, S. 40−41.

Suelem, Moushira: Studien zum Dokumentartheater. Aspekte und einige Beispiele, in: Kairoer Germanistische Studien 4(1989), S. 119− 139.

Szondi, Peter: Theorie des modernen Dramas(1880~1950), Frankfurt am Main 1973.

Taeni, Rainer: Drama nach Brecht, Basel 1968.

Tarot, Rolf: dokumentarisches Theater — ein Mißverständnis des Theaters, in: Hans Dietrich Irmscher und Werner Keller(Hrsg.): Drama und Theater im 20. Jahrhundert. Festschrift für Walter Hinck, Göttingen 1983, S. 308 — 316.

Thurm, Brigitte: Gesellschaftliche Relevanz und künstlerische Subjektivität zur Subjekt — Objekt — Problematik in den Dramen von Peter Weiss, in: Weimarer Beiträge 15(1969), H. 5, S. 1091 — 1102.

Ders.: "Viet Nam — Diskurs" von Peter Weiss, in: Theater der Zeit 1968, S. 6 — 9.

Trommler, Frank: Das politische — revolutionäre Theater, in: Wolfgang Rothe(Hrsg.): die deutsche Literatur in der Weimarer Republik, Stuttgart, 1945, S. 77 — 113.

Vegesack, Thomas v.: Dokumentation zur Ermittlung, in: Kürbiskern (1966), H. 2, S. 74 — 83.

Vogt, Jochen: Peter Wiess, Hamburg 1987.

Vorweg, Heinrich: Peter Weiss, München 1981.

Ders.: Der Autor als jünger Künstler, in; Text und Kritik 37(1980), S. 16 — 21.

Walser, Martin: Tagtraum vom Theater, in: Theater heute 11(1967), S. 22 — 26.

Ders.: Unser Auschwitz, in: Ders.: Was zu bezweifeln war, Berlin 1976.

Warneken, Bernd Jürgen: Kritik am "Viet Nam Diskurs", in: Volker Canaris(Hrsg.): Über Peter Weiss, Frankfurt am Main 1976, S. 112 — 130.

Weber, Werner: zum Fremdlung ernannt, in: Volker Canaris(Hrsg.): Über Peter Weiss, Frankfurt am Main 1976, S. 51. — 53.

Wendt, E,: Was wird ermittelt?, in: Theater heute 12('65), S. 14 — 18.

Ders.: Was da kommt, was schon ist: Gatti zum Beispiel, in: Akzente

13(1966), S. 222−227.

Weinrich, Gerd: Peter Weiss. Die Ermittlung, Frankfurt am Main, Berlin, München 1983.

Weiss. Gesang von der Schaukel, in: Der Spiegel. Nr. 43(20. 10. 1965).

Wilpert, Gero v.: Sachwörterbuch der Literatur, Stuttgart 1978.

Wolf, Rudolf(Hrsg.): Peter Weiss. Werk und Wirkung, Bonn 1987.

Yanez, Ruben: Die Aufführung des "Gesang vom Lusitanischen Popanz" in Urgay, in: Peter Weiss: Gesang vom Lusitanischen Popanz. Mit Materialien, Frankfurt am Main 1974. S. 109−120.

Zipes, Jack D.: Documentary rama in Germany: Mending the Circuit, in: the Germanic Review 42(1967), PP.49−62.

Zusammenfassung

Was ist das dokumentarische Theater

Die vorliegende Arbeit versucht, den Aufbau und die ästhetischen Probleme der Rezeption der drei dokumentarischen Theaterstücke von Weiss, "Die Ermittlung", "Gesang vom Lusitanischen Popanz" und "Viet Nam Diskurs" unter dem Gesichtspunkt, das dokumentarische Theater sei nicht einfaches dramatisches Theater, sondern stark vom Journalismus beeinflußt, zu analysieren.

Als Voraussetzung für die synthetische Analyse seiner dokumentarischen Dramen werden zuerst im 2. Teil dieser Arbeit die Entstehung und der Begriff des dokumentarischen Dramas und im 3. Teil die literarische Tendenz von Weiss und seine Theorie des dokumentarischen Theaters betrachtet. Darauf folgend werden der Aufbau der Stücke, die dramatischen Komponenten, die charakteristische Ausdruckstechnik, die Struktur der Stücke und die Charakteristik der Bühnenaufführung der drei Dramen im 4. Teil analysiert, und dann die ästhetischen Probleme der Rezeption seiner dokumentarischen Dramen im 5. Teil betrachtet.

Das dokumentarische Theater entsteht als literarische Gattung in den zwanziger Jahren. Es wird damals von Erwin Piscator entwickelt und sein Drama "Trotz alledem!" gilt als das erste Stück dieser Gattung. Aber der Begriff dieser Gattungs wird erst in den sechziger Jahren gebildet. Die Kritiker begannen, sich mit dem dokumentarischen Theater auseinanderzusetzen, als die deutschen Dramatiker, vor allem Rolf Hochhuth, Heinar Kipphardt und Peter Weiss ihre Stücken veröffentlichten. Damals befand sich die BRD in einer ernsten politischen Verwirrung wegen der Bewältigungsprobleme des Nationalsozialismus nach dem Eichmann−Prozeß und dem Frankfurter Prozeß über das Konzentrationslager Auschwitz. Durch die Studenten und Arbeiterbewegung in der Mitte der sechziger Jahre geriet die BRD in eine starke innenpolitische Krise. Mit Rücksicht auf diese politische Situation war das dokumentarische Theater in der sechziger Jahren stärker als in der zwanziger Jahren in Bedarf gefragt. Es war die Zeit, das dokumentarische Theater zu fordern.

Die Schriftsteller hatten in dieser schwierigen Zeit ein ausgepägteres sozialkritisches Bewußtsein und schufen die Dramatiker wie Peter Weiss, Rolf Hochhuth und Heinar Kipphardt Dramen, die sich auf die Dokumenten berufen. Die Entstehung des dokumentarischen Theaters in den sechziger Jahren wurde auch von den Massmedien beeinflußt. Damals spielen in der BRD Zeitungen und Fernsehsendungen die führende Rolle bei der Mitteilung von Nachrichten. Aber diese Nachrichten hatten die Tendenz, Tatbestände zu verdrehen. Deshalb wandten sich die Dramatiker der Form des dokumentarischen Theaters zu, um sich gegen diese Tendenz der Massmedien zu richten.

Das dokumentarische Theater besteht nicht als eine selbstständige literarische Gattung. Es hat einen engen Zusammenhang mit den Dramenformen wie politisches Theater, historisches Theater und das Protest− Theater usw. Es gibt aber zwischen dem dokumentarischen Theater und den anderen oben genannten Formen Unterschiede. Das dokumentarische Theater beruht auf dokumentarisch belegten Fakten. Peter Weiss gilt das dokumentarische Theater auch als ein Drama, das sich ausschließlich mit der Dokumentation eines Stoffes befaßt. Er meint besonders, daß das dokumentarische Theater sich der Erfindung enthält. authentisches Material übernimmt und dies, im Inhalt unverändert, in der Form bearbeitet, von der Bühne aus wiedergibt.

Er sieht tatsächlich die Literatur in engen Beziehungen mit der Wirklichkeit und sieht sie als einen Raum für die sozial‒politische Kritik an. Diese Tendenz zeichnet sich in seinen Stücken der sechziger Jahre ab. Sein Werk nimmt, mit einem Wort, eine antibürgerliche und antifaschistische Grundhaltung an, und darüber hinaus verteidigt er den Sozialismus in der Zeit des dokumentarischen Dramas. Deshalb kritisiert er in seinen dokumentarischen Stücken "Die Ermittlung", "Gesang vom Lusitanischen Popanz" und "Vietnam Diskurs" den Kapitalismus.

Dieses Tendenz zeigt sich auch deutlich in seinem Aufsatz über das dokumentarische Theater, "Notizen zum dokumentarischen Theater." Hier schreibt er vierzehn Abschnitte über Charakteristik, Formen und Struktur des dokumentarischen Theaters.

Er schreibt, daß die Arbeit des dokumentarischen Theaters durch Kritik verschiedener Grade bestimmt werde. Das heißt, Kritik an der Verschleierung, Kritik an der Wirklichkeitsfälschung und Kritik an Lügen. Das bedeutet, daß das dokumentarische Theater für Weiss eine Dramenform darstellt, die sich gegen die Tendenz der Massmedien richtet. Deshalb betont er, daß das dokumentarische Theater eine Reaktion auf gegenwartige Zustände darstellt und zum Mittel des öffentlichen Protests wird.

Er betont damit, daß Protokolle, Akten, Briefe, statistische Tabellen, Börsenmeldungen, Ansprachen, Interviews, Zeitungs‒und Rundfunkreportagen,

Fotos usw. die Grundlage der Aufführung bilden müssen. Aber es ist nicht leicht zu finden, wie er seine Stücken auf Grund solcher Dokumente aufbaut. Denn er verwendet mehr indirekte Zitate als direkte im Aufbau des Stückes und wählt wichtige Inhalte aus den Dokumenten. In den drei Dramen aber sind die Verwendung von Zeitungsreportagen, Regierungsaufklärungen, Äußerung bekannter Persönlichkeiten und Ansprachen auffällig. Er zieht also für seine Stücken andere Dokumenten wie Zeitschriften und Protokolle heran usw.

Es ist natürlich charakteristisch für seinen Schreibensprozeß, daß er seine Stücke von der Anfangsphase bis zur Vollendung gründlich macht. Er schrieb Essays, Aufzüge und Aufsätze, bevor er ein dokumentarisches Drama veröffentlichte. Er baute seine Dramen auf diesen Vorarbeiten auf. Dieses Bestreben zeigt sich gut in dem dramatischen Bestandteil und der Ausdrucksmitteln des dokumentarischen Theaters.

Als Figuren seines dokumentarischen Theaters erscheinen Personen, die historisch verbürgt sind, auf der Bühne. Sie werden als Repräsentanten bestimmter gesellschaftlicher Interessen gekennzeichnet. Deshalb werden nicht individuelle Konflikte der Personen dargestellt, sondern sozial−ökonomisch bedingte Verhaltensweisen. Damit schafft er Figuren in Einheit mit dem historischen Prozeß und zeigt also durch sie seinen ideologischen Gesichtspunkt. In seinen dokumentarischen Theater ist vor allem die Austauschbarkeit der Figuren chrakteristisch. Er kennzeichnet alle Bühnenfiguren mit Nummern. Diese stellen keine Individiuen dar, sondern sind jeweils das Sprachrohr ganzer Gruppen. Damit führt er zur Entpersonalisierung der Bühnenfiguren und verursacht die Distanzierung zwischen Schauspieler und Bühnenfiguren.

In der Sprache verwendet er Verse mit freien Rythmen. Er macht es dadurch leicht, den Inhalt des Dramas zu verstehen und verfremdet gleichzeitig den dokumentar−realistischen Inhalt.

Der Aufbau der Zeit und des Raums nimmt nicht eine geschlossene Form an. Die Zeit in den drei Dramen ist nict vom Anfang des Stückes anfixiert und bildet am Ende auch keinen Aschluß. Aber der Raum in den drei Dramen wird ständig gewechselt und dominiert also über die Zeit. Alle drei Dramen haben also eine offene Form. Als Ausdrucksmittel werden Montage, Pantomime und Chor verwendet. Die Montagetechnik erscheint in den Handlungen, Figuren und in der Sprache. Der Aufbau der Handlung besteht besonders aus antithetischen Stücken, aus Reihen gleichartiger Beispiele, aus kontrastierenden Formen, aus wechselnden Größenverhältnissen. Dadurch verursacht Peter Weiss Variationen eines Themas, die Steigerung eines Verlaufes, die Einfügung von Störungen und Dissonanzen.

Die Pantomime wird in den Stücken von Peter Weiss auch mannigfaltig verwendet. Das Drama verlangt die Pantomime, die die Sprache bald assistierend zur Seite tritt, bald auch die Sprache völlig ersetzt. Weiss verwendet hauptsächlich letztere. Damit wird die Pantomime für die Andeutung ganzer Szenen und dramatischer Effekte verwendet. Weiss betont durch die Einfügung dieser Pantomimen die Möglichkeit zur formalen Synthese.

Der Chor spielt in dem dokumentarischen Theater von Weiss eine wichtige Rolle. In "Popanz" und "Vietnam Diskurs" erscheint der Chor in den fast allen Szenen. Das ganze zehnte Stadium des zweiten Teils in "Vietnam Diskurs" wird mit vom Chor bestritten. Der Chor spielt die Rolle von Referaten und Kommentaren in "Popanz" und von Zusammenfassungen in "Vietnam Diskurs". Peter Weiss benutzt die Chöre nicht als Verfremdungseffekt wie im epischen Theater, sondern als ein Mittel der einfachen Vermittlung des Themas und Inhaltes.

Die Struktur seiner drei Stücke ist ähnlich. Peter Weiss braucht als Vorbild für die Struktur der drei Dramen den Aufbau der "Divina Commedia" Dantes. Auch im Inhalt lehnen sie sich an die drei Begriffen Dantes: Inferno, Purgatorio und Paradiso an. Aber Peter Weiss verwendet pro Stück nur jeweils eine Ort. Er drückt Inferno in "Ermittlung", Paradiso in "Popanz" und Purgatorio in "Vietnam Diskurs" aus. "Die Ermittlung" folgt besonders stark dem Aufbau der "Divina Commedia". Dieses Stück ist in elf Gesänge eingeteilt, deren jeder aus drei Teilen besteht, so daß das Stück also insgesamt 33 Bilder hat. Damit beabsicht er eine quantitative Steigerung.

Auch im Inhalt steigern sich die Aussagen von der Ankunft der Häftlinge, ihrer Selektion, über die Folderungen von Einzelnen und deren organisierter Tötung bis zur Darstellung des Mordes mit der Maschine hin zur perfekten Vernichtung von Tausenden in Feueröfen. Auf diese Weise wird die Tötung der Häftlinge gesteigert. Indem Peter Weiss mit seiner Auschwitz−Darstellung an Dantes Inferno anknüpft, deckt er die Ursachen der Verbrechen auf.

'Popanz' ist in elf Bilder in zwei Akten eingeteilt. Mit der Verwendung von 'Gesang' im Titel stellt Peter Weiss einen Bezug zu Dantes "Divina Commedia" her. Aber anders als "Die Ermittlung" hat "Popanz" die Struktur des Kreislaufes, bei dem einzelne Szene sich verknüpfen. Damit weist Weiss plakativ auf das Nato−Bündnissystem hin, dem Portugal angehört, und sieht den "Popanz" als Parallele zu Dantes Paradiso.

"Vietnam Diskurs" wird auch in elf Bilder, die "Stadien" genannt werden, eingeteilt. Diese Einteilung ist "Die Ermittlung" und "Popanz" ähnlich. Aber "Vietnam Diskurs" hat eine andere Struktur. Dieses Stück hat die Struktur der Wiederholung wie die Wiederholung des Geschichtsverlaufs Viet Nams. Damit knüpft Weiss an das Purgatorio Dantes an, indem er die Vorgeschichte und den Verlauf des lang andauernden Befreiungskrieges in Viet Nam dargestellt. Dieses Geschichtsbild liefert die Gründe für das Eingreifen der USA in den Vietnamkrieg.

Bei der Bühnenaufführung ist die Bühne im Gegensatz zum Inhalt des Stückes, das auf zahlreichen Dokumenten aufgebaut wird, einfach. Auf der Bühne beseitigt Weiss illustrative Elemente. Diese Tendenz zeigt sich in der Kleidung der Figuren und der Verwendung von Hilfsmitteln wie Masken und der Kostümierung. Die Kleidung der Figuren ist alltäglich. Auch die Verwendung von Hilfsmittels ist sehr sparsam. Darüber hinaus macht Peter Weiss die Vorgänge auf der Bühne durchsichtig.

Trotz seiner Bemühung ist die Kritik an den dokumentarischen Dramen von Peter Weiss einseitig. Manche Kritiker äußern sich mehr über die Form und die dramatischen Mittel als über den ästhetischen Wert. Kritiker äußern sich nicht über die ästhetischen Probleme der "Ermittlung", sondern sehen diese Stücke im Zusammenhang mit der sozialkritischen und politisch engagierten Tendenz von Peter Weiss.

Einerseits betrachten Kritiker "Popanz" mehr in der politischen Funktion als in der künstlerischen. Sie sehen in seinem Stück ein Agitprop — Theater, anderseits weisen sie darauf hin, daß es Objektivität, die in dem dokumentarischen Theater wichtig ist, mangelt. Über "Vietnam Diskurs" stellen Kritiker mehr das Gattungsproblem als das ästhetische Problem heraus. Einige Kritiker halten dieses Drama für ein Beispiel wissenschaftlichen Theaters. Andere halten es für ein ästhetisch mißlungenes Bühnenstück.

Diese Tendenz der Kritik beruht darauf, daß Peter Weiss damals die aktuellste politische Problematik zu Themen seiner Stücke macht. Aber das dokumentarische Theater von Peter Weiss trägt zur politischen Meinungsbildung und richtigen Bewußtseinsbildung des Publikums bei. Sie helfen besonders dort, wo das Publikum durch die Massmedien ein entstelltes Bild von der Wirklichkeit besitzt, eine Korrektur dieses Bildes herbeiführen. Es wird berücksichtigt, daß unter den drei Dramen "Popanz" einen größeren ästhetischen Wert als die andere Stücke hat. Es scheint, daß das dokumentarische Theater im "Viet Nam Diskurs" vom ästhetischen Gesichtspunkt her weniger gelungen ist.

Dennoch sollte diese Gattung nicht unterschätzt werden. Man kann sagen, daß die dokumentarischen Dramen von Peter Weiss eine neue theatralische Form, das sogennante 'totale Theater', geschaffen haben. Sie fordern dazu auf, die Beziehungen zwischen dem dokumentarischen Theater und der Reportageliteratur, dem TV−Dokumentarfilm und der jounalischen Literatur zu betrachten.

·저자·

황성근 · 약 력 ·

독일문학 박사다. 대학에서 독일어를 전공하였으며 중앙일보에 입사해 10년
간 기자생활을 하였다. 독일 베를린 자유대학에서 독문학과 언론학을 수학했
으며 한국외국어대학교 대학원에서 녹문학 박사학위를 취득했다. 그 후 한국
외국어대와 덕성여대, 건국대, 성신여대, 한신대, 한국 언론재단 등에서 독문
학과와 신문방송학과에서 독문학과 언론학 개론과 제자, 글쓰기에 관한 수업
을 진행하였다. 현재 가톨릭대학교 교양교육원 교수로 있다.

· 주요논저 ·

「연구논문」

「페터 바이스와 기록극」, 「기록극이란 무엇인가」, 「크리스타 볼프의 '6월의 오
후'에 나타난 현실인식 문제」, 「브레히트의 '카라부인의 무기'에 나타난 모성애
연구」, 「기록극 '수사'와 영화 '쉰들러리스트'의 비교 연구」, 「기록문학과 저널
리즘의 상관성연구」 등

『저서』

『독일문화읽기』, 『미디어 글쓰기』, 『너무나도 쉬운 비즈니스글쓰기』, 『글쓰기
와 자기표현』(공저), 『정보의 생산과 시각적 표현』 등

『역서』

『아우슈비츠 강제수용소』

기록극이란 무엇인가

- 초판 인쇄   2008년 7월 28일
- 초판 발행   2008년 7월 28일

- 지 은 이   황성근
- 펴 낸 이   채종준
- 펴 낸 곳   한국학술정보㈜
              경기도 파주시 교하읍 문발리 513-5
              파주출판문화정보산업단지
              전화   031) 908-3181(대표) · 팩스   031) 908-3189
              홈페이지 http://www.kstudy.com
              e-mail(출판사업부) publish@kstudy.com
- 등   록   제일산 115호(2000. 6. 19)
- 가   격   26,000원

ISBN   978-89-534-9811-2 93850 (Paper Book)
        978-89-534-9812-9 98850 (e-Book)